目次



JN075634

# プロローグ

　残念だったね、という声が耳の奥で反響していた。

　一歩進むごとにこめかみを脂汗が伝う。痛い。熱い。苦しい。そのどれが一番近い言葉なのかわからない。繭子《まゆこ》は下腹部を押さえていた手を離して廊下の手すりをつかむ。喉にいがらっぽさを感じた。けれど、少しでも力を入れたら傷口が開いてしまうような気がして咳《せ》き込めない。視界がぐらぐらと大きく揺れ、薄闇の中で非常灯の緑が迫ってくる。自動ドアが微かな振動音を立てて開き、吸い寄せられるようにして中へと進む。角を曲がるとすぐ、右手に大きなガラス張りの部屋が現れた。

　等間隔に並べられた黄緑色の新生児用ベッドに、繭子は奇妙な既視感を覚える。どこか懐かしいのに心細い。蜂の巣を連想したところで、そうだ、と気づく。中学生の頃に観た、クローンを題材にしたSFアニメだ。

〈石田繭子ベビー〉

　大きな窓に両手をついて額を押しつけると、べたついた息が口元のガラスを白く曇らせる。

並んだベッドの一番左、青いプレートに書かれた自分の名前が他人のもののように見えた。そして、その下で眠る、小さな赤子。

——この子が、わたしの子。

言葉にして考えてみるのに、少しも実感は湧かなかった。むしろ違和感はさらに大きくなる。残念だったね、という声が再び響いた。この子は、残念な子なんだろうか。わたしのせいで、幸せにはなれないんだろうか。

頭の両側が軋《きし》み、涙が滲《にじ》んだ。そんなことはあるはずがないと自分に言い聞かせる。だって、世の中には帝王切開で生まれた子なんていくらでもいる。その子が普通分娩で生まれたのか帝王切開で生まれたのかなんて、大きくなってしまえば訊《き》かれない限りわからない。そんなことより、赤ちゃんが無事に生まれたことを喜ぶべきだ。奥歯を噛《か》みしめて思いながら、どうしても郁絵《いくえ》の声が消えなかった。普通に産めなくて残念だったね。先生ももう少し頑張らせてくれればよかったのにね。

手術を終え、ストレッチャーで廊下を移動していたわたしに、眉尻を下げて言った郁絵。あのとき、既に自分も陣痛が始まって四十五時間が経過していたはずの郁絵は、それだけを言い残して階段の方へと歩いていった。そうそう、頑張っていてえらいわ。そうやって動くことでもっといい陣痛がきますからね。弾むように響いた看護師の声——

もう考えるまいと思うのに、脳裏に浮かんだのは、安定期に入った頃、見学に訪れた別の助産院で言われた言葉だった。

『女性が本来持っている力だけで産むのが自然なお産ですよ』

胸が、ぎゅっと強い力で絞られたように痛む。

『そうした「本当のお産」をすることで、女性は母親として生きていく覚悟ができるんです。うちで産んだ人で、子どもがかわいく思えないなんて人は一人もいませんよ』

わたしには無理だな、と思ったはずだった。何より、それ以外の出産の形を否定しているような言い方に反発すら覚えた。どうしてこういう言い方をするのだろう。これじゃあ、そういうふうに産めなかった人がかわいそうじゃないの、と。

何となくそこで産む気にはならなくて分娩予約を入れないまま帰り、それ以来思い出すこともなかった。

普通分娩に強いこだわりを持つようになったわけでもない。むしろ、早く切ってくれと先生に頼んだのは自分だった。内臓が外へ押し出されてしまうような収まりどころのない激痛から逃れられるのなら何でもいいと思った。いつ終わるの。まだ生まれないの。痛い痛いもう無理。麻酔が入って痛みがわからなくなったときには心の底からホッとした。もうこれ以上苦しまなくていい。これで、とにかく終わる。

なのに、なぜだろう。今になって、あのとき助産院で聞いた言葉が蘇《よみがえ》ってきてしまう。

『陣痛が来てから十日かかったっていいんです。大切なのは赤ちゃんのペースを尊重してあげること。無理やり引っ張り出されるのと自分のペース、自分の力で出てくるのとでは、赤ちゃんだって全然違います。誕生とはこの世界との出会いですからね。それがどういうものになるかで、その子の性格やその後の人生も変わってくると思いますよ』

出血量が多すぎて輸血までしたという郁絵は、まだ起き上がることすらできていないという。けれど、彼女は——赤ちゃんに最高の出会いをプレゼントできたんじゃないか。

漏れそうになる嗚咽《おえつ》に咳払いをした瞬間、引きつるような激痛が下腹部の傷口に走る。繭子は全身を硬直させ、ゆっくりと背中を丸めて震える息を吐き出した。

術後がこんなに痛いなんて、知らなかった。産んでしまえば楽になるのだと思っていた。いや、普通分娩ならば楽になったはずだ。だったら彼女の言う通り、もう少し頑張るべきだったんだろうか。

自分が、医師から否応なく帝王切開を決められたわけではないという事実が、重くのしかかってくる。あのとき医師は、分娩開始から三十時間以上の遷延分娩に該当し、母体の消耗も激しいから帝王切開も検討できるが、赤ちゃんは元気だから緊急性はない、という言い方をしていた。

それはつまり――自分で選んで決めたということだ。赤ちゃんのためにではなく、自分のために。

繭子は隣接したナースステーションに顔を向ける。そこには誰もいなかった。デスクトップパソコンの画面が見える。少しずつ描かれていく波形は、見覚えがあるものだ。陣痛中の妊婦がいるんだ、と思った途端に心臓が大きく跳ねた。遠くから吠えるような悲鳴が聞こえてくる。うあああああー！　うあああああー！　獣じみた叫びに動悸が速まる。手の中に鉄パイプの感触が蘇る。いたい！　ああー！　叫ばない！　ほら、息を吐いて力を抜いて。ああー！

聞こえてくる声が、現実のものかそうでないのかわからなくなってくる。

繭子は浅い呼吸を繰り返しながら耳を両手で塞ぐ。聞いてはいけないのだと、それだけがわかった。聞いたら思い出してしまう。なのに、いくら塞いでも悲鳴は消えない。

逃げ込むように目の前の戸を開けていた。後ろ手で引き戸を閉める。みゃあ。仔猫のような声に肩が跳ねた。慌てて辺りを見回すが、当然仔猫の姿はどこにもない。ふがふがと荒い鼻息が響く。咄嗟《とっさ》に自分の名前が書かれた新生児用ベッドを覗き込んだ。だが、黄色いバスタオルに包《くる》まれた赤子は、寝息すら立てていないように見える。

拳ほどの大きさの浅黒い顔、かたく閉じられた二つのまぶた、ほんの少し茶色みがかった癖のある髪、小さいのに精巧に作られた耳、への字の形で引き結ばれた薄い唇。本当に生きているのか心配になって、恐る恐る人さし指を伸ばす。頬に触れた瞬間、長いまつ毛がわずかに震えた。

胸の奥にツンとした痛みが突き抜ける。繭子は息を詰め、乳房を押さえた。痛みはほんの一瞬で、今はもう何ともない。けれど胸騒ぎにも似た落ち着かなさは消えずに留まっている。すがるようにしてバスタオルを開いた。小さな手が見たかった。指を握ってほしかった。ドラマや漫画に出てくる赤ちゃんのように。

だが、開いた途端に視界に飛び込んできたのは手ではなく、折れてしまいそうに細い足首だった。反射的に顔を上げると、プレートが目に入る。

〈七月二十七日十時二十三分生まれ　二六四〇グラム　四十八センチ　男の子〉

並んだ数字の上で視線が滑った。それでも、二六四〇という数字の並びが焼きついて消えない。小さい、と思った途端に、どうすればいいのかわからなくなる。それは、不安というよりもはや恐怖だった。こんなにも小さな生き物を、わたしが育てることができるんだろうか。できるはずがない、という答えが考える間もなく浮かんだ。

呆然と、隣に並んだ郁絵の子どもを見下ろす。二八五〇グラム。たった二一〇グラムの差でも、その分だけ生きる力が強いように思えた。よろめく足取りで新生児用ベッドの列の反対側へ向かい、一つ一つのプレートを確かめていく。三一九〇グラム、三七八〇グラム、二九九〇グラム、三三二〇グラム——涙で滲んで、プレートの文字が読めなくなる。どうして、せめてもっと大きく産んであげられなかったんだろう。

——わたしは、この子を死なせてしまうんじゃないか。

子どもから目を離さないようにしましょう。大丈夫、お母さんなら誰でもわかりますよ。何となくいつもと違うなと思ったら病院に連れて行ってください。

ていた言葉がさざ波のように押し寄せてくる。本当にわかるようになるんだろうかと思った。両親学級で保健師が言っことまでが、一気に頭から降りかかってくる。わかるわけがない。繭子は叫ぶようにして思う。

だってわたしは、このプレートがなければ、どれが自分の子なのかもわからない。足元から悪寒が這い上がってくる。どうしよう。下顎が大げさなほどに震えた。どうしよう。どうしたら、なかったことにできるんだろう。

目の前の存在が、もう後戻りはできないのだと告げていた。この子は、いなかったことにはならない。わたしは、母親以外の生き物にはもうなれない。

一生、この子の人生に責任を持たなければならない。立っていられなくなって、新生児用ベッドの縁に全身から力が抜けていくのがわかった。しがみつく。どうしてわたしは、産めば何とかなると考えたりしたのだろう。とにかく無事に産みさえすれば、それで何かが変わるのだと、無邪気に考えられたのだろう。

自分が、来週にはこのか弱い生き物と二人で退院するのだということが信じられなかった。二年ほど前に今のマンションに入居して以来、一度も洗濯していないカーテンが思い浮かぶ。こんなにも清潔に整えられた場所で生きる赤子が、あの部屋にいる姿が想像できない。

ふいに、濃い潮の臭《にお》いが鼻孔をついた気がした。

酸味のある腐敗臭、埃《ほこり》と汗の入り混じった淀《よど》んだ空気——テレビやダイニングテーブルの隙間を埋める膨れ上がったレジ袋がまぶたの裏に現れる。底にほんの少しの液体が残ったペットボトルが床に何本も転がり、その上に洗濯済みなのか着た後のものなのか判断がつかない衣服が広がっている。テーブルの上を見えなくしている汚れた食器とチラシと文房具、背の文字を何度も傍線で消して書き直されたビデオテープの塔の横には、中身のわからない大小様々な段ボール箱が積み重なっている。

違う、と絞り出すようにして考える。違う、うちはあんなにひどくない。わたしは、お母さんのようにはならない。繭子は目の前が暗くなっていくのを感じる。でも、お母さんだって、わたしが小さい頃は、家を綺麗にしていた。今のわたしのうちよりもよほど清潔に。だとしたら、わたしがああならないとどうして言えるだろう。

いつ頃から里帰りするの、と無邪気に尋ねてきた母に、わたしは『何言ってるの、あんな汚い家で赤ちゃんを育てられるわけがないじゃない』と答えた。

そして、それに『大丈夫よ』と笑った母。

『生まれるまでにはちゃんと片付けるから。——だってあなた、旭《あさひ》さんはほとんど家にいない人なのに、一人でなんか育てられないでしょう？』

頬を温かい液体が流れるのを感じて我に返った。

視界がバスタオルの黄色で覆われる。漏れそうになった嗚咽を奥歯を食いしばって堪《こら》える。こんなところ、誰かに見られたらおかしいと思われる。この母親は大丈夫だろうかと心配される。そう思いながら、涙を拭う気にはなれない。おかしいのだと気づいてほしかった。だってわたしは、何も大丈夫じゃない。

——誰か。

見開いたままの目をナースステーションの方へと向ける。誰か、助けて。早く来て、わたしを見つけて。けれど、この物言わぬ赤子ばかりが並んだ空間には、看護師も他の母親も現れる気配はない。

腕が、隣のベッドへと伸びた。何をどうしようという考えも抱けないままに、バスタオルに手をかける。郁絵の子だって、と思ったところで、やっと自分が何を求めて腕を動かしているのかわかった。この子の足首だって、細いはずだ。わたしの子よりは少し大きいけれど、他の子よりは小さい。わたしの子だけじゃない。タオルを左右に開き、足までを包んだ肌着をめくり上げ、そこで繭子は動きを止める。

ピンク色のネームタグが、外れていた。

〈平野郁絵ベビー〉と黒い油性ペンで書かれたリボンのようなビニールのバンドが、肌着の裾に引っかかっている。咄嗟にタオルを閉じた。自らの手元に焦点の合わない目を向ける。外れてしまっていたんだろうか。それとも、わたしが肌着をめくった拍子に外れてしまった？

首をねじって背後を振り返る。だが、まだ誰の気配もない。どちらにしても、早く直さなければならない。外れたのだから、元に戻せるはずだ。

そう、考えた瞬間だった。

残念な子、という言葉が再び脳裏で響いた。この子は、わたしのせいで幸せになれない。こんなにも小さくてか弱い生き物をわたしが育てられるはずがない。誕生とはこの世界との出会いですからね。それがどういうものになるかで、その子の性格やその後の人生も変わってくると思いますよ。いくつもの言葉が思考としてまとまらないままに頭の中で乱反射する。

気づけば、震える手で、自分の子の足首をつかんでいた。ほとんど重さを感じさせない、枯れ枝のように細い足首。そこに巻かれたネームタグを指で挟む。

――わたしは一生、この子の人生に責任を持たなければならない。

それを象徴するかのように、わたしの名前だけが書かれたネームタグ。〈石田繭子ベビー〉。かさついてめくれ上がった白い皮膚の上でピンク色のネームタグが滑る。わたしにはできない。タグが踵《かかと》で引っかかる。わたしは、この子を死なせてしまうんじゃないか。タグを引っ張る指に力がこもる。

指に感じていた抵抗が消えたのと、背後から遠くのドアが開く音が聞こえたのが同時だった。ドン、と胸を強く突かれたような衝撃に息が詰まる。

シミズサンハスイ、センセイニレンラクシテ——少しずつ近づいてくる鋭い口調が何を言っているのか聞き取れない。震える手のひらが視界に映る。その中心にピンク色のネームタグがあるのを認識した瞬間、跳ねた指の間からタグが落ちた。慌てて腰を折った途端に激痛が走る。何とか拾い上げて輪の中心に自分の子の足を押し込むと泣き声が上がった。ハッとして手を見下ろす。強くつかんでいた足首に赤い指の跡がついている。そのくっきりとした線に、頭が真っ白になる。

——わたしは今、何をしようとしていたのだろう。

息が上手く吐き出せない。呼吸がどんどん浅くなっていく。怖い。逃げたい。——違う。わたしは今、本当に逃げようとしたのだ。

早く元に、と自分に言い聞かせるように考える。郁絵の子のネームタグも戻す。そうすれば、何もなかったことになる。わたしの妄想だったことにできる。つま先を郁絵の子のベッドへと向ける。目を覚ましていないのを確かめる。乱雑に閉じられたままのタオルをつかむ。息を止めてそっと広げ――目を見開いた。

――ネームタグがない。

慌ててベッドの周囲へ視線を落とす。ネームタグは床に落ちていた。いつの間に落としてしまっていたんだろう。タオルを閉じるときに引っかけてしまったのか――いや、それよりも早くこれも戻さなければ。

ナースステーションを見る。誰も、こっちには気づいていない。ふくらはぎをつかんでネームタグをつま先に通す。踵で引っかかったのは一瞬で、先ほどよりも簡単に足首まで通る。ほんの少し息を吐き、ネームタグから手を離した瞬間。

〈石田繭子ベビー〉

え、という声が喉の奥で漏れた。

どうしてこれが――

首が軋みながら回る。隣のベッド。はだけたタオルから出た細い足首。そこにつけられた――〈平野郁絵ベビー〉。

――間違えた。

血の気が一気に引いていくのがわかった。

早く、ともう一度思ったところで、何から手をつければいいのかわからないことに気づく。外し直す。つけ直す。どの順に？　今度こそ間違えないようにするには――

カタ、という微かな音が前方で響いたのはそのときだった。

「あら、石田さん」

窓越しに看護師と目が合い、声にならない悲鳴が喉を締め上げる。

看護師はあっさりと前に向き直って窓から離れた。数秒後、隣のナースステーションから物音が聞こえ始める。

藺子は下唇を噛みしめ、目の前のタグを強く引っ張る。爆発するような泣き声が上がる。やめて、お願い、泣かないで。足音が近づいてくる。間に合わない。バレてしまう。わたしが――

腕が自分の子のベッドにつけられたプレートへ伸びる。違う。プレートを外してもう一つのベッドへ向かう。違う。プレートをつけ替えて自分の子のベッドへ戻り手に残っていたプレートをつける。違う違う違う。

「石田さん」

肩が大きく跳ねた。

視界が暗く狭くなる。音が上手く聞こえなくなる。代わりに耳の中で響く不規則な脈動が大きくなっていき、嘔吐感が込み上げる。堪えきれずにしゃがみ込んだ途端、肩を支えるようにつかまれた。

「どうしたの？」

「石田さん、大丈夫？」

噴き出す汗が目へと流れ、突き刺すような痛みが走る。寒い。苦しい。気持ち悪い。

「力を抜いて。ほら、そこの壁に寄りかかって。大丈夫、落ち着くまで座っていていいから。

──あ、もしもし、誰か車椅子と嘔吐物処理容器を新生児室に持ってきてもらえる？」

──わたしは今、何をしたのか。

間違えた、と思った。けれど同時に、それが本当ではないことも知ってしまっている。

だってわたしは、わかっていた。

自分が替えるべきなのは、プレートの方ではないのだと。

「ちょっと無理しちゃったかな？ でも、石田さんえらいわ。術後はやっぱり傷が痛むからね、なかなか動けないっていう人が多いの。だけど本当はできるだけ動いた方がいいからね」

背中に、温かい手が触れる。

「赤ちゃんに会いに来たんでしょう？　頑張ったわね」

滑らかな声が、ぐらぐらと揺れる頭の中で反響する。

# 第一章　石田繭子

二〇一二年七月二十七日

どうせ、すぐにバレる。

心の中で、呪文のように何度も何度も繰り返す。

誰も気づかないはずがない。二一〇グラムとはいえ出生体重が違うのだし、第一、顔が違う。絶対に、誰かが気づく。誰も気づかなくても、郁絵さんにはわかる。彼女がこの子は自分の子じゃないと言い出して、念のため調べようという話になる。調べて入れ替わったのがわたしの子だとわかれば、わたしが事情を訊かれる。訊かれれば、わたしは嘘をつき通すことなどできない。

泣きながら謝るわたしを、みんなが冷たい目で見下ろす。信じられない、許せない、母親失格だと罵り、こんな人に赤ちゃんは任せられないと断罪する——

「石田さん、大丈夫？　気分悪くない？」

車椅子がわたしの個室の前で停まった。後ろから飛んできた看護師の声に、考えるよりも前に「大丈夫です」と返してしまい、次の瞬間、頬の内側を嚙む。

——今、言うべきだったんじゃないか。

看護師がドアノブをつかんだ。わたしは口を開く。喉に力を込める。言うなら、今だ。今なら、まだ間に合う。今正直に言って謝れば、すべては元通りに——

がくん、と車椅子が揺れ、反射的に口が閉じた。

「トイレ、行っておきます？」

「あ、いえ……」

「じゃあ、とりあえず横になりましょうか」

看護師は滑らかな動きで車椅子をベッドに横付けする。

「せーの、でわたしにつかまってくださいね。はい、せーの」

慌てて看護師にしがみつき、傷口に差し込んだ激痛に息を詰めた。汗がどっと噴き出し、全身が強張《こわば》る。気がつけば視界に白い天井が広がっていた。

後頭部に少し高い枕の反発を感じ、嘔吐感がわずかに弱まる。けれど首を上げかけた瞬間に再び眩暈《めまい》がして、咄嗟に頭を下ろしてまぶたを閉じた。震える息を細く吐き、何とか呼吸を整える。

早く、言わなくてはならない。一度でも郁絵さんがあの子を自分の子として見てしまえば、取り返しがつかなくなる。

「あの」

「あ、傷口痛む？　痛み止め追加する？」

え、と問い返す間もなく、看護師はすばやくメモ帳を取り出して何かを書き込んだ。

「あんまり我慢しなくていいんですよ。我慢してじっとしているより、ある程度お薬で痛みをコントロールして動いた方がずっといいから」

あとでお薬持ってきますね、と微笑《ほほえ》み、踵《きびす》を返す。

「あ」

反射的に口から飛び出した声は、ピーピーピーという電子音にかき消された。

「はい、どうしました？」

看護師は、首から下げた携帯のようなものに向けてゆったりした声で語りかける。

「トイレ？　ああ、ううんダメダメ。まだ一人じゃ危ないからね。今行きます」

突然早口になって続け、通話を切りながらわたしに振り向いた。

「それじゃあ何かあったらナースコールしてくださいね」

すべてを言い終わる頃にはドアが閉まる音が響き、看護師が立ち去っていく足音が続く。待って、と唇だけが動いた。心臓が急《せ》かすように胸の奥を叩く。行かせちゃいけない、今しかない――

横たわったまま手の甲で枕の周りを探る。けれど、指先に触れたのはナースコールボタンではなく、携帯だった。ハッとして画面を見ると、落ち窪《くぼ》んだ目をした女と視線が合う。

――これは、誰だろう。

そう思った瞬間、わかってしまう。すべてが元通りになんて、なるわけがないのだと。たとえ元に戻したとしても、わたしがわざと自分の子のネームタグを外したことを知れば、夫はわたしに失望するだろう。そんなことをするなんて母親じゃないと、怒り、呆れ、案じるだろう。この女に育児を任せて大丈夫なのか。いつか子どもを虐待するんじゃないか。その思いは、きっと何年経っても完全に消えることはない。

そして、それは正しいのだ。

子どもの命を、人生を背負うことが怖かったなんて、言い訳にもならない。だって、みんなやっていることなのだから。母親なら誰もが、ずっとお腹にいた子どもと出会えたことに感動し、子どものことを一番に考える。この子のためなら何でもできると思い、強くなる。

なのにわたしは、あのとき、自分のことしか考えなかった。ネームタグとプレートが違えば、問題になる。調べれば、わたしがやったことがバレてしまう。わたしが——自分の子から逃げようとしたことが。

今だって、わたしは結局、言わなかった。

失望されたくない、怒られたくない、呆れられたくない。自分自分自分自分——

携帯の電源ボタンを押すと、女の顔が消えた。二年前に新婚旅行先で撮ったイスタンブールの風景写真の上に時刻が表示される。

二十三時三十八分。

——今のうちに、こっそり元に戻してくる。

そうするしか方法はないように思えた。

そうすれば、わたしがしたことは誰にも知られずに済む。——わたし以外の、誰にも。

乾いた唇を舐《な》める。息を詰め、ベッドの枠につかまって、時間をかけて寝返りをした。両足を下ろし、左腕で上体を支えて起き上がる。眩暈がし、再び横になりたくなるのを懸命に耐えた。朝が来れば、郁絵さんが赤ちゃんに会う。家族だって来る。今しかないのだ。

ゆっくりと立ち上がり、壁に爪を立てる。足を引きずるようにしてドアへ向かい、部屋を出た。

さっきの看護師に会ったら、おかしいと思われるだろうか。具合が悪くなって部屋に戻ったはずなのに、どうしてまた起き出してきたのかと訊かれるかもしれない。

自動ドアが開く。角を曲がると、新生児室とナースステーションが見えてくる。あと少し、あと少し。逸《はや》る足がもつれてバランスを崩し、手すりにしがみついた途端に腹部に刃物を突き立てられたような激痛と衝撃が走る。

額から滲んだ脂汗もそのままに、顔を上げる。まず確かめたのは新生児室だった。赤ちゃん以外、誰もいない。次にナースステーションを見やる。今度は無人ではない。けれどいるのはさっきの看護師ではなかった。

顔を伏せたまま小さく会釈をし、新生児室の引き戸を開ける。

次の瞬間、けたたましい泣き声が耳に飛び込んできた。ぎゃあああ。ぎゃああああ。洪水のような音に立ちすくんで動けない。泣いている。赤ちゃんが。ふみゃああ。ふみゃああ。その音に重なるように、また別の泣き声も上がり始める。「はいはーい」という軽快な声が背後から聞こえて、首だけで振り向くと、看護師が入ってくるところだった。

「お腹すいたかなー？」

わたしの横をすり抜けた看護師は泣いている赤ちゃんのベッドへ向かい、「あら、泣いてるの石田さんの赤ちゃんだわ」とわたしを振り向く。

「ちょうどよかった。おっぱいあげてみようか」

え、という声が喉の奥で絡んだ。

「初乳ってすごく大事なのよ。ママの免疫がたくさん含まれていてね、それをもらった赤ちゃんは半年は風邪もひかないくらい」

看護師はにこやかに言いながら、ナースステーションへ顔を向ける。

「あ、タケダさんそろそろ授乳の時間だから声かけてきて」

はーい、という返事を待たずに顔を戻し、つま先で新生児用ベッドのストッパーを外した。慣れた仕草で奥の授乳室まで移動させ、ストッパーを止め直す。

「はい、じゃあまずは先にオムツ替え」

「あ、はい」

わたしは思わずうなずいてしまい、ベッドの下に入っている紙オムツに手を伸ばして息を詰めた。動きを止めて痛みをやり過ごしていると、「あれ？」と看護師が怪訝《けげん》な声を出す。

どくん、と心臓が跳ね上がった。

――まさか、バレた？

だが、看護師は目をしばたたかせて小首を傾《かし》げる。

「もしかして、オムツ替え初めて？」

新生児用ベッドの下のカゴからノートを取り出して眺め、「じゃあちょっと見ててね」と言って戻した。オムツを手に取り、赤ちゃんを包んだバスタオルを無造作に開く。

「おしっこをしたらここが黄色から水色に変わるから。でもうんちのときは色だけじゃ見分けがつかないから、ちゃんと開けて確かめること。オムツはこっちが前、こっちが後ろ。まずこうやって当てて――」

ふいに、看護師の声が遠ざかる。

なぜか一瞬、自分が前にもこうして誰かにオムツ替えについて教えられていたような錯覚を覚えた。こんなふうにオムツ替えをしているところを見るのは初めてだし、おしっこをすると色が変わることなんて知らなかったというのに。

なのになぜ、覚えがあることのような気がしたのだろう。そこまで考えて、思い至る。

郁絵さんだ。

『初めは一回食から、十倍がゆを小さじ一杯分ずつね。それを一週間続けて、次の週からは野菜を足して。癖のない野菜がいいから、ほうれん草とか、にんじんがいいかな。すりつぶして飲めるくらいドロドロにするの。だしだけで充分だから塩は使わなくて――』

離乳食が不安だとこぼすと、大丈夫だよ、と微笑んで教えてくれた郁絵さんの迷いのない口調は、看護師のそれとよく似ていた。

『郁絵さんは、すごいね』

『別にすごくなんかないよ。ただ、慣れてるだけ。伊達に六年も保育士やってないからね』

今は産休に入っていて、産後は半年ほど育休を取ってから職場に復帰する予定だという郁絵さんは、そう言って肩をすくめた。

『まあでも、たしかに普通の人よりは不安は少ないかもね。自分でも一人目の子って感じがしないし』

こんなお母さんに育てられる子は幸せだろうな、と思ったことまでが蘇ってくる。

『一人目の子だと、ついつい神経質になっちゃうお母さんが多いんだよね。ちょっと転んだだけで大騒ぎしたり、家中除菌して回ったり』

郁絵さんはきっと、そうはならない。いつも穏やかに微笑んで、何かあってもどんと構えているだろう。子どもはのびのびと丈夫に育って――

「ここに記録ノートが入っているから、うんちのときは〈う〉、おしっこのときは〈し〉って書いてね。じゃあ次は授乳。そこに座って、お腹にクッションを当てて」

看護師の声にハッと我に返った。

顔を向けると、看護師は顔を真っ赤にして泣き叫ぶ赤ちゃんを胸に抱いている。わたしは慌てて椅子に座り、半円形になっているクッションをお腹に当てた。パジャマの布地が傷口に触れた瞬間、鋭い痛みに飛び上がりそうになる。

「あ、あの」

やっと、声が出た。

「ちょっと傷口が……」

「え？　ああ石田さん帝王切開だっけ」

看護師は両眉を持ち上げ、すぐに下げる。

「でも、ここまで自力で歩いてきたんでしょう？　本当に痛みがひどい人はこんなに動けないから、こうやって動けるくらいなら大丈夫」

それよりできるだけ早く授乳を始めた方がおっぱいが出るようになるからね、と続けて、クッションの上に赤ちゃんを置いた。

「まだ首がすわってないから、ちゃんと頭を支えてあげて」

わたしは息を詰める。手のひらに乗せられた赤ちゃんの頭は、想像以上に小さかった。けれど、赤ちゃんは口を目一杯開き、こんな小さな身体のどこにそんな力があるのかと思うほどに大きな声で泣いている。わたしは右手だけで入院着の前のボタンを外し、乳房を出した。

すかさず看護師が赤ちゃんの後頭部をつかんで押しつけてくる。

「背中丸めない。右手でおっぱい支えて」

言われるがままに動くのに、なかなか赤ちゃんは飲み始めない。ますます顔を赤くして、不満を訴えるように両手足をばたつかせる。

「ちょっと見せて」

看護師がわたしの乳房をつかんだ。そのまま躊躇《ためら》いなく乳首をつまみ、指の腹で強く挟む。

「痛い！」

思わず叫ぶが、看護師はそのまま構わずに引っ張った。

「こうやって柔らかくしないと赤ちゃんが飲みづらいからね。飲ませる前に必ずマッサージして柔らかくしてあげて。ほら、あむあむってしてごらん」

後半は赤ちゃんに向かって語りかけ、再び頭を乳房に押しつける。鼻までが乳房に埋まり、これじゃあ呼吸ができないんじゃないかと思った瞬間、乳首の先を吸われる感触がした。

「あ」

飲んだ。

飲み始めると同時に泣き声が消えて静かになる。きつくつむっていた両目がうっすらと開かれ、わたしを向いた。一瞬、何も考えられなくなる。

ガラス玉のような澄んだ黒い瞳は、わたしを見上げた後、すっと細められて閉じた。まるで、安心したかのように。

だが、看護師が手を離した途端、赤ちゃんの口が乳首から外れてしまう。赤ちゃんは瞬く間に顔をくしゃりと歪《ゆが》めて泣き出した。わたしは慌てて自分の乳房をつかむ。赤ちゃんの後頭部を引き寄せる。けれど赤ちゃんは抗《あらが》うように首を引こうとする。

「あの、何か上手く飲めないみたいなんですけど」

「もっと思いきり引き寄せて。ほら、おっぱいだよー大きくお口を開けて——はいパクッ」

看護師の声に合わせて口に乳首を入れようとするのに、上手く入らない。

「ダメダメ、ママが屈むんじゃなくて赤ちゃんの方を寄せるの」

看護師が手を添えてくれると吸われる感覚が戻った。そのまま全身を強張らせ、手が離れても同じ体勢を維持できるように努める。すぐに腕が痺《しび》れ、手首が痛み始めた。それでも動かないようにしているのに、赤ちゃんの口が離れてしまう。

「すみません、やっぱり上手く入らないみたいで」

「まあ、今日はとりあえず後はミルクにしましょうか」

看護師はあっさりと言い、棚から哺乳瓶を取り出した。

「ここに粉ミルクがあるから、このスプーンで一杯入れて、このポットから二十五ミリリットルのところまでお湯を入れて蓋をしてよく振る。哺乳瓶を水にさらして人肌まで冷ますのを忘れないでね」

手早くやって見せて手首に中身を垂らす。ああやって温度を確かめるんだ、と思ったところで、哺乳瓶を渡された。

「さっきみたいに思いきって口の奥まで入れて……そうそう、ほら飲み始めた」

看護師の言葉の通り、赤ちゃんはさっきまでと打って変わって安定した様子で口を動かしている。満足そうに喉を鳴らす音が聞こえた。哺乳瓶を持った手に、赤ちゃんの口の動きが伝わってくる。

けれど、次の瞬間、先ほどの看護師の言葉が蘇った。

『初乳ってすごく大事なのよ。ママの免疫がたくさん含まれていてね、それをもらった赤ちゃんは半年は風邪もひかないくらい』

「……おっぱいも、ちゃんと飲めるようになりますか」

「赤ちゃんもママも頑張ればね」

看護師は小さく肩をすくめる。

「まずは頻回授乳をして分泌量を増やすこと。最低でも三時間に一回はあげるようにして」

「三時間に一回、ですか？」

「二時間おきでも一時間おきでもいいわよ。とにかくしょっちゅうあげることが大事なの。刺激になって量が出るようになるからね」

看護師は茶化すような声音で笑ったが、わたしは笑えなかった。一時間おきに授乳をするとしたら、いつ眠ればいいのだろう。思いが顔に出たのか、看護師は小さく息を吐いた。

「うちは母子別室だから三時間おきにミルクをあげるかママを呼ぶかしているけど、母子同室の病院だとみんな赤ちゃんが泣くたびに自分で起きてやってるのよ。まあ、退院したらどちらにしてもそうなるわけだけど」

目の前が真っ暗になった気がした。そんなこと、わたしにできるんだろうか。赤ちゃんが泣いたとして、ちゃんと起きられるんだろうか。おっぱいは出るようになるんだろうか。ミルクを冷ますのを忘れたりしないだろうか。

看護師が授乳室を出て行き、入れ替わりに薄ピンク色の入院着を着た女性が入ってくる。小さな赤ちゃんを胸に抱いたその女性が、ドーナツ型の椅子にそっと腰かけるのをぼんやりと見守ってから、見覚えがある顔だということに気づいた。

以前見たときと違って化粧気がなく、表情も抜け落ちているが、妊娠七カ月の頃に参加したこの産院主催の両親学級で隣の席に座っていた女性だ。

当時、直接会話を交わしたわけではなかったものの、ネームプレートに書かれた出産予定日がまったく同じだったからよく覚えている。〈七月二十五日〉――予定日というのはあくまでも目安であって本当にその日に生まれてくるとは限らないのだとわかっていても、完全に日付まで同じだと思うと親近感が湧いた。何か話しかけてみようかと思いながら椅子に浅く座り直し、けれど結局話しかけられなかったのは、彼女が始終旦那さんとしゃべり続けていたからだ。

ねえ、テニスボールってうちにあったっけ？　忘れないで買っておいてよ。あなたマッサージ担当なんだから。歯切れのよいテキパキした口調に、旦那さんは気圧《けお》されたようにうなずき続けていた。

こんなふうに平日に仕事の休みを取って一緒に両親学級に出席してくれるような旦那さんなら、きっと育児にも協力してくれるんだろう。そう思った途端、その日は無理だよとあっさり断った夫の声が頭の中で響いて胸の奥がざわついた。入口でもらったパンフレットを握りしめ、大きく突き出た腹を見下ろす。

やっぱり、という言葉が舌の上に浮かんだ。けれどそれ以上考えてはいけないこともわかっていた。

口の中の苦みを流し込むためにペットボトルの水を含み、飲み下す。それなのに、飲み下したそばから、また思いが浮かんできてしまう。やっぱり、わたし一人でなんて無理なんじゃないか――

そう思ったことまでが蘇り、下まぶたが痙攣《けいれん》するようにひくついた。

あのとき、まぶしいほどの笑顔で旦那さん相手にしゃべり続けていたはずの女性は、今、虚《うつ》ろな目を宙に向けている。時折、うつむくようにして腕の中の赤ちゃんに顔を向けるも、声はかけないままだった。周囲へのアンテナを閉じたようなその顔は、見覚えがあるはずなのに、別人のようにしか見えない。

この人の旦那さんはもう面会に来たんだろうか、とぼんやり思った。きっと来ただろう、という考えがすぐに浮かぶ。出産の立ち会いだってしたかもしれない。一緒に子どもの誕生を喜んで、これから二人で協力して育てていこうと誓い合ったかもしれない。そこまで考えて、喉の奥に込み上げてきた何かに上手く息ができなくなった。

どうしてわたしは、産めば何とかなると考えたりしたのだろう。

先ほど抱いた思いが、再び胸を締めつける。

国際線のパイロットである夫は、わたしの出産予定日が近づいても休みを取ろうとはしなかった。何の躊躇いもなく片道十二時間はかかるフランクフルトへ発ち、そして陣痛が始まったと連絡しても返信さえしてくれなかった。機内で携帯をチェックできないのが当然であることくらい、わたしにもわかっている。けれど、そういう場所で大半の時間を過ごす人だということの意味が、わたしはきっとそれまで本当にはわかっていなかったのだ。

夫は、たとえ子どもが急に病気になっても仕事を休みはしないだろう。子どもを抱きかかえて病院に駆け込まなくてはならないようなことが起こったとしても、ほとんどの場合、すぐには帰ってこられない場所にいるだろう。――今が、そうであるように。

飲み疲れて眠ってしまった赤ちゃんを新生児用ベッドに戻して部屋へ帰っても、視界は一向に明るくならなかった。個室のソファに腰かけた途端に腹部の痛みを思い出し、自分が赤ちゃんを元に戻しそびれてしまったことに気づく。

自分でも、自分がどうしてしまったのかわからなかった。思えば、陣痛が始まって以来、まだ一度も眠れていない。眠らなければと思った。一度眠って、落ち着かなければ。普通に戻らなければ。――違う、その前に赤ちゃんを戻さなければ。

思考がまとまらず、ただ焦りばかりが全身を満たしていた。早くしなければ、郁絵さんが赤ちゃんと会ってしまう。彼女が入れ替わったままの赤ちゃんの顔を見てしまったら――そう思った瞬間だった。

――郁絵さんは、もう本当の自分の子の顔を見ていたかもしれない。

甲高い耳鳴りが伸びる。どうしてそんなことに気づかずにいられたのだろう。そうだ。郁絵さんは輸血をして起き上がることもできないらしいとは聞いていたけれど、だからと言って赤ちゃんの顔も見ていないとは限らないのだ。ただ体を起こせないだけなのなら、ベッドの横まで赤ちゃんを連れてきてもらえば顔を見ることぐらいは可能だったはずなのだから。

急速に、周りから音が遠ざかっていく。バレてしまう。バレてくれる。赤ちゃんと引き離されてしまう。引き離してくれる。そのどちらが本心なのかは、自分でもわからなかった。

## 七月二十八日

一睡もできないままに朝が来た。

部屋まで運ばれてきた朝食を機械的に口に運んでいくと、頭を揺さぶられるような眠気が襲ってくる。今頃になって、と時計をにらんだ。七時二十二分。もうそろそろ授乳に呼ばれる。今眠ったところですぐにまた起こされる。その方がつらいはずだから起きていよう、眠るのは授乳が終わってからにしようと思いながら船を漕ぎ、ハッと目を開けることを繰り返す。

目を開けた途端、太腿の上に重さを感じて血の気が引いた。

——いつの間に。

自分がいつ新生児室まで移動したのか、赤ちゃんを抱き上げたのか、授乳を始めたのか記憶がなかった。腕の中の赤ちゃんは口を半開きにして眠っている。

もし落としてしまっていたら、と思うと、身体の芯が震えた。両腕に力を込めて抱き寄せる。

ふいに、ふわりとした温かさが腕の中から伝わってきた。

赤ちゃんは、全身から力を抜いて寝息を立てている。輝くような細かな産毛、ほんの少し力を加えすぎたら潰れてしまう泡のような空気、ベッドにいるときには息をしているのかわからないように見えた身体は、けれどこうして抱いていると、たしかに呼吸をしている。

——柔らかい。

ふいに、すべては悪い夢だったような気がした。

そうだ、考えてみればネームタグが簡単に取れるはずがない。ナースステーションに誰もいないはずがない。取り替えたのなら、まだ気づかれていないはずがない。

斜め前に座っていたママが赤ちゃんを新生児用ベッドに戻し、ベッドの下からノートを取り出した。カチ、とボールペンのペン先を出し、ノートに何かを書き込む。

わたしは目を見開いた。

——記録ノート。

そう言えば、看護師はそんなことを言っていたはずだ。赤ちゃんを抱いたまままそろそろと立ち上がると、太腿の上に置いていたクッションが床に滑り落ちる。赤ちゃんをゆっくりとベッドに戻してからノートを手に取った。表紙をめくった指がびくりと跳ねる。

〈平野郁絵ベビー〉

——夢じゃない。

全身から一気に熱が消える。

這い上がってくる震えに、立っていられなくなる。

わたしは、何てことをしてしまったのか。

自分がしたことが信じられなかった。わたしと夫の血を継いだ子を、妊娠がわかってからの八カ月間、ずっとお腹の中で育ててきたはずの子を、自分が手放そうとしたのだということ。

そして、わたしは、それをごまかすために一番やってはならないことをした。

唇がわななき、視界が霞む。

子どもを産む前、親が子を虐待したという事件をニュースで目にするたびに、砂粒を口に含んでしまったような不快感を覚えてきた。子どもを蹴った。子どもに煙草《たばこ》の火を押しつけた。子どもに熱湯をかけた。どれも、少しも理解できなかった。何てひどいことをするのだろう。どうしてそんなひどいことができるんだろう。どれだけ事情があったのだと説明されても、そんなものは理由になんかならないと思ってきた。子どもは親を選べない。子どもは逃げることができない。どんなに恐ろしかったことだろうと思うと涙さえ滲んだし、そんなことをするくらいなら、どうして産んだのかと強い憤りを感じた。

——だけど、わたしはあの母親たちとどこがどれだけ違うというのか。

自分が産んだ赤ん坊を見ても、かわいいと思えなかった。湧き上がってきたのは、愛情ではなく恐怖だった。わたしにはできないと思った。逃げたいと思った。そして、本当にそうしようとしたのだ。

「わあ！」

新生児室の入口から聞こえた声に、顔を上げる。

そこにいたのは、郁絵さんだった。まだ肌は青白く、車椅子に座ったままだが、両目を輝かせて〈平野郁絵ベビー〉とプレートに書かれた赤ん坊を見ている。

「どうしよう、すごいかわいい……」

どくん、と心臓が跳ねた。

郁絵さんの両目から、透明な涙がこぼれ落ちる。

「抱っこしてもいいですか？」

郁絵さんが言いながらわたしの子に腕を伸ばした。看護師が、もちろん、とうなずいて赤ん坊を抱き上げ、郁絵さんに渡す。郁絵さんは、何かとても柔らかいものを受け取るように、そっと、赤ん坊を抱き寄せた。

「かわいいねえ、頑張って生まれてきたんだねえ」

郁絵さんの長く力強い指が、赤ん坊の額を優しく撫でる。

「やだ、旦那が赤ちゃんの頃にそっくり」

わたしは彼女の顔を凝視した。

「大丈夫よー」

郁絵さんは甘い声で語りかけ、弱々しくぐずり始めた赤ん坊を優しく揺すってあやし始める。

「お母さんがいるからね、なーんにも怖くないんだよー」

赤ん坊はすぐに泣きやんだ。郁絵さんは両目を細め、「おりこうさんだねえ」とつぶやく。

「そうだ、もう授乳してもいいですか？」

看護師を振り返り、自ら言った。看護師は目をしばたたかせる。

「それはもちろんいいけど、平野さん、体調は大丈夫？」

「はい、何か、この子を抱いていたら力が湧いてきちゃった」

郁絵さんは晴れやかに笑った。看護師に車椅子を押されて授乳室へと方向転換する。そこで、たった今わたしの存在に気づいたように、「あ」と声を上げた。

「藺ちゃん」

郁絵さんの目が見られなかった。咄嗟に自分の腕の中の赤ちゃんを見下ろし、すがるように「ほら、郁絵さんだよ」と語りかける。

「わー繭ちゃんがママだー」

郁絵さんははしゃぐような声を上げた。

看護師は元からの知り合いだとわかったからか、わたしの左隣に郁絵さんの車椅子を並べる。視界に赤ん坊の姿が入り、心臓が跳ねた。

「こんにちは、お母さんのお友達だよ」

郁絵さんは自然な口調でわたしが抱いた赤ちゃんに話しかける。喉の奥がぐっと絞められたように詰まった。早く、言わなくては。この子が、本当のあなたの子なのだと、今伝えなくては。唇を開く。喉に力を込める。なのに、声が出ない。

郁絵さんはすぐに自分の腕の中の赤ん坊に向き直った。

「ベビちゃんもおっぱい飲もうね」

そう言うと躊躇いなく入院着の前を開く。誰にも何も教わらないままに乳房を出して飲ませ始めた。ほらほら、おいしいおっぱいだよー。はい、あむってしてごらん。そうそう、上手ねー。

併設されたシンクで何かの作業をしていた看護師が振り返り、「あら、平野さん上手」と目を丸くする。

「平野さん、お子さん二人目だっけ？」

「やだ、一人目ですよー。ただ保育士なんで慣れてるだけで」

「慣れてるって言ったって、授乳するのは初めてでしょう？」

看護師が言うと、郁絵さんは「あはは、たしかに！」と声を立てて笑った。看護師は「一応ちょっと乳腺の開きを確認させてね」と言って郁絵さんの脇に屈む。

「あらすごい、よく出るじゃない」

「ほんとですか？」

「よかったわねえ、これは赤ちゃん喜ぶわ」

看護師の声が、どこかくぐもって聞こえた。

「あ、そうそう。授乳とかオムツ替えをしたらこの記録ノートに書き込んでね」

続けられた言葉に全身が強張る。

——もし、今、記録ノートの名前を見られたら。

「平野さん、オムツ替えのやり方は大丈夫？」

「はい、大丈夫です」

郁絵さんの歯切れの良い返事が熱くなった耳朶《じだ》を打つ。

「本当に初産婦さんとは思えない頼もしさねえ」

看護師の感嘆が聞こえた。

「そしたら記録ノートの書き方も大体想像がつくかもしれないけど、うんちのときが〈う〉、おしっこのときが〈し〉、授乳は〈母〉って書いてその後ろに飲ませた分数を書いてね。ミルクを足したら〈ミ〉の後にあげた量。――石田さん」

唐突に声をかけられ、両肩が跳ねる。看護師がわたしの手から記録ノートを取った。

「ちょっと見本に見せてあげて――あら、全然書いてないじゃない」

看護師は聞いたままのページを見下ろしてつぶやく。

「石田さん、記録ノートの説明まだだった？」

「いえ、聞いたんですけど……」

「ダメよ、ちゃんと書かないと。どれも赤ちゃんの体調と成長を見る上で大事な情報なんだからね」

看護師は声を尖《とが》らせると二つのノートを台上に置き、授乳室を見渡して一番奥に座っている別のママから記録ノートを借りてきた。

「ほら、こういうふうに書くの。わかりました？」

わたしがうなずくのを待たずにノートを閉じて返しに行く。台の前に戻ってくると、並べて置かれていたノートの表紙を開いて名前を確認し直し、わたしと郁絵さんに手渡した。それぞれに、正しい名前のものを。

「はい、じゃあ石田さんも今回からでいいから書いてね」

看護師が立ち去り、わたしたちと二人の赤ちゃんが残された。わたしは、いつの間にか腕の中の赤ちゃんを強く抱きしめている。早く、言わなければならない。自分に繰り返しながら唇を開く。

「結局さあ、産むまでに五十二時間もかかっちゃったんだよね」

郁絵さんが言った。どこか恥ずかしそうに。そして、どこか誇らしそうに。

「何だか、この子、のんびり屋さんだったみたいで。もう死ぬかと思ったよ。実際、輸血してなければ死んでたかもしれないんだけど」

五十二時間、とわたしは口の中で繰り返す。自分だったら、そんなに耐えられたはずがない、と思う。けれど、あと十時間耐えれば、自分も普通分娩で産めたのかもしれない、と思うとたまらなくなった。あと十時間で生まれたとは限らない。その間に、赤ちゃんの心音が弱くなってしまうことだって充分にあり得た。陣痛の間は赤ちゃんも苦しいのだと聞いたことがある。赤ちゃんだって、早く出してもらえてよかったはずだ。そう、懸命に自分に言い聞かせる。

「でも、生まれた瞬間、本当にもう死ぬほど嬉しくて。ああ、すごい、私にもできたんだ、やりきったぞーって思ったら涙が止まらなくて」

郁絵さんは言いながら思い出したように目尻を指先で拭う。

――この人は、この子は自分の産んだ子じゃないと知ったら、どんな顔をするんだろう。

わたしは、自分の中に浮かんだ思いに、自分で愕然《がくぜん》とした。わたしは、何てことを考えるんだろう。そう思いながら、けれど自分の激情を拭いきれない。

「だけどさ」

郁絵さんが照れくさそうに頬を掻きながら続ける。

「貧血のせいで昨日はずっと気絶したみたいに眠っちゃってたから、旦那に先に赤ちゃんを抱っこされちゃって」

――旦那。

単語が、音の塊となって落ちてくる。

――郁絵さんの夫は、もう本当の子の顔を見ている。

その意味を理解した途端、痛いほどに強張っていたこめかみからふっと力が抜けた。

「……旦那さん、何時に来るの？」

わたしは焦点の合わない目を宙に向けたまま尋ねる。

「んー、たぶん面会時間になったらすぐ来ると思うよ」

郁絵さんは普段通りの口調で答える。

面会時間は十四時から。わたしはそれまでの時間を数え始める。あと、六時間。それまでの間に、こうして授乳をするタイミングは、何回あるだろう。二回か、三回か。

わたしはようやく、真っ直ぐに腕の中を見下ろす。

手のひらに収まる小さな顔、まぶしそうに細められた一重まぶたの目、ほとんど生えていない眉毛、微かに反り返った耳、卵形に近い輪郭、富士額の生え際——郁絵さんに似ているのだろうか。郁絵さんの夫に似ているのだろうか。

ぶかぶかの袖から指先が見える。指が長い。爪が小さい。でも伸びている。これは、切らなくていいんだろうか。折れてしまうんじゃないか。赤ちゃんは構わずに手をばたつかせる。自分の頬を引っ掻いてしまう。慌てて手をつかんで止めるが、痛くはないのか泣きはしない。

わたしは顔を上げ、看護師を探した。爪って、切らなくて大丈夫なんですか。そう訊こうと首を伸ばし、指先の感覚にハッと赤ちゃんを見た。

赤ちゃんは、わたしの指を握っていた。

こんなにも小さいのに、こんなにも、力が強い。握られた人さし指の上で、目の焦点が合う。

「爪って、切らなくて大丈夫なのかな」

わたしはそこから視線を外せないまま、小さくつぶやいた。

「やだ、何言ってるの繭ちゃん」

郁絵さんがあっけらかんと笑う。

「大丈夫なわけないじゃない。人形じゃないんだから」

そうだ。何をわたしは当たり前のことを訊いたのだろう。この子は爪だって伸びる。おっぱいも飲む。うんちもする。生きた人間なのだから。

それから十四時までの間、自分が何をしていたのか、わたしはほとんど覚えていない。ただ、気づけば新生児室の前に立っていて、看護師に笑われた。

「そんなに気になるなら、お部屋に連れて帰りますか？」

看護師は、冗談なのか本気なのかわからない口調で言って哺乳瓶を振り、片手でわたしの子でも郁絵さんの子でもない赤ちゃんを抱っこする。

「うちは入院中はできるだけママが身体を休められるようにってことで母子別室にしてますけど、ご希望ならお部屋で一緒に過ごしてもらっても大丈夫ですよ」

どう答えればいいのかわからなくて黙っていると、看護師は小首を傾げた。

「顔色がよくないですけど、ちゃんと眠れてます？」

「……昨日から、全然眠れてないです」

口にした瞬間、胸のつかえがほんの少し取れた気になる。やっと言えた、と思った。自分がおかしい状態であることを伝えられた。これできっと、気づいてもらえる。話を聞き出してもらえる。

けれど看護師は、わたしの顔を見ることすらしなかった。

「そっか、じゃあ先生に言ってお薬出してもらいましょうか」

「え？」

訊き返すと、今度は看護師は顔を上げる。

「ああ、心配しなくて大丈夫ですよ。授乳中でも飲める薬がありますし、出産直後に精神が高ぶって眠れないっていうのはよくあることですから」

よくあること、と口の中でつぶやいていた。看護師がうなずく。

「たとえば、生理でのホルモンバランスの変化をビル二十階くらいだとすると、出産での変化はエベレストくらいなんです。そのくらい一気に身体の中でホルモンが切り替わっている時期だから、いろいろ神経質になったり不安定になったりもするけど、それも一時的なものですからね」

柔らかく微笑み、〈石田繭子ベビー〉と書かれた新生児用ベッドの中の郁絵さんの子を見下ろした。

「それにしても、こんなに何度も新生児室に通ってくるお母さん、なかなかいないですよ。

しかも石田さんは帝王切開で傷口も痛むだろうに——石田さんの赤ちゃんは幸せね」

もらった薬は、結局飲めなかった。

眠りたいけれど、眠ってしまうのが怖かった。眠っているうちに、十四時になる。郁絵さんの夫が面会に来る。赤ちゃんを見て、おかしいと気づく。騒ぎになる。新生児室のモニターの記録を調べる。画面に、赤ん坊の足首からネームタグを引き抜くわたしの姿が映る。見たことはないはずのその姿が見えた気がして、二の腕の肌が粟立《あわだ》つ。赤ん坊の足首をつかむ女の横顔は、ひどく暗く、淀んでいる。

面会受付の前のラウンジにいると、十四時ちょうどに一人の男性が現れた。彼は新生児室を覗き込むこともなく郁絵さんの個室へ向かう。数分後、彼女の車椅子を押しながら戻ってきた。

わたしは、自販機横のソファで携帯をいじるふりをしながら、まばたきもせずに二人を目で追う。郁絵さんから声をかけられた看護師が新生児用ベッドを滑らせて出てきた瞬間、彼女の夫は、動きを止めた。

わたしは視線を外して天井を仰ぐ。

――これで、終わり。

だが、不思議と想像していたような焦燥は込み上げてこなかった。やっと眠れるのだと、そんなことを思った。そしてわたしは、まぶたを閉じて断罪の言葉を待つ。

「かわいいねえ」

何も知らない郁絵さんが、何度目かになる言葉を漏らした。わたしは、ゆっくりとまつ毛を上げる。

新生児用ベッドを覗き込んでいた彼女の夫は、ハッとしたように郁絵さんを見た。その唇が、小さく開かれる。

「そうだな」

わたしは、目を見開いた。郁絵さんの夫の顔をまじまじと見つめてしまう。何を言っているのだろう。指摘しないのだろうか。

「こいつ、俺の赤ん坊の頃にそっくりなんだよな」

「あ、やっぱり？　私も一目見て、あれ、てっちゃん産んじゃったよって思ったの！」

「てっちゃん産んじゃったって何だよ」

「だっててっちゃんの赤ちゃんの頃の写真にそっくりなんだもん」

リズムよく言葉を交わしながら去っていく二人を、わたしは呆然と見る。

——気づかなかったのだ。

そう理解した途端、全身に電流のような痺れが駆け抜けた。郁絵さんの夫は、気づかなかった。いや、違和感は覚えたのかもしれない。けれど、すぐに打ち消した。そんなはずがないと、自分の思い違いだったのだろうと、そう、思うことで、違和感を拭ってしまった。一度拭われてしまった違和感は、きっともう戻らない。

唇が、泣き出す直前の形に歪んだ。

わたしは顔を伏せ、部屋へと歩き始める。少しずつ速度が上がり、部屋のドアを後ろ手で閉める頃には息が切れていた。

無意識にお腹を押さえ、そして気づく。傷の痛みを忘れていた。そう自覚しても、昨日ほどの痛みは戻ってはこない。怖くなって上体をよじる。引きつれるような鋭い痛みが突き抜ける。わたしはそれを味わうように反芻《はんすう》する。まだ痛い。まだつらい。そう思うことに何の意味があるのかわからないままに、繰り返す。

よろめく足取りで部屋の奥まで進み、眠れないときのために、と渡された薬をつかんだ。一回分の錠数を確かめないまま二錠口の中に放り込み、唾で喉の奥に飲み下す。

ベッドの上で丸まった。お腹を抱えるような体勢になってから、ここにはもう誰もいないのだと気づく。布団を頭からかぶると、視界が薄闇に包まれた。目をきつくつむり、意識が遠ざかるのを待つ。喉がひどく渇く。嗚咽が漏れる。いつまで経っても、耳鳴りが消えない。

## 七月二十九日

ノックの音で、目が覚めた。

起き上がろうとすると、腹部が引きつれる痛みを訴える。

「血圧と体温を測るだけですから横になったままでいいですよ」

入ってきた看護師は、にこやかに言ってわたしの腕を取った。手慣れた仕草で二の腕に布を巻きつけ、体温計を手渡される。

わたしは頭が覚めきらないままに体温計を脇に挟んだ。「あ」というかすれた声が漏れ、看護師の目がわたしを向く。そこに浮かんだ怪訝そうな色に、わたしは慌てて目を伏せた。

「あの、今、何時ですか」

看護師はポケットから携帯のようなものを取り出し、「六時五分」と答える。

「六時って夕方の……？」

「ああ、よく眠れていたみたいだからね。朝の六時ですよ」

わたしは息を呑んだ。

――朝の六時。

自分が何時間眠ってしまったのか、すぐには数えられない。夕飯が運び込まれてきたときは、と考えたところでひゅっと焦りが込み上げてくる。

「あの、わたし授乳を……」

「大丈夫ですよ。ミルクをあげておいたから」

看護師は何でもないことのように言った。

「休めるなら休んだ方がいいですからね。少しは身体が楽になりました？」

「はい……でも」

「あ、もしかして母乳育児にこだわりがありますか？」

「いいえ、そういうわけじゃ……」

答えながら、頭の中には別の看護師の言葉が渦巻いていた。

『初乳ってすごく大事なのよ』

『まずは頻回授乳をして分泌量を増やすこと。最低でも三時間に一回はあげるようにして』

ピピ、と短い電子音が鳴る。体温計を引き抜くと、三十六度八分だった。

「もし母乳で頑張りたいってことでしたら、こちらでミルクはあげずに起こすようにしますから言ってくださいね」

看護師はクリップボードに挟んだ紙に何かを書き込むと、わたしの腕から布を外して体温計を回収する。手早く器具をまとめ、会釈をして部屋を出て行った。

わたしは、腕についた赤い跡を呆然と見下ろす。いくら寝不足が続いて薬を飲んでいたとは言え、こんなにも眠ってしまうものなのだろうか。授乳のタイミングには内線で連絡が入ったはずだ。夕飯だって運ばれてきたはずだ。けれど、そのどちらにも、わたしはまったく気がつかなかった。

――もし、赤ちゃんと二人きりのときに、こんなに眠ってしまったら。

赤ちゃんの泣き声に気づけなかったら。そのまま赤ちゃんが死んでしまったら。

ぞっと悪寒が走る。あと数日で退院するのだということが信じられなかった。こんなことを、世の中のお母さんはみんなやっているんだろうか。

やっているんだろう、という答えがすぐに浮かんだ。きっと、みんなやっている。みんなできている。だってみんな、死なずに大きくなったんだから。今、きちんと大人になっている人の母親は、誰もがみんなそうやってきたのだ。――お母さんも。

脳裏に蘇ったのは実家の玄関だった。

黒く汚れた雑巾で拭い続けたような枯茶色の木の扉。扉を開けた途端に皮膚へと直接染み込んでくるような臭い。

実家の玄関の扉を開けるときにいつも連想するのは、浜辺のない海のテトラポッドに絡みつく細い海藻と白い泡だった。その淀んだ潮の空気を破るようにして酸味のある腐敗臭が鼻孔をつく。反射的に小さく咳き込むと埃の混じった濃い汗の臭いが口の中に飛び込んできて、味はないはずなのに苦い唾が込み上げて二の腕が粟立った。

息が詰まり、つま先に力がこもる。けれど扉の前に立ち尽くすのは一瞬で、すぐに靴の散乱したタイル張りの玄関に身を滑り込ませてべたついたドアノブを引く。少しでも、家の臭いが外に出ないように。

顔を上げると薄暗い廊下の天井まで積み重ねられた段ボール箱が視界を埋める。烏龍茶、緑茶、コーラ、カルピスウォーター。隙間なく並んだ同じサイズの箱には見覚えのあるロゴと商品名が躍っている。取っ手として開けられた穴と剝がれかけたガムテープに気づかないふりをすれば、迫りくる壁のように見えなくもない。

けれど中に入っているのは、冬物の衣服や古い雑誌、化粧品の試供品を集めたもの、小学校時代の授業ノート、特に分類がされないまま詰め込まれているために今後使われる見込みもない文具やコードの束だ。

わたしは身体をよじって一番手前の段ボールの上からビニール袋を引きずり下ろす。中から踵のついた厚手のスリッパを出し、ローファーを片方ずつ脱いで宙で履き替えた。左、右

——廊下に下ろしたスリッパの裏から、じゃり、という砂粒がこすれる感触が伝わってくる。雑巾がけどころかもう長いこと掃除機もかけられていない廊下と玄関の間には、境目はない。外を歩いた汚れた靴で踏み入ってはいけない部分など、もはやこの家の中にはないだろう。それでも必ずスリッパに履き替えるのは、慣れてしまうのが恐ろしいからだった。

自分は、いつか気にしなくなってしまうんじゃないか。

服や、髪や、肌にこびりついた、人から眉をひそめられるような悪臭もわからなくなってしまうんじゃないか。

この一分ほどの間にも、扉を開けた瞬間に覚えた不快感が曖昧に溶けて輪郭を失くしてしまっているように。

『繭子？　帰ってきたの？』

リビングの奥から伸びてくる母の声には答えず、段ボール箱の壁の間をすり抜けて自分の部屋へと向かう。一刻も早く着替えたかった。汚れてもいい、臭いが染みついても構わない服に——だが、わたしはドアを押した途端に返ってきた手応えに動きを止める。喉がぐっとおかしな音を立てた。乾いた感触をドア越しに感じるのと同時に、半透明のゴミ袋がこすれ合っているのだとわかる。

『お母さん！』

悲鳴のような自分の声が耳朶を打った。頭に血が上り、こめかみが波打つ。耳の粘膜が膨らんだように音が遠くなる。

『わたしの部屋に何か入れた？』

先に着替えないと――そう思うのに、足が勝手にリビングへと向かっていく。曇りガラスが格子状にはめられた引き戸を開けると、耳の違和感が強くなった。パンパンに膨れ上がったレジ袋、中身がほんの少し残ったまま転がっているペットボトル、洗濯済みなのか着た後のものなのか判断がつかない衣服、雑に折り畳まれて嵩《かさ》を増した新聞紙と広告、背の文字を何度も傍線で消して書き直されたビデオテープ、積み上げられて斜めに傾いた大小様々な段ボール箱――テレビやダイニングテーブルの隙間を埋めるようにして山となったその脇で、菜箸を手にした母が顔をしかめている。

『ちょっと繭子、そんなキイキイした声出さないでよ』

『わたしの部屋に置いた荷物、今すぐどけて』

『繭子？』

母が小さな丸い目を少女のようにしばたたかせた。

『どうしたの、何をそんなに怒ってるの』

『勝手に荷物入れないでって言ってるじゃない！』

それほど大きな声を出しているわけでも長い言葉を発しているわけでもないのに、息が切れる。視界が狭くなるような眩暈に奥歯を嚙みしめた。

『ああ、ごめんね。ちょっとガスの点検があって……』

『まさかこの家に入らせたの？』

声がみっともなく裏返る。母は『いやあね』と頰を柔らかく緩めて顔の横で手を振った。

『入らせるわけないじゃないの。とりあえず通り道くらいは作ってみたけど、やっぱりこんな状態見せられないし居留守使ったわよ』

母も、この状態が普通でないことはわかっているのだ、と思うと、は、と短い息が口から漏れる。けれど、胸の圧迫感は少しも減らなかった。

『……だったら、何でわたしの部屋にゴミがあるの』

『失礼ね。ゴミじゃないでしょう。ちゃんと見た？』

母はため息をついて上体をキッチンへと乗り出し、重なった皿の上に菜箸をそっと載せる。ぶん、という微かな音が鼓膜に届いた。小さな羽虫が視界の端をすばやく横切る。母はエプロンの裾で指先を拭いながら踵を返し、足元に転がっていたペットボトルをまたいで廊下に出て行った。

わたしの部屋の前まで来ると、躊躇いなくドアを開けてゴミ袋を拾い上げる。目を細め、わたしに振り向いた。

『ほら、これ覚えてる？　繭子、どこに行くにも赤いくまさんのやつがいいって聞かなくて』

指さされた先にあるものが何なのか、すぐにはわからなかった。半透明のかさついた袋の中で無造作に丸められた赤い布が、幼い頃の写真の中で何度か目にしたことがある服だと遅れて理解し、眉間に皺《しわ》が寄る。

『だから何？』

『懐かしいでしょう？　布自体はまだしっかりしてるし、ばらして縫い直せば巾着くらいにはなるじゃないの』

『そんなの誰が使うのよ』

『だって、もったいないじゃない』

もったいない、という言葉を耳にするたびに、自分の中の大切な部分が蝕《むしば》まれていくような気がした。もう何の価値もない過去や、これからもしかしたら使うかもしれないという架空の未来のために、現在が犠牲にされているのだと。

『結局誰も使わないならゴミと一緒だよ』

『あら、使わないの？』

母が目を大げさに見開く。傷ついたことをアピールするような仕草に、わたしは『使わない』と低く答えた。

『そう……じゃあいいわよ、お母さんが使うから』

母は声のトーンを下げてそのまま部屋を出て行こうとする。わたしは慌てて『ちょっと』と呼び止めた。

『ここに置いていかないでよ』

『だって、他に置く場所がないじゃない。お母さんには部屋がないもの』

母の言葉に、わたしは言い返せなくなる。たしかに、この3ＬＤＫの家の中には母の部屋がない。一部屋が両親の寝室で、一部屋が父の書斎、残りの一部屋がわたしの部屋で終わりだ。そして、父の書斎の半分以上は既に母の荷物で埋まっていた。

『だったら捨ててなよ』

絞り出す声が喉に絡む。母の顔から表情が抜け落ちた。そして母は唐突にゴミ袋を床に投げ捨て、『お母さんが全部悪いのよ！』と叫び声を上げる。

『お母さんだって申し訳ないとは思っているのよ。ちゃんと家を綺麗にして、薊子がいつ友達を連れてきてもいいようにしてあげるべきだって』

そのまま嗚咽を漏らし始め、ポロポロと大粒の涙をこぼす。

『ごめんなさい』

母は子どものように泣きじゃくりながら、涙を微かに黒ずんだ指先で拭った。それでもまだ、涙は後から後から溢《あふ》れてくる。

『ごめんね、ごめんなさい、繭子』

『ううん、わたしこそごめん』

『もうお母さん、死んじゃいたい』


わたしは、ビジネスホテルの一室のように整頓された病室の真ん中で立ち尽くす。

母に謝られるたびに、責められているような気がした。母に死にたいと言われるたびに、母にこんな思いをさせてしまうくらいなら自分こそ生まれてこなければよかったと思った。だけどそんな母でも、わたしが小さい頃は優しかったのだ。あの堪えようのない痛みに耐えてわたしを産み、わたしが泣くたびにおっぱいをあげ、オムツを替え、抱き上げ、育ててきてくれた。あの母でさえ。

そう思った途端、ふいごのように息が身体から飛び出そうとして詰まる。しがみついていた命綱の先がどこにも結ばれていなかったことを、知ってしまったような気がした。

　夫が来たのは、面会時間が終わる五十分前だった。

　事前のメールはなく、唐突に部屋のドアがノックされた。夕食を下げ忘れていたことに気づいて「はい」と慌てて声を張り上げた。テーブルの上に広がっていたお碗の蓋や紙ナプキン、ラップをお盆の上に戻し、お盆を両手に持ったところで、ドアが開く。

　隙間から見えた夫の姿に、お盆を取り落としそうになった。

「繭子」

　夫はわたしの動揺には気づかなかったようで、「入るよ」と短く断りながらドアを完全に開く。その瞬間、夫の後ろに義父母がいるのが見えた。カーキ色のポロシャツと、水色のシースルーのカットソーが、色の塊となって目に飛び込んでくる。

「繭子ちゃん！」

　義母は夫を押しのけるようにして前に現れた。わたしに駆け寄り、お盆を持ったままのわたしの手を上からつかむ。

「ああ、よかった。元気そうで。大変だったわね。最後の最後で帝王切開になっちゃったんでしょう？」

　わたしは、咄嗟に返事ができなくて夫を見た。だが、夫は物珍しそうに部屋を見回している。夫は、どういうふうに義母に話を伝えたのだろう。わたしが途中で音を上げたのだということも言ったのだろうか。——いや、夫はそんなことは知らない。そもそもわたしは緊急帝王切開になったということしか夫に伝えていないのだから。

「はい、あの……すみませんでした、普通に産めなくて」

「え？」

義母は両目を丸くして、素っ頓狂な声を出した。

「赤ちゃんに何かあったの？」

わたしはハッと息を呑む。義母の目を見ていられなくて顔を伏せると、産院のスリッパからはみ出した義母の靴下の白が妙に浮き上がって見えた。

「あ、いえ、赤ちゃんは元気なんですけど……普通分娩で頑張れなかったから」

「え？」

義母はもう一度声を跳ね上げる。絶句するような間に、わたしは思わず視線だけを持ち上げた。義母はぱちぱちとまつ毛をしばたたかせている。

「何言ってるの。誰かに何か言われた？」

ぎゅっと握られた両手に力が込められた。

「繭子ちゃんは頑張ったじゃない。初めてのお産でいろいろ不安だったでしょう？」

「……お義母さん」

「繭子ちゃん」

義母は、わたしの手からお盆を取ってテーブルの上に置いた。

「あのね、私が帝王切開になっちゃったって言ったのは、別に責めるつもりで言ったんじゃないのよ」

はい、と答える声が言葉にならない。

「帝王切開ってね、ママが赤ちゃんの分のリスクも苦しみも全部引き受けてあげる出産法なんですって。中には陣痛を経験して初めて母親になれるんだとか、そういう心ないことを言う人もいるみたいだけど、私は、お腹の赤ちゃんのために自分のお腹を切るなんて本当にすごいことだと思う。だって病気でもないのに身体に一生消えない傷を負うのよ？　なかなかできることじゃないわ」

嗚咽が漏れた。ふいにそっと抱き寄せられる。ほとんど中学生の男の子のように短く切られた義母の髪に、鼻先が埋まった。甘く、どこか懐かしい、シャンプーの匂い。つらかったよね、と口にする義母の声が微かに震える。

「ごめんね、やっぱり私が出産に立ち会ってあげればよかったね。繭子ちゃん、遠慮なんかしなくてよかったのに」

わたしは、息を詰める。

そもそもわたしが出産への立ち会いを頼んだのは夫だった。だが、わたしが話を切り出すなり、夫は顔をしかめたのだ。

『仕事休めるかなあ。だって、出産っていつになるのかわからないんだろ？』

『どうしてもいきなりは休めないようだったら、計画分娩にすることもできるよ』

『計画って？』

食い下がったわたしに、怪訝そうに訊き返す。

『陣痛促進剤を使って、希望の日に産めるようにするの』

わたしが説明するなり、夫は、そこまでするのはなあと首の後ろに手を当てた。

『それに、繭子はみんなやってるって言うけど、俺の周りじゃ立ち会い出産なんてほとんど聞かないぜ？』

夫は続けて、いかに仕事を休みづらいのかを話し始めた。やっと副操縦士に昇格したばかりの自分が急病以外の理由で休みを取りたいとは言い出しづらいこと。一度フライトスケジュールを組まれた後に変更を頼むとたくさんの先輩に迷惑をかけてしまうこと。

『どうしても繭子が一人で不安なら、うちのおふくろに頼んでみるか？』

夫の言葉に、頬が引きつってしまう。たしかに、妊婦雑誌のアンケートでも夫の次に立ち会うのが多いのは母親だとあった。母親なら経験者だし、安心だと考える人も多いのだろう。だが、それは実母の話のはずだ。

『……それはちょっと』

『何で？』

夫は首を傾げた。わたしはうつむき、親指にできたささくれをつまむ。

『だって……下半身を剝き出しにするわけだし』

『別に女同士なんだから気にしなきゃいいだろ』

『でも、痛みで失礼なこととか言っちゃうかもしれないから』

『そんなのおふくろは気にしないって』

あっけらかんと言う夫に、気にするのはわたしなのだと伝えるには何と言えばいいのかわからなかった。そのまま言葉にしたところで、気にしなければいいと繰り返されるだけだ。それができないのだということを、どうすればわかってもらえるのか。

『……あなただって、わたしの父親の前で痔《じ》の手術をするとしたら抵抗があるでしょ』

何とか声を絞り出すようにしてそう言うと、夫は眉をひそめた。

『出産と痔の手術じゃ全然違うだろ。それだったら俺は繭子に立ち会ってもらうのも嫌だぞ』

『そういうことじゃなくて』

『じゃあどういうことなんだよ。義理の親だからって話？　でも、繭子は自分のお母さんに立ち会ってもらうのは嫌なんだろ？』

夫の苛立《いらだ》ち混じりの声に、カッと耳たぶが熱くなる。

夫だって、母の危うさを知れば納得するはずだ、と思う一方で、絶対に知られたくないとも思う。

結局わたしは、立ち会い出産自体をあきらめることにした。それ以来、夫の前で話題にすらしていない。

――なのに、まさかお義母さんがわたしが断ったことまで知っていたなんて。

「そう言えば、赤ちゃんはどこにいるんだ？」

淀んだ空気を割るようにして夫が話題を変えた。するとそれを待っていたように、義父が
「おお、そうだな」と相槌《あいづち》を打つ。

「もしかして、さっきのナースステーションの隣にあった部屋？　あれ、外から見られるようになってたよな？」

声を出さずにうなずくと、夫はすばやく踵を返した。

「俺、見てくるわ」

「あ」

まずい、と咄嗟に思った。けれど、言葉が出てこない。

上体から、義母の温もりが離れた。

「繭子ちゃん、私たちも行きましょう？」

連れ立って新生児室まで向かう間、震えが止まらなかった。これで気づいてもらえれば楽になるのだと自分に言い聞かせるのに、誰にも気づかれませんようにと祈ってしまう。お腹の赤ちゃんのために自分のお腹を切るなんて本当にすごいことだと思うと言ってくれた義母にだけは、知られたくなかった。けれど、一歩一歩、新生児室が近づいてくる。

「どうも、石田です」

夫がナースステーションの看護師に声をかけると、看護師はすばやく新生児室へ入り、〈石田繭子ベビー〉とプレートに書かれた赤ちゃんをベッドごと引き出してきた。

「このたびは、おめでとうございます」

看護師の言葉に、夫は照れくさそうに笑う。

「ありがとうございます」

それから新生児用ベッドを見下ろし、目を見開いた。

「うわあ、すげえ」

まるで少年のような口調で小さくつぶやく。その両目は、真っ直ぐに赤ちゃんを見ていた。

「え、こいつがこないだまで繭子の腹の中にいた子？」

「あなた今さら何言ってるの。当たり前でしょう？」

義母が苦笑し、夫の背中を軽く叩く。

「いやね、これだから男って」

共犯めいた視線をわたしに向け、ふふ、と笑った。そのまま新生児用ベッドの横から赤ちゃんを覗き込み、「まあ、かわいい」と声を弾ませる。

「旭の赤ちゃんの頃にそっくりじゃない」

夫の名前に、わたしは動きを止めた。同じような言葉を、わたしはどこかで聞かなかったか。最近、そう、本当につい最近の出来事のはずだ。

わたしは、ハッと義母を見る。義母は当然のように新生児用ベッドに手をかけ、押し始めた。ばあばですよー、うんうん、ちょっとまぶしいでちゅねえ。破顔して語りかけながら、わたしの個室へと向かう。

部屋に着くと、「ただいまー」と口にした。

「抱っこする前に手を洗わなきゃね」

そう言って夫と義父を洗面所へと急かす。自らも洗面所へと向かい、真っ先に戻ってきた。

「ばあばのところにおいでー」と声をかけながら赤ちゃんを抱き上げる。

「ああ、おまえ、そんな抱き方じゃ危ないだろう」

義父が、洗面所の方から慌てて両腕を伸ばした。義母がムッとしたように顔を上げる。

「何言ってるのよ。私は子ども二人育てたのよ？　お父さんこそ、赤ちゃんの頃の旭も律子もほとんど抱っこしなかったじゃない」

まくし立てるように言い、「ねー？」と赤ちゃんに声をかけた。

「ほら、笑った！　おりこうさんねえ」

「母さん、俺にも抱っこさせてよ」

「ああ、そうよね。ごめんなさいね、パパ」

義母が夫に向き直り、楽しげに呼びかける。

「はい、じゃあまだ首がすわってないからまず首の下に手を入れてね。そうそう、で、そっちの右手でお尻を支えるの」

一歩身を引いて夫を見つめ、満足そうにうなずいた。

「そうそう、あら上手いじゃない」

「パパですよー」

夫が今までに聞いたこともないような優しい声で赤ちゃんに言う。

「あ、そうだわ。写真撮らないと！」

義母はバタバタとソファへ駆け寄り、鞄から大きなレンズのついたデジタルカメラを取り出した。「はい、こっち向いてー」シャッター音が響く。「ああ、ほら赤ちゃんもこっちよー」プルプルプルと唇を震わせて鳴らし、赤ちゃんが首を動かした瞬間にすかさずシャッターを切った。

「やだ、目つぶっちゃったわ。もう一回」

わたしは、動くことも声を出すこともできなかった。この人たちは、その子が自分たちの本当の子でも孫でもないと知ったら、どう思うのだろう。何と言うのだろう。今撮っている写真は、消すのだろうか。

「繭子さん」

背後から聞こえた義父の声に、飛び上がりそうになった。身体を振り向かせるのにひどく時間と力がかかってしまう。

義父は、真剣な顔をしていた。その、何かを切り出すのを迷っているかのような表情に、背筋が強張る。——まさか、気づいたのだろうか。

すると義父は、首の骨を丸めるようにしてお辞儀をした。

「繭子さん、ありがとうございました」

何の礼を言われたのかすぐにはわからなかった。数瞬後、石田家の孫を産んだことに礼を言われているのだと気づく。義母の方から、洟《はな》をすする音が聞こえた。

「三十年前はこんな赤ちゃんだった旭がねえ」

唐突に、目の前の光景から現実感が抜け落ちていくような気がした。

「これ、ちょっとですけど」

と言いながらご祝儀袋を差し出してくる義父の顔が、初めて見る顔に思えてくる。〈御出産御祝　石田康治《こうじ》　智子〉と筆で書かれた太く力強い字と華やかな蝶結びの飾りが妙に浮かび上がって見えた。

受け取ってはいけない、と頭の中で誰かが告げていた。わたしに、これを受け取る資格なんかない。

動けずにいるわたしの手を、義父が取る。手のひらに、ご祝儀袋が置かれた。

「ささやかで申し訳ないけど、受け取ってやってくださいよ」

袋には、ずしりとした重みと厚みがある。

「……ありがとう、ございます」

気づけばわたしは、かすれた声でそう答えていた。

義父は満足そうに顎を引き、赤ちゃんの方へと向かう。

「あら、お父さんも抱っこしてみる？」

「え、俺はいいよ」

「何びびってんだよ、親父」

はしゃぐように親しげに声をかけ合う夫たちを数メートル離れた場所から眺めていると、ふいに鼻の奥に石鹸の匂いを感じた。

高校生の頃、母とケンカをして家を出て、近所のマンションの外階段を上る自分の切羽詰まった横顔が見える気がした。少女は一段一段、踏みしめるようにして上がり、七階まで行ったところで、外廊下から遠く離れた地面を見下ろす。

ミニチュアの模型のように小さな植え込みや車に足がすくんだ。手すりをつかんだ手のひらに力を込め、そのまま少しも動けなかった。

乗り越えることも、離れることもできず、縛りつけられたように地面を眺め続けていたわたしの鼻先を、石鹸の匂いがかすめた。ハッと振り向くと、真後ろの家から子どものはしゃぐような声と水音が聞こえてくる。その、あまりの健やかさに、意味もなく泣きたくなったことが思い出される。

——何て、遠い。

わたしは、赤ん坊を囲んで笑い合う家族の姿を、呆然と眺めた。その一枚の絵画のように完成された輪の中で、彼らと血が繋がっていない赤ん坊だけが、わたしの近くにいるように感じる。

「来るのが遅くなっちゃって、ごめんな」

いつの間にかわたしの隣まで来ていた夫が、わたしの肩にそっと手を置いた。

「出産、怖かっただろう。やっぱり俺が立ち会ってやればよかったな」

労《いたわ》るような夫の声を、出産してすぐに聞いていれば泣いてしまっていただろうなと思いながら聞く。この人も、怖かったんだろうな、と静かに思った。初めての出産におののいていたのだろう。だから逃げてしまい、それでさらに怖くなったのだろう。そう、他人事《ひとごと》のように考えている。

——夫が立ち会ってくれていれば、わたしはこんなことをしなかったんだろうか。

浮かんだ言葉は、卑怯で、意味のないものに思えた。わたしはいつか、何かをしたはずだ。赤ちゃんを取り替えなかったとしても、何か別の、取り返しがつかないことをしたはずだ。確信めいた思いが胸の中心に積もる。

帰り際、義母はわたしの手を握って言った。

「繭子ちゃん、今のうちにゆっくり身体を休めるのよ。退院したら休む暇もなくなっちゃうんだから」

面会時間が終わった後、渡されたご祝儀袋を開けたら二〇万円が真新しいお札で入っていた。

七月三十日

「石田さん右手！」

鋭い声に、肩がびくりと揺れた。

「ダメよ、洗うことに一生懸命になりすぎたら。赤ちゃん溺れちゃうところだったわよ」

下から支えられた右手を見下ろすと、たしかに赤ちゃんの上体を乗せた手がいつの間にか下がっていた。赤ちゃんの口元のすぐ下に水面がある。

今、隣に看護師がいなければ溺れさせてしまっていたかもしれないと思うと、ぞっと背筋が冷たくなった。

「ほら、ちゃんと支えてあげて」

「あの、すごい動くんですけど」

「そりゃあ動くわよ」

看護師は呆れた口調で言い、隣の浴槽に溜めていたお湯を止めた。

「そんなに丁寧にやらなくていいの。優しく手早く。赤ちゃんはまだ体力がないんだから、あんまり長い間お湯に入れてたら疲れちゃうよ」

横から伸びてきた腕が赤ちゃんを抱き直し、すばやくガーゼで身体を拭う。

「お尻はこうやってきちんと汚れを落としてあげてね。そしたらかけ湯。お湯が熱すぎないか注意してからかけてあげて。はい、じゃあそこのバスタオルを持って」

言われるままにタオルを両手に広げると、すぐさま赤ちゃんが乗せられた。

「湯冷めしないようにざっと早く拭いて、まずはオムツだけ当てちゃって」

次々に出される指示を夢中になってこなしていくうちに、赤ちゃんは着替え終わり看護師は「オッケー」と告げる。

「これで沐浴《もくよく》はおしまい。どう？　家でもできそう？」

とても家でできる気がしなかった。看護師がついていてくれて、指示や手助けをしてくれても上手くできないのに、一人でなんてできるはずがない。

けれど、答えられずにいるわたしに構わず、看護師は授乳スペースで待っている次の産婦を呼んだ。

「シミズさん、沐浴指導するから赤ちゃん連れてきて」

帆立貝とアボカドのカルパッチョ仕立て、ローストビーフ、刺身、車海老と夏野菜の天ぷら、にぎり寿司、赤飯、鯛の兜煮《かぶとに》、浅蜊《あさり》のお吸い物、茶碗蒸し、フルーツロールケーキ。テーブルに所狭しと並んだ色鮮やかな料理に、一瞬自分がどこにいるのかわからなくなる。

「すげえなこれ、レストランみたいじゃん」

夫がはしゃぐように言ってラウンジを見回し、携帯で写真を撮り始めた。

「おまえ、いつもこんな豪華料理食べてんの」

「そんなわけないじゃない。これはお祝い膳だからだって。いつもは食べるのも病室だし」

「それにしたって入院中とは思えないよなあ」

感嘆を漏らして頬杖をつき、寿と書かれた袋から箸を引き抜く。

「ホテルみたいな部屋で寝てレストランみたいな飯食って、赤ちゃんも見ててもらえるわけだろ？」

胸の奥をざらりとした何かで撫でられたような気がした。けれど、どう言い返せばいいのかわからない。

「見ててもらえるって言ってもずっとってわけじゃないよ。授乳のたびに呼ばれるし、こうやって自分で見ている時間も多いし」

「だけど、ほとんど寝てるし、意外に赤ちゃんって泣かないのな」

夫はローストビーフを箸でつまんだまま、首を伸ばして赤ちゃんを覗き込む。

「それとも、うちの子が特別育てやすいのかな」

「そう言えば、昨日はあの後お義父さんたちとごはん食べに行ったの？」

何となく話題を変えたくてそう言うと、夫は姿勢を戻し、まあな、とうなずいた。

「親父がお祝いに焼き肉でも食うかって言うからさ」

ローストビーフを咀嚼《そしやく》し、「肉は昨日の方が旨かったな」とつぶやく。

「あ、そういや親父からお祝いもらったんだろ」

夫がパッと顔を上げた。周囲を見回し、ほんの少し声をひそめて続ける。

「いくら入ってた？」

二〇万円、と小声で答えると、うわ、マジか、とのけぞった。

「結婚式のときより多いじゃん。親父たち、初孫がよっぽど嬉しかったんだなあ」

お吸い物をすすり、口の端を紙ナプキンで拭う。

「何かと物入りだし、ありがたいよな」

そうだね、と自分の声が他人のように答えていた。箸の先でアボカドが潰れてしまう。窓ガラスを横目で見ると、郁絵さんが天ぷらを頬張って笑っているところが映っていた。その向かいには、彼女のお父さんらしき男性が座っている。何を話しているのだろう。気になったけれど、声は聞こえてこなかった。

ネギとろ軍艦巻きを割り箸で挟み、皿から引き剝がす。力を込めすぎたのか、海苔《のり》の輪が歪んで醬油につけた途端に崩れ始める。慌ててすくい上げて口元へ運び、小皿にこぼれ落ちたご飯粒を箸先でかき集めた。潰れた米粒に、どんどん醬油が染み込んでいく。

もはや小皿には寿司一つ分ほどの醬油しか残されていないのに、皿にはまだ三つの寿司が残っていた。ほとんど醬油の味しかしないが、わたしはそれをこそおいしいと感じる。

ちらりと、向かいの夫の醬油皿を盗み見た。初めに同量の醬油を入れたはずなのに、夫の皿にはまだなみなみと醬油が残っている。

頰が熱くなるのを感じながら、わたしは醬油のついたご飯粒を甘海老の上に載せて頰張った。舌に感じるのは甘海老のねっとりした感触だけで、どうにも味が物足りない。けれど、テーブルの上に置かれた醬油さしをつかむ気にはなれなかった。夫は気にしないだろう。けれど、自分が恥ずかしい。醬油をたくさんつけないとおいしく感じられないこと、舌が貧しいのだと思われるのが恥ずかしくて醬油を足せないこと、そうなるとわかっているのにそれでも醬油をつけすぎてしまうこと。

この子も、こうなるんだろうか。

わたしは、ベッドの中で微かな寝息を立てる小さな生き物を見下ろす。

「そう言えば、名前なんだけど」

夫が、箸を置き、ほうじ茶の湯呑みに手を伸ばして言った。わたしはハッと我に返る。

「コウタ、ってどうかな」

夫はどこか緊張したような面持ちで切り出した。

「コウタ？」

「航空機の航に、太郎の太。やっぱり長男だしさ、太には豊かって意味があるらしいんだよね。俺がパイロットだっていうのもあるけど、それだけじゃなくて航も道を切り拓いていく感じがするし、親父の康治のコウの響きも継げるし」

早口に続け、鞄から名付け辞典を取り出す。

「画数も悪くないんだよ。総画数が二十四で、えーと、――信頼される知性や先見性が育つ。感性の良さに勤勉さが加わり、少々の困難も克服できる人物になるでしょう。倹約家で、思慮深さもあります。健康運も吉」

開かれたページを、わたしは呆然と見下ろした。

「これ……いつの間に買ってたの」

「いや、本当は安定期に入った頃には買ってたんだけどさ、何か照れくさくて」

夫は親指で顎をこする。鼻の奥にツンとした痛みが走った。

子どものことなんて、考えてくれていないのだと思っていた。名前について相談しても上の空で、両親学級のパンフレットすら読まなくて、出産にも立ち会ってくれなかった。

――なのに、どうして今になって。

赤ちゃんの顔が涙でぼやける。

夫が航太と名付けたかったのは、この子じゃない。

「どう？　他に繭子がつけたい名前ある？」

唇が開く。けれど声は出てこない。嗚咽が漏れそうになってうつむくと、夫は「よし」と言って席を立った。

「じゃあ、おまえはこれから航太な」

ベッドの縁を両手でつかんで顔を覗き込む。

航太が、ゆっくりと目を開けた。

「航太、お、わかるか？　そうそう、いい名前だろ」

夫は、はしゃぐように言いながら携帯で写真を撮り始める。パシャ、パシャ、パシャ――シャッター音を模した電子音が続き、航太が、まるでそれに答えるかのように腕をばたつかせた瞬間だった。

――郁絵さんの夫も、写真を撮っていたとしたら。

ふいに浮かんだ可能性に、視界が暗転する。

最初に自分の赤ちゃんを見た日——まだ、わたしが取り替える前。

あの日、郁絵さんはずっと眠ったままだったという。面会に来た彼女の夫は、赤ちゃんを見る以外にすることがなかったはずだ。そのとき、生まれて間もない赤ちゃんの姿を写真に残していたとしたら。

足元から、何かが崩れていくような気がした。

もしそうだとしたら、写真が何よりの証拠になる。たとえば今、この瞬間に、郁絵さんの夫が写真を見返していたとしたら。

赤ちゃんに二度目に会ったときに抱いた違和感は、気のせいだと自分に言い聞かせることで消したかもしれない。だが、写真を見れば、郁絵さんの夫だけではなく、誰もがおかしいと気づく。

夫が席に戻った。けれど、携帯をいじる手を止めない。何やってるの、と尋ねる声がかすれた。夫は携帯に視線を向けたまま口を開く。

「航太の写真と名前、フェイスブックに上げようと思って」

血の気がさらに引いた。写真と名前——そんなものが公開されてしまったら、本当に取り返しがつかなくなる。

慌てて出した声は、不自然に裏返っていた。

「子どもの写真をネットに上げるのは」

「何?」

夫が眉を持ち上げる。目を合わせていられなくて、顔を伏せた。

「……そういうのって危ないこともあるって言うし」

「別に大丈夫だろ、まだ赤ちゃんなんだし」

夫はあっさりと言い、肩をすくめる。

「繭子ってそういうの気にする人?」

「気にするっていうか……」

「それに写真なら、もう昨日アップしちゃったけど」

息が止まった。

「……え?」

「長男が生まれましたって」

夫が言いながら携帯を向けてくる。そこには、まぶしそうに薄目を開けた航太の写真があった。一瞬、周りから完全に音が消える。

つい数十秒前に、本当に取り返しがつかなくなる、と考えたことが蘇った。一体、どれだけの人がこの写真を見てしまったのだろう、という言葉が続けて浮かぶ。けれど、それ以上は上手く考えられなかった。

夫が携帯をテーブルに置く。画面に縫いつけられたわたしの視線もまた、テーブルの上へ移動した。

〈七月二十七日十時二十三分、石田家の長男が生まれました！　二六四〇グラム、四十八センチというちょっと小柄な男の子です。

妻は長い陣痛に耐え、最終的には緊急帝王切開で出産しました。大変な思いをして産んでくれた妻には感謝の気持ちでいっぱいです。

母も同じように大変な思いをして産んでくれたんだよな、と思うと母にも感謝です。

まだ自分が父親になったという実感はあまりありませんが、やはり我が子は無条件で愛しい存在です。

これから、できる限り僕も協力して、妻と一緒に子育てを頑張っていこうと思います〉

「これくらいなら平気だろ？　でも藺子が気にするなら、一応名前は書かないようにするよ」

爪が短く切り揃《そろ》えられた夫の指が、お手本のように美しく箸を構えた。その流れるような仕草の上に、たった今目にしたばかりの文面が重なる。

〈母も同じように大変な思いをして産んでくれたんだよな、と思うと母にも感謝です〉

——何て、この人は健全なんだろう。

わななきそうになる唇を噛んで堪えた。

何て、この人はわたしと違うんだろう。

きっと、この人には一生理解できないはずだ。お腹を痛めて産んだ子どもを自分から手放す母親がいるということなんて。

初めて夫と会った日のことが、ふいに弾けるようにして脳裏に浮かぶ。


場所は全国チェーンの居酒屋で、合コンの席だった。

女性側はファミレスのアルバイト繋がり、男性側は大学のテニスサークル繋がりだったはずだ。テニスサークルだというだけで何となく女慣れしているような印象を抱き、浅黒い肌におののいたのを覚えている。

男性側は全員大学三年生だったけれど、女性側は高校三年生が一人、大学一年生が二人、そしてわたしが大学三年生だった。

『未成年なんで』と言って乾杯からソフトドリンクを頼んだわたし以外の女の子たちに対し、

『えー一杯くらい飲んじゃえばいいじゃん』と言ったのは一人だけで、すぐに残りの三人が『やめとけって』『はいそれアルハラ』『俺もバイクだからコーラ』と続けたことで、第一印象がいい方向へ覆った。そのうちのどのセリフを口にしたのが旭だったかは記憶にないけれど、飲んじゃえばいいじゃんと言った男性でなかったことだけはたしかだ。

あまりお酒が得意ではないわたしも安心して烏龍茶を注文し、合コンというよりも食事会というムードで自己紹介が始まった。

名前や趣味や近況を順番に言っていき、女子高生が受験する学部で迷っていることを告げたところで何となくそれぞれの大学での専攻を話す流れになった。

農学部に通っていたわたしは、深く考えないままにヤマトヒメミミズの研究をしていると告げた。

すると、途端に女子高生が『えー？』と悲鳴のような声を上げる。

『うそ、ミミズに触るの？』

わたしは慌てて『まさか』と首を振った。

『触ったりはしないよ。ミミズのストレスになるし』

やだ何言ってんのーと別の子に笑われ、あのね、ミミズにとっては人間の体温は高すぎるから、と説明し直したところで、『やっぱり触るなんて無理だよねー』と続けられる。『俺もないわー』と男性の中の誰かが言い、そこでようやくみんながミミズのためではなく、自分が気持ち悪いから触れないという意味で言っているのだと理解した。

わたしは咄嗟に曖昧な笑みを浮かべ、烏龍茶のジョッキを両手でつかむ。『そうだよね』と相槌を打とうと口を開き、短く息を吸い込んだとき、

『どうしよう』

旭は、眉根を寄せて言った。

『俺、知らなくて火傷《やけど》させちゃってたかもしれない』

一拍の間を置いて、どっと笑い声が上がる。

『そういう意味じゃないってー！』

背中を強くこづかれて痛そうに顔をしかめている旭を見ながら、わたしは驚いていた。

そういう意味だった。

わたしは、それからも何度か大学での勉強について訊かれるたびに同じような回答をしてきたが、旭のような反応をしてくれた人は他にいない。わたしの言いたいことを理解してくれた人はいたけれど、ミミズに対して「火傷」という表現を使ってくれた人は。

テーブルの横には、あー、あー、と高く澄んだ声を上げる航太、向かいにはいつか航太と

キャッチボールをするのだと声を弾ませている夫がいる。

わたしは焦点が合わない目を膳へと向けた。

赤身のマグロの表面が、油が流れた水面のように濁った虹色で光っている。箸で押し潰すようにしてつまみ、口へと運んだ。舌の上にひやりとした感触が載る。ほとんど嚙まずに飲み下すと微かな生臭さが鼻の奥に抜けた。

その臭いに引き出されるようにして、実家の玄関の扉が浮かんできそうになる。

わたしは、母親になんてなるべきじゃなかったんじゃないか。

何度目かになる思いが胸を塞いだ。まともじゃない家で育った自分がまともな親になれるはずがない。そう思う一方で、いい歳して親のせいにしようとしている自分にも嫌気がさす。

――〈やはり我が子は無条件で愛しい存在です。これから、できる限り僕も協力して、妻と一緒に子育てを頑張っていこうと思います〉

まぶたの裏で、文字が流れていく。夫の笑顔の上で、それはやがて見えなくなる。

七月三十一日

ハッピーバースデーの曲が聞こえる。ハッピーバースデートゥーユー、ハッピーバースデートゥーユー、聞き慣れたメロディが眠り子をあやすようなオルゴールの音色で天井から響いてくる。

「あ、また誰か生まれたんだ」

斜向《はすむ》かいで授乳していた郁絵さんが、天井を見上げた。

「どういうこと？」

「これ、この曲」

わたしが尋ねると、郁絵さんは両手で赤ん坊を抱いたまま、顎で天井を示す。

「気づかなかった？　ここの産院、赤ちゃんが生まれたときこれ流すみたい」

「そうなの？」

「繭ちゃんのときも流れてたよ」

わたしは思わず、郁絵さんの腕の中にいる赤ん坊を見た。そうか、と不思議に思う。そうか、生まれたまさにその日は、〇歳の誕生日なのか。ケーキもプレゼントもない、初めての誕生日。

赤ん坊は、わたしを振り返ることはなく、郁絵さんの胸にほとんど顔を埋《うず》めている。こく、こく、と規則的に頭が上下する。おっぱいを飲む動きなのだろう。時折動きが止まり、またしばらくすると思い出したように動き始める。こく、こく、こく。

ハッピーバースデーの曲が終わった。

余韻のような間が空いてから、またゆるやかなクラシックが流れ始める。曲名はわからない。ただわたしが聞いたことがあるくらいだから有名な曲なのだろう。

「次にこの子のためにこの曲をかけるのは一年後なんだよね」

郁絵さんが、赤ん坊の髪を撫でながらつぶやいた。

「何か想像できない。一年後とか、すごい遠い未来みたいに思えちゃう」

「郁絵さんでも？」

わたしは語尾を跳ね上げる。郁絵さんはわたしを向き、「当たり前じゃん」と苦笑した。

「いくら保育士だって言っても、自分の子は初めてだもん」

両目を細め、再び赤ん坊に向き直る。

「何だかんだ言ってさ、結構テンパると思うよ。保育士として働いてた頃はママたちにえらそうなこと言ってきたけど、ちゃんと育てられる自信なんて全然ない」

え、という声が喉の奥に吸い込まれた。身体の中心を冷たい何かが伝い落ちる。

「そんなに違うもの？」

尋ねる声が微かにかすれた。

「そりゃあそうでしょ。だって、二十四時間一緒、そのうちのほとんどは私と二人きりなんだよ？　保育士は一日のうちの一部だし、特に〇歳児はクラスに担任が何人もいるから。みんなでたくさんの子どもを見るのと一対一で向き合うのとじゃ違うよ」

郁絵さんは小さくため息をつく。けれどすぐに口角を持ち上げた。

「それでもこの子の母親は私しかいないんだし、頑張るしかないよね」

薄膜が張られているかのように、声がくぐもって聞こえる。息が苦しくなって、あえぐように口を開いた。

言わなければならない。早く、本当のことを。今言わなければ、せめて郁絵さんが先に退院する前に言わなければ、本当に取り返しがつかなくなってしまう。

「でも」

郁絵さんが、わたしに向かって微笑みかけた。

「繭ちゃんがいてよかった。子ども同士の誕生日も同じだし、繭ちゃんと一緒に子育てできると思うと、すごい心強い」

喉の奥がひくついた。まぶたの裏に、〈両親学級〉と書かれたホワイトボードが映る。

『旦那さんと来ている人、多いですね』

郁絵さんにそう声をかけられたのは、両親学級の中盤、参加者の男性陣がマタニティ体験ベストをつけ始めた頃だった。

こんな重いものずっとつけてるんだな、とパパの一人が言い、重いだけじゃないんだよ、とママの一人が少し憤慨したように言い返した。貧血とか、胃もたれとか、信じられないくらいたくさんマイナートラブルがあるんだから。

わたしたちは顔を見合わせ、耳打ちするようにひそめた声で言葉を交わす。

『でも、体験してくれるだけいいですよね』

『ね』

たったそれだけで、初対面の距離感ではなくなるのがわかった。

『あ、予定日近い』

郁絵さんがわたしのネームプレートを見てつぶやく。反射的にネームプレートを見返すと〈平野郁絵　七月二十三日〉とあった。二日違いだ、と思ったのと同時に、『二日違いですね』と続けられる。

『臨月の頃は暑そうですよね』

わたしが顔をしかめてみせると、郁絵さんは『ほんと』と言ってアイラインに囲まれた両目を柔らかく細めた。

わたしたちはそのまま、互いの歳も職業も出身地も知らないままに話し続けた。生まれてくる赤ちゃんの性別、夫は仕事が忙しくて健診に同席してくれたことはないこと、里帰り出産の予定はないこと――話せば話すほどに共通点が見つかって、わかる、と繰り返すほどに胸の奥に凝《こご》っていた何かが溶けていくのを感じた。

両親学級が終わり、解散する段になっても話し足りなくて、産院のエントランスまでしゃべりながら歩いてきたところで、郁絵さんが『あ、そうだ』と足を止めた。

『繭子さん、次の健診いつですか？』

『健診？　再来週の木曜の十時ですけど』

『あー惜しい。私金曜だ』

郁絵さんは肩を落としてため息をつく。

『この産院、健診の待ち時間長いし、また一緒だったらいろいろ話しながら待てるなって思ったんだけど』

『あ、それいい』

わたしは思わず少し身を乗り出した。すると郁絵さんが『ほんと？』と声を弾ませる。

『じゃあ私、健診日木曜にずらしちゃおうかな』

『え、いいんですか？』

『うん、今からならシフト調整できるし』

郁絵さんは言いながら予約受付機へ向かった。タッチパネルを手早く操作し、予約日を変更する。

その瞬間、毎回心待ちにしながらもどこか憂鬱でもあった健診日が、急に楽しみになった。念のために連絡先も交換しておこうという流れになり、互いに携帯を取り出す。

『私、ママ友って初めて』

郁絵さんが微笑みながら言い、わたしは思わずお腹を手で押さえた。

『ママ友』

次の瞬間、まるで答えるように内側からぽこんと蹴られて驚く。けれど、それは不快な驚きではなかった。ただ、少しくすぐったい。

鮮やかなピンク色の携帯をいじっている郁絵さんを改めて見ると、シンプルなボーダーのロングワンピースがよく似合っていた。前髪が後ろ髪と一緒に頭上でお団子の形にまとめられていて、剥き出しになった額にくっきりと書かれた眉からは意志の強そうな印象を受ける。ママ友でなければ友達にならないタイプかもしれないと思うと、何だかそれもくすぐったかった。

「そうだ、繭ちゃんって一カ月健診いつ？」

ふいに郁絵さんが立ち上がった。こんな会話を以前にも交わしたなと上手く働かない頭でぼんやり思う。郁絵さんは首だけをねじってわたしを見た。強張ったわたしの口は、「八月二十七日」と答えている。

「あ、一緒！」

郁絵さんが混じり気のない笑顔をわたしに向けた。

「よかった、じゃあまたそのときに会えるね」


郁絵さんが、わたしの子と共に退院したのは、十時二十七分のことだった。

「お世話になりました」

赤ん坊を抱いた彼女の隣で、彼女の夫が頭を下げる。その少し癖のあるつむじを、わたしは吹き抜けになっている二階のラウンジから見下ろしていた。郁絵さんの夫は、初めて来た日に赤ちゃんの写真を撮らなかったのだろうか。それとも、写真を見返していないだけなのか。

もしそうだったとして、では、見返して、おかしいと気づくのはいつになるのだろう。明日？　三日後？　一週間後？　そのとき、郁絵さんは、どうするのだろう。まずは産院に確認するのだろうか。それとも、わたしに航太の写真を見せてほしいと頼んでくる？

「このたびは誠におめでとうございます」

柔らかな院長の声に、郁絵さんが「ありがとうございます」と晴れやかな声音で答える。続けて郁絵さんは、院長の隣にいる看護師にも笑顔を向け、「中村さんも、いろいろとありがとうございました」ときちんと名前で呼んで会釈をした。

——何にせよ、誰か一人でも疑いを持ったら終わりなのだ。本当のことを調べる方法なんて、いくらでもある。

「ここで産んで、本当によかったです」

——早く止めないと、郁絵さんは行ってしまう。あの子を、自分の子として育て始めてしまう。

「そう言ってもらえると嬉しいですよ」

「ここじゃなかったら帝王切開になってましたよね、私」

——いや、もう始まってしまっているんじゃないか。出産してからの四日間、郁絵さんはあの子に母乳を飲ませ続けてきた。

「先生が私を信じて待ってくれたおかげです」

「いえいえ、お母さんと赤ちゃんの力ですよ」

——わたしはもう、とっくに白状する機会を逸しているんじゃないか。

視界から、郁絵さんと赤ん坊が消える。自動ドアが開く、小さく唸るような音が響く。わたしは、最後まで声を出すことすらしなかった。

八月一日

ドアが開いた瞬間、蒸すような熱い空気が顔面に押し寄せてきた。けたたましい蟬《せみ》の声に、足がすくむ。

アスファルトの灰色、植え込みの緑、空の青、どれもが一週間前よりも濃く、輪郭が際立って見えた。

一歩踏み出した途端に腕の中で航太が小さく跳ねる。目をきつくつむった険しい表情に、慌てて手で顔に覆いを作った。

「ごめんね、まぶしかったね」

目の上に黒い影が落ちた航太は、目は開けなかったものの、眉間の皺をすっと伸ばした。

ボストンバッグとトートバッグを両肩にかけた夫が、財布とご祝儀袋をトートバッグの口に無造作に押し込み、高いなあ、とつぶやく。

「何が？」

わたしが立ち止まって顔を上げると、後部座席のドアの前に回り込んだ夫はドアを開けながら「この産院」と答えた。

「出産一時金の四二万を引いても二〇万だってよ。やっぱりセレブ産院は高いんだな」

「セレブって……でも別にここ、そんなに高いわけじゃないよ。もっと高いところなんていくらでも」

「そりゃ上には上があるだろうけどさ」

わたしを遮るようにして言い、肩をすくめる。

「だけど出産なんてすごい貧乏な人もやることなんだからさ、探せばほとんど一時金で賄えるところもあったんじゃないかって話」

「帝王切開だったから医療保険に入ってたらむしろ黒字になったかもしれないけど」

「黒字って、おまえ」

夫が鼻の上に皺を寄せる。

「やめようぜ。そんな子どもで金稼ぐみたいな言い方」

「そういう意味じゃ……」

「いいから早く乗れって、航太が暑いだろ」

後部座席を顎でしゃくり、運転席に乗り込んだ。わたしは開きかけた唇を閉ざし、そっと座席に腰を滑らせる。左肘で支えていた航太の頭を右手で持ち替え、できるだけ音を立てないようにドアを閉めた。勢いが弱すぎて半ドアになってしまい、今度はもう少し強くやり直す。大きな音にびくっと身を縮ませた航太は、一瞬の間の後、顔を歪めて泣き出した。

「ああ、ごめんね航太、びっくりしたよね」

「どうした？　大丈夫か？」

夫も慌てたように運転席から身を乗り出してくる。

「大丈夫、ただ音にびっくりしたみたい」

答えてから、腹の奥に蠢《うごめ》くような苛立ちを覚えた。何を大げさに騒いでるの。他に理由があるわけがないじゃないの。浮かんだ攻撃的な思いに自分でも驚いて、けれど苛立ちを鎮めることができない。よしよし大丈夫よー、という声が自然に口から漏れた。大丈夫、大丈夫、なーんにも怖くないからねー。言いながら、これと同じ言い回しを誰かがしていたなと頭の片隅で思う。

航太は、ひくっ、ひくっ、と泣きじゃくりながら目を開いた。わたしを、真っ直ぐに見上げる。口をへの字にした顔のまま、わたしの顔についた何かを確かめようとするかのように。その目を見つめ返し、あれ、とわたしは声を出す。

「涙、出てない」

あれだけ全身で勢いよく泣いたのだから、さぞ涙がたくさんこぼれているだろうと思ったのに、航太の目は泣き出す前と同じままだった。

「何だよ、嘘泣きかー？」

夫が茶化すような声音で言う。わたしは航太を抱いた上体を前後に揺らしながら、違うよねー、と話しかける。

「嘘泣きなんか、してないもんねー」

「お、今のママっぽい」

夫がどこかまぶしそうに目を細めた途端、カッと耳たぶが熱くなった。郁絵さんの顔が宙に浮かんで消える。

「じゃあ出発するぞ」

夫はそろそろと車を発進させ、滑るようにして駐車場を出た。それでも段差のところでがくんと揺れ、航太を抱いた腕に力が入る。

「早くチャイルドシート買わないとな」

夫がつぶやき、バックミラー越しに視線を向けてきた。

「次に外に出るの、いつなんだっけ」

「一カ月健診まではできるだけ家の中で過ごすようにって言われたけど」

「健診っていつ？」

八月二十七日、と答えるや否や、夫が「あ」と顔をしかめる。

「俺、その日からシンガポールだ。どうする？　母さんか父さんに来てもらう？」

一瞬何気なくうなずきかけて、我に返った。

――一カ月健診には、郁絵さんも赤ちゃんを連れてくる。

わたしはお腹に力を込める。傷口が引きつれ、息が詰まった。

「……大丈夫」

声がかすれる。

「大変なのは行き帰りだけだから、タクシー使うし」

夫は、そっか、と相槌を打って大回りに右折した。バックミラー越しに目が合う。

「航太、大丈夫か？」

わたしは航太に視線を下ろした。航太は、うつらうつらとまぶたを上下させている。

「何か、眠そう」

はは、と夫が笑った。

「寝ていいぞー」

朗らかに言い、左手でエアコンの風向きを調整する。

「んじゃとりあえずチャイルドシートはその日にも使わないだろうけど、まあ買うだけ買っておくか」

「あ、うん、そうだね」

「また母さんが来たときにでも適当に見繕ってもらって買ってくるかな」

夫はつぶやきかけ、「あ」と声を漏らした。

「むしろこういうのに出産祝いは使うべきだったか」

「こういうのって？」

「こういう形に残るもの」

そうすれば、親父たちもチャイルドシート見るたびにいい気分になれるしさ。そう衒《てら》いもなく言う夫の腕を、わたしはぼんやりと見つめる。

やがて車が停まった。先に降りた夫が、後部座席の横まで回り込んでドアを開けてくれる。

「頭、気をつけろよ」

そんなこと初めて言われた、と思って夫を見上げると、夫は航太の頭を見ていた。わたしは短く顎を引き、航太の頭を手のひらで覆いながら車を降りる。

一週間ぶりに見るマンションは、どこか薄汚れて見えた。黒ずんだ階段の隅、エントランスの天井に張った小さな蜘蛛《くも》の巣、植え込みに捨てられた空のペットボトルが目に飛び込んでくる。

玄関を開けると、温まって蒸された空気に息が詰まった。潮の匂いが鼻孔をつく。違う、ここはあの家じゃない。そう思いながら、家の中に踏み込めない。

うわ、あっちーな。夫が舌打ちをしながら靴を脱いで入っていく。真っ先にエアコンのリモコンを手に取り、ピピピピピと連打する電子音が続いた。

「何してんの、早く入ってドア閉めろよ」

夫の言葉に、足を引きずるようにして家に入る。

「……ちょっと、航太には暑すぎない？」

「今エアコンつけたからすぐ涼しくなるって」

夫の言う通り、五分もすれば暑さは気にならなくなった。むしろ、汗で肌に張りついたシャツが冷えてぞっとする。

それでも、手のひらにかいた汗はなかなか引かなかった。

八月四日

赤ちゃんという生き物は、もっと一日中泣いているものなのだと思っていた。

わたしはベビーベッドの前に置いた椅子に腰かけ、航太の寝顔を柵の隙間から見つめる。

妊娠中、今が一番いいわよ、と何度も言われてきた。生まれてきたら寝る暇もなくて大変よ、と。そうなのだろうと思っていた。入院中は泣いても看護師が面倒を見てくれているだけで、退院したらすぐにそうした生活が始まるのだろう、と。

けれど、航太は、夫が仕事に出て以来、もう四時間も眠り続けている。目をつむれば、家の中に赤ちゃんがいるとは思えないほど静かだった。

航太が眠ってくれているうちに、自分も寝ておかなければ。そう思いながら、わたしは携帯を取り出している。

〈新生児　寝〉とまで打ったところで、予測に〈新生児　寝ない〉〈新生児　寝すぎ〉というフレーズが出てきて指が泳ぐ。

〈新生児　寝すぎ〉の上をタップすると、様々なサイトが現れた。その一つ一つを開いて読んでいく。寝てくれるならいいじゃないですか。それ、自慢ですか？　新生児のうちは食欲より睡眠欲が勝ってしまう赤ちゃんがいますが、きちんと三時間おきに起こして母乳を飲ませてください。親孝行な赤ちゃんですね。眠り続けているってことは、本人なりに満足しているんじゃないでしょうか。今のうちにお母さんも寝て体力を回復しておいた方がいいと思います。特に夏場は脱水症状を起こしてしまう可能性があります。母乳でもミルクでも、定期的に水分を取らせることが大切です。相反する書き込みを読みながら、どうすればいいのかわからなくなる。

携帯を椅子に置き、ベビーベッドを覗き込む。

「こうちゃん」

囁《ささや》き声で呼びかけ、赤みのある頬にそっと指を伸ばした。ちゃんと生きているだろうか。突然不安になって、頬をつつく。

びくっと航太は両腕を大きく広げた。

「あ、ごめん」

わたしは慌てて手を引っ込める。ぎゃあああ！　航太が顔を真っ赤にして泣き始める。

「ごめん、ごめんね」

わたしは航太を抱き上げ、揺すりながらオムツで膨らんだお尻をとんとんと叩いた。航太は泣きやまない。全力で両手足を突っ張り、鼓膜が痺れるような、喉がかれてしまうんじゃないかと心配になるような声を張り上げる。ぎゃあああ！　ぎゃあああ！

「ごめんね、びっくりしたよね。寝てていいんだよ」

ぎゃあああ！　ぎゃあああ！　どうして泣きやまないんだろう。びっくりしただけじゃないんだろうか。どこか痛いんだろうか。

「どうしたの？　そんなに嫌だった？」

ぎゃあああ！　ぎゃあああ！　オムツだろうか。ベビーベッドに戻し、裾のボタンを外すと、オムツの真ん中が水色に変わっていた。

「ああ、ごめんね。気持ち悪かったよね」

慌ててオムツを取り替え、ゴミ箱へ捨てに行く。泣き声がさらに大きくなり、自然と駆け足になった。はいはい、ちょっと待って。今すぐ戻るからね。声を張り上げながら戻り、服がはだけたまま顔を真っ赤にしている航太を抱き上げる。あ、ごめんね、お洋服がそのままだったね。ベッドに置き直してボタンを止め、再び抱っこして揺らした。ごめんね、ごめんね。繰り返し口にしながら、さっきからずっと謝っていることに気づく。気づいてもなお、口が勝手に同じ言葉を吐き出していく。ごめんね、ごめんね。本当なら、郁絵さんに育ててもらえたのに。郁絵さんなら、きっともっと上手くやれたのに。

――あの子は、今頃笑っているだろうか。

わたしの子。郁絵さんに抱っこされて、郁絵さんのおっぱいを飲んで――そこまで考えて、ハッと思い至る。

「もしかして、お腹すいた？」

そうだ、どうして真っ先に思いつかなかったんだろう。前にミルクを飲んでから四時間以上経っている。それを心配して調べてさえいたというのに。

「そうだよね、お腹すいたよね」

わたしは床に敷いたままの布団の上にあぐらをかき、授乳クッションを引き寄せて航太を抱き直した。パジャマのボタンを外して乳房を出し、背中を丸めて航太の口の中に乳首を押し入れる。

そのまま、三十分が過ぎた。ひりつくように痛む胸を引き剝がすと、航太が不満を訴えるように泣き叫ぶ。航太を布団の中心に置いてキッチンへ向かい、泣き声に急かされるようにしてミルクを作った。戻ってきて哺乳瓶の先を口の中に押し込むと、泣き叫んでいた航太は忙（せわ）しなく飲み始める。

わたしは、こく、こく、と喉を鳴らす航太を見下ろしながら、やっぱり、と思った。

——やっぱり、おっぱいはほとんど出ていないのかもしれない。

喉の奥がごきゅりとおかしな音を立てる。

だったら、この子にとっては無理に母乳にこだわるよりミルクで充分な量を飲ませてもらった方がいいんじゃないか——そう自分に言い聞かせるそばから、看護師の声が蘇った。

『初乳ってすごく大事なのよ』

航太が飲むのをやめ、再びうとうとし始めた。だが、まだ十ミリリットルほどしか飲めていない。

「こうちゃん？　ほら、まだいっぱいあるよ」

完全に脱力してしまった航太を縦にして、背中をトントンと叩いた。げぷっ、という音と共に、口からミルクが垂れる。慌ててガーゼで拭い、横に抱き直した。

視界に、ミルクが少ししか減っていない哺乳瓶が飛び込んでくる。

——この子は、ちゃんと大きくなれるんだろうか。

ふいに、お尻の下の薄い布団が沈み込んでいくような気がした。引きつるようにまつ毛が上がり、涙が溢れてきてしまう。わたし、何泣いているんだろう。思いながら泣きじゃくる。子どもじゃあるまいし、と思った途端、ひっく、と喉が鳴った。やっぱり無理だったのだ。わたしは母親になんてなるべきじゃなかったのだ。涙が航太の頬に落ちて、するりと耳の横へと滑る。

ガーゼを握りしめた手が航太の顔の上で震える。その動きがいかにも異常なものに見えて、さらに涙が膨れ上がった。目が窓とドアへ交互に泳ぐ。誰か、と唇が動く。それをまた異常だと考える自分がどこかにいる。

背中を丸めて宙を向いたまま、誰か、と今度は声に出して言う。視界の端で何かが動いた気がして顎を下ろすと、航太が尖らせた唇をもぐもぐと動かしていた。その、見えない乳首を吸うかのような動きに、思わず口元が緩む。何、それ。

航太は再び、何事もなかったように寝息を立て始める。

わたしはその小さな唇を、じっと見つめ続ける。

八月十日

腕の形を変えないように気をつけながら、ゆっくりソファから立ち上がった。すり足でベビーベッドの前まで進み、抱いていた航太をそっと横たえる。

すると、次の瞬間、眠りについてから三十分は経っていたはずの航太はぎゅっと顔を歪めて唸り出した。慌てて再び抱き直してあやし始める。その、もう何度繰り返したかわからない流れをなぞりながらリビングの窓へ顔を向けると、もう夜が明けようとしているのが見えて突然全身を掻き毟《むし》りたくなるような衝動に駆られた。

わたしはこれから、どうなるのだろう。わたしの子は、航太は。

それは、重たい波に似ていた。泥のようにじりじりと忍び寄ってくる黒くて冷たい波。わたしは、これを、知っている。全身が強張り、頬が引きつる。じっと息を潜め、航太のお腹に顔を埋めるようにして身を縮める。波に見つからないように。捕まってしまわないように。

隣の部屋から、夫のいびきが聞こえてくる。足元には、夫が航太のために買ってきた、握ると音が鳴るおもちゃがあった。あの人は何も知らない。航太が自分の子どもじゃないとは疑ってもいない。

丸めていた背中を真っ直ぐに戻し、携帯をつかんで夫のフェイスブックのページを開く。まだ生まれて二週間しか経っていないのに、航太についての投稿が三つもあった。眠っている航太、あくびをしている航太、くしゃみをしている航太、泣いている航太、カメラをじっと見つめている航太。あの人は、いつの間にこんなに写真を撮っていたのだろう。そこに寄せられる、たくさんの「いいね」。

友達を検索、という欄に〈平野郁絵〉と打ち込む。けれど郁絵さんのものらしいページは出てこなかった。そのことに、安堵《あんど》すればいいのか落胆すればいいのかわからない。

あの子は今頃、と習慣のように思いかけて、愕然とした。

――あの子は、どんな顔をしていただろう。

親指が携帯の上で泳ぐ。

新生児室で見下ろした顔を思い出そうとするのに、浮かぶのは航太の顔ばかりだった。違う、あの子はもっと目がぱっちりしていたはずだ。鼻が小さく、髪が多かったはずだ。

――本当に？

わたしは思わず、お腹を見下ろした。この中にいたはずのあの子。脚の力が強くて、お腹を何度も蹴られては、驚いてきた。不鮮明なエコー写真を繰り返し眺め、美しく並んだ背骨の上を指でなぞってきた。

なのにわたしは今、自分の子の顔を思い出すことさえできない。

郁絵さんは、とすがるように思う。連絡が来ないということは、郁絵さんだって、と思いかけて、彼女は何も知らないのだと思い直す。郁絵さんは、わたしとは違う。

――さすがに、もう生まれた直後の写真を見ただろうか。

見れば、違和感を覚えるに違いない。今の子どもの顔と見比べ、こんなにも変わるものだろうかと驚くだろう。だが、それですぐに産院側に問い合わせるかとなると話は別だ。生まれたばかりの赤ちゃんの顔は、一日一日で変わる。ただその変化が大きいだけなのだろうと、きっと普通は考える。入れ替わったなんて思いつきもしないかもしれないし、たとえ思いついたとしても容易に口には出せない内容だ。わたしが彼女の立場でも、すぐには言い出さないはずだ。夫婦の間で、ちょっとおかしいんじゃないかと話し始めて、賛同が得られたら初めて疑いに形を変え、それでももう少し確実になるまでは外の人には話さない。

もう少し確実になるまで――相手の赤ちゃんを見て、その顔と見比べるまで。

『よかった、じゃあまたそのときに会えるね』

郁絵さんの声が蘇った。

そのとき――一カ月健診。

航太を支えた両腕から力が抜けそうになる。小さく身じろぎをした航太をほとんど反射的に抱き寄せ直しながら、宙を見つめた。

わたしがしたことを知った夫は、どんな顔をするのだろう。何を言うのだろう。

胸の中心が引き絞られるように強く痛む。

母親失格だと思うだろう。子どもを自分から手放した女なんかに子どもを任せられるはずがないと考えるだろう。この子は郁絵さんの元へ帰り——そして、あの子もまた、わたしの元へは帰ってこない。

そう考えた途端、新生児室で、この母親は大丈夫だろうかと心配されることを恐れながら、同時に気づいてほしいと願ったことが蘇った。望んだ通りになるのだ、と思う。これでやっと、みんな気づいてくれる。わたしは何も、大丈夫じゃないのだと。

あと二週間なのだ、と思うと、目の前の光景がとてつもなく美しいものに見えた。オレンジ色の薄闇の中で寝息を立てている航太。頬の横で驚いたような形のまま広げられている小さな手のひら。見逃しそうなほど微かに上下している車柄のベビー服に包まれた平らかな胸。湿った額に張りついた細く黒い髪。

鼻から大きく息を吸い込むと、ミルクくさい、どこか甘い匂いで胸が詰まった。温かい、と泣きたくなりながら思う。こんなにも、温かい。

航太の頬に、光が射した。顔を上げると、閉ざされたカーテンの隙間には、もう朝が来ている。

八月二十七日

今日、すべてが終わる。それは、ほとんど確信だった。

この日が永遠に来ないようにと祈り続けてきた気もしたし、この日が来るのを心待ちにしていた気もした。

七時半に夫を見送り、航太にミルクを飲ませて支度をした。退院時に持たされた記録ノートを見下ろす。無数に並んだ〈う〉〈し〉〈母〉〈ミ〉という文字。それだけの回数、オムツを替え、授乳をし、ミルクをあげてきたのだということが不思議になった。哺乳瓶、お湯を入れた水筒、粉ミルク、授乳ケープ、紙オムツ、お尻拭き、着替え、お財布、携帯、母子手帳。支度は三十分もかからずに終わってしまい、ベビーベッドを見下ろす。静かだから眠っているのだと思っていたのに、航太は目を開けていた。口を半開きにし、宙を見つめている。

お腹が痛くて、九時までの間に三回もトイレに行った。クローゼットを開け、衣装ケースの上に丸めてあった出産直前まで着ていたTシャツとマタニティ用のジーンズを広げる。お腹が腹巻きのようなゴムになっているジーンズは、穿《は》いてみると少し緩かった。

化粧をするかどうか迷い、結局アイメイクだけを施す。指定された十時までにはまだ四十五分あったが、タクシー会社に電話をした。五分ほどで着くという返事に心拍数が上がる。

タクシーに乗り込むとき、一瞬だけ、このまま逃げてしまおうかと思った。だが、すぐにそれが現実味のない考えであることに気づく。お金もない。頼れる親も友達もいない。一人ならばともかく、航太を連れてどこへ行けるというのか。直井バースクリニックの名前を告げると、運転手は上体をねじって航太を見つめ、「男の子かな」とつぶやいて前に向き直った。「うちも去年孫が生まれたんですけどね」と言いながら発車させる。

産院までの道のりは、退院したときよりもずっと短く感じた。気づけば窓の外に見覚えのある看板が迫っていて、ロータリーに吸い込まれるように車が停まる。

待合室にいる間中、鼓動が激しく鳴り続け、上手く呼吸ができなかった。航太を抱いた両腕が震える。入口のドアが開くたびに心臓が跳ね、肩が揺れた。だが、二十分が経ち、予約時間の五分前になっても郁絵さんたちは現れない。

――予約時間が違うんだろうか。

わたしは視線を彷徨《さまよ》わせた。そうだ、確認したのは日にちだけだ。彼女たちの健診も十時からとは限らない。もし、今日このまま会わなかったら。考えた途端、居ても立ってもいられなくなるような落ち着かなさを感じた。それは、何を意味するのだろう。このままの日々が続く？　この、いつ断ち切られるのかわからない宙ぶらりんな日々が？

呆然としたまま診察室に呼ばれた。看護師の指示通りに航太の服を脱がせ、オムツを替える。医師に手渡すと、医師は慣れた手つきで航太を台に乗せた。

「三七二〇グラム、五十七センチ」

表示された数字を読み上げ、航太を抱き上げてひっくり返す。航太が全身をわななかせるように両手を大きく広げた。オッケー、若い医師はつぶやき、航太の足をつかんで横に開かせたり、オムツを外してお尻を高く上げたりする。そんなに乱暴に扱って大丈夫なんだろうか、と思ったが、医師は穏やかな笑みを浮かべて「おー元気元気」と言った。わたしが持参した記録ノートをパラパラとめくり、あっさり閉じる。

「順調です。何か不安な点はありますか？」

え、という声が漏れた。思わず医師の顔を見る。医師は片眉を持ち上げた。

「何かありますか？」

いいえ、と考えるよりも前に口が動いていた。慌てて顔を伏せ、唇を舐める。

「あの……おっぱいとミルクは足りていますか」

咄嗟に出てきた言葉はそれだけだった。医師は間髪をいれずに「問題ありませんよ」と答える。

「この時期の赤ちゃんは一日に三十から五十グラム、大体ひと月に一キロほど増えていれば大丈夫です」

力強く言って、カルテを脇へよけた。わたしと目を合わせて微笑みかけてくる。

「それでは、次はお母さんの診察をしますから、待合室でお待ちください」

航太に服をかぶせただけで待合室に戻り、ベンチに横たえて着せ直した。裾のスナップボタンをつけ間違えてしまい、一度すべて外す。

「あ、繭ちゃん」

背後から声をかけられたのは、そのときだった。

全身がびくりと跳ねる。振り向く首が硬く軋んだ。

「郁絵さん」

隣には、赤ん坊を抱いた彼女の夫が立っていた。視線が赤ん坊の顔へと吸い寄せられる。

だが、タオルの陰になってよく見えない。郁絵さんの夫が、どうも、と愛想よく会釈をしてきた。その目が、航太へと向く。心臓がどくんと大きく跳ね上がった。わたしは慌てて航太の服の裾に視線を戻す。彼女の夫の顔を見ていられなかった。震える手でスナップボタンを留め、また一つずつずれてしまいやり直す。

「あれ、繭ちゃん一人？」

ふいに、郁絵さんが言った。

「え?」

「旦那さんは一緒じゃないんだ」

どういう意味で言われているのかわからなくて、咄嗟に返事をすることができない。なぜそんなことを訊くのだろう。みぞおちがぎゅっと縮こまるように痛んだ。——話をするためだろうか。

やっぱり郁絵さんたちは、疑ってきたんじゃないか。生まれた直後の写真を見て、何かおかしいと気づいて、今日は確かめるために夫婦揃ってきたんじゃないか。

そう思うと、そうとしか思えなくなった。平日の午前中にもかかわらず、郁絵さんが夫と一緒に来たことがその証拠のように思えてくる。

「夫は……仕事で」

「え?」

「ママの健診中は、赤ちゃんどうするの?」

顔を上げると、郁絵さんは小首を傾げていた。

「赤ちゃんを抱っこしたまま診察台に上がるわけにもいかないでしょ?」

「あ……」

わたしは航太を見下ろす。そんなこと、考えてもみなかった。どうしよう、というつぶやきが口から漏れる。

「よかったら、私が見てようか？」

郁絵さんが言いながら二本の腕をわたしに伸ばしてきた。わたしは思わず郁絵さんの顔を凝視する。彼女は笑顔で、そのことに戸惑いが浮かんだ。

「でも……郁絵さんも診察に呼ばれるかもしれないし」

「うちはこの子の診察も終わってないから、まだだと思うよ」

なぜ食い下がってくるのだろう。頬が引きつりそうになる。どういうつもりで言っているのか。航太の顔をよく見るため？

そのとき、診察室の引き戸が音を立てて開いた。

「石田さん、検尿カップ出しました？」

現れた看護師が口早に尋ねてくる。

「あ、いえ……」

「カップはそこの奥のお手洗いにありますから、尿を取ってお名前を書いて出してください」

当然のように言われて思わず航太を見下ろすと、「ほら」と隣から郁絵さんの腕が伸びてきた。

わたしと航太の間にすばやく差し入れられる。そのあまりに自然な動きに、逆らうことができなかった。腕の中の重みがふっと消える。

「大丈夫よー、ママはすぐに戻ってくるからねー」

郁絵さんは、航太に向かって歌うように声をかけた。その声は、わたしが足を前へ踏み出すたびに少しずつ遠ざかっていく。

洗面台の上に積まれたカップの一つとサインペンを手に取って名前を書きつけた途端、不思議な感じがした。その正体がつかめないままカップに尿を取り終えたところで、中断させられる可能性がないからだと気づく。いつ聞こえてくるかわからない泣き声が、ここには響いてこない。名前を書くことも、用を足すことも、自分のペースで確実にやり遂げられる。

わたしはそう痺れた頭で考えながら、そっと両手を見下ろした。白く、小さな、子どもみたいな手。その指先が、力なく丸まっていく。

ただ、航太の感触だけが消えなかった。

あの子をこの腕で抱けるのは、さっきのが最後だったかもしれない。待合室に戻ったら、険しい表情の郁絵さんが待っていて、そのまま航太は戻ってこないかもしれない。

足がすくんで、動けなくなる。

「行っておいで」

そのまま、どのくらい立ち尽くしていたのかはわからない。気づけば看護師に背中を押され、診察室へ入っていた。

診察台へ上がる。台が音を立てて動き、両足を大きく開かされた。頭上のエコー画面に目が吸い寄せられる。黒と白の粗い画面。その既視感に、目が眩《くら》む。航太――違う、あれは、あの子の方だ。わたしが、お腹の中で育ててきた赤ちゃん――胸が詰まり、吐き出す息が震える。

初めて見た豆粒のように小さな赤ちゃんが、驚くほどの速さでピクピク動いていたこと。お腹を蹴られる感覚と一緒に、目の前のエコー画面で赤ちゃんが大きく足を動かしていて、思わず歓声を上げてしまったこと。男の子だとわかって、自分のお腹の中にいるのが自分とはまったく別の生き物なんだということが不思議になったこと。いくつもの記憶が息継ぎをする間もないほど一気に押し寄せてきて、どうすればいいかわからなくなる。

目の前で医師が口を動かしているのは見えるのに、声がまったく聞き取れなかった。声だけではない。すべての音が薄膜の向こう側で鳴っているかのようにひどく遠くくぐもって聞こえる。

診察室の扉が開く。その瞬間、薄膜を突き破るようにくっきりとした泣き声が耳朶を打った。

――航太。

鼓動が速まり、足が見えない力に引っ張られるように自動的に動く。

まず視界に入ったのは、病院のスリッパを履いた郁絵さんの足だった。それから、わたしが今朝航太に着せてきたキリンの柄のロンパースが見え、郁絵さんの笑顔が映る。

「お疲れー」

郁絵さんはリズムをつけて、全身を細かく縦に揺らしていた。その腕に抱かれた航太は、顔を真っ赤にして泣いている。

「やだ、繭ちゃんったら一緒に揺れてる」

郁絵さんの声に、ハッとした。顔を上げると、郁絵さんは笑顔を向けてくる。

その表情の意味が、すぐには理解できなかった。

「大丈夫だよー、ママが帰ってきたからねー」

郁絵さんは先ほどとほとんど同じ口調で言うと、わたしの腕の中に航太を戻した。

「かわいいねえ」

目を細めて航太を見下ろす。

「おりこうちゃんですねー」

――気づかなかったのだ。

遅れて、思考が追いついてきた。郁絵さんは、疑っていたわけではなかった。今日、夫と一緒に来たのにも、深い意味はなかった。航太を預かろうかと言い出したのも、完全な善意。は、と息が漏れた。詰めていた呼吸を再開すると同時に、血液までもが勢いよく流れ出したように全身を鼓動が駆ける。

「大丈夫？　もしかして体調悪い？」

郁絵さんが心配そうに顔を覗き込んできた。わたしは慌てて顔を伏せる。

「あ、うん。ちょっと寝不足で」

「わかるー！」

郁絵さんは声を張り上げ、目尻を下げた。

「ほんと、こんなに大変だとは思わなかったよね。この子なんて、夜中の一時から六時までぶっ通しで泣いたりするし」

「え、そんなに？」

「薊ちゃんところは違うの？」

「うちは……」

わたしは言いかけた言葉を飲み込む。

「二時間おきとかかな」

答えながら、自分でもなぜそんな嘘を答えているのかわからなかった。本当は、よく眠ってくれる。夜中に起きてしまってなかなか眠ってくれない日もあるけれど、そういうときは昼間に寝続ける。こちらが起こさなければ四時間でも五時間でも眠ってしまうことが多いし、同じタイミングでわたしも眠ろうと思えばそれなりにまとまった睡眠を取ることができる。

だが、郁絵さんにそう伝える気にはなれなかった。だって、本当ならば、彼女がこの子を育てていたはずなのだ。わたしが、夜中の一時から六時まで泣き続ける赤ん坊と過ごさなければならなかった。わたしには無理だったはずだ、と痺れる頭の奥で思う。わたしだったら、きっとおかしくなっていた。こんなふうに穏やかに笑ってなどいられなかった。何もできずに、赤ん坊のことを、死なせてしまっていたかもしれない。

だから、これでよかったのだ、と思おうとする。取り替えたからこそ、赤ちゃんは二人とも無事に一カ月を乗り越えられたのだと、自分に言い聞かせる。けれどわたしはわかっている。そんなことは、何の免罪にもならない。

「二時間おきかあ。それもきついよねえ」

郁絵さんが、柔らかく微笑む。言葉とは裏腹に、何でもないことのように。

「そう言えば繭ちゃん、名前何にしたの?」

わたしは、航太の手をすがるようにつかみ、「航太」と答えた。

「航空機とかの航に、太郎の太」

夫に言われた通りの説明を口にし、「郁絵さんは？」と尋ね返す。

「うちはリク」

郁絵さんは短く言った。

「瑠璃《るり》の璃に、空で璃空」

宙にすばやく文字を書いてみせ、傍らの夫に手を伸ばして璃空を受け取る。

「こんにちは、璃空だよ。航太くん、よろしくね」

赤ちゃんをあやすときの独特の声音で言って、璃空の手を振ってみせた。

わたしの目が、璃空の顔に吸い寄せられる。瞬間、奇妙な感覚がした。瑠璃の璃に空――まず思ったのは、「空」という字が入っているのかということだった。けれど漢字を思い浮かべようとして、「璃」の方は一度も書いたことがないと気づく。自分では絶対に思いつきもしないだろう名前。この子が自分の子なのだということが、不思議だった。石田繭子ベビーと書かれていたネームタグがふいに遠ざかる。この子は、璃空。

航太よりも顔のパーツが全体的に中心に寄っている。肌が白く、まつ毛が長い。綺麗な顔をしている、と思った。大きな丸い目、目頭から目尻まで同じ幅をした二重、性別を言われなければ、女の子にも見える。

「かわいいね」

つぶやきが漏れた。

「ありがとー」

郁絵さんの嬉しそうな声が正面から返ってくる。お礼を言われたことに、また微かな違和感を覚えた。けれど、それはすぐに消えていく。

璃空は、あの日見た姿よりずっと大きくなっていた。あんなに細く、折れそうなくらい華《きゃ》奢《しゃ》に見えた足首には、ぷっくりと柔らかそうな肉がついている。

「大きくなったね」

「あ、やっぱりそう思う？」

郁絵さんが声を弾ませた。

「今、繭ちゃんが診察に入っている間に璃空も診察してもらってたんだけど、何かこの子、もう四キロちょっとあるみたいで」

「四キロ？」

「すごいよね、母乳しか飲んでないのに」

しみじみと言って、璃空の額を指先で撫でる。

「何か不思議じゃない？　一人の人間が自分の母乳だけでどんどん大きくなっていくのっ

て」

　ああ、と頭のどこかが冷静に考えた。この人は、想像もしていないのだろう。母乳が思うように出ない人もいるのだということを。ミルクをあげ、そのことに罪悪感を覚えている人がいるということを。

「璃空におっぱいをあげてると、私もこの子も動物なんだなって思うんだよね」

　——郁絵さんは、わたしの母乳とミルクで育ってきた航太が自分の子だと知ったら、どう思うんだろう。

　平野さん、と診察室から郁絵さんを呼ぶ声がした。あ、はーい。郁絵さんが答えながら立ち上がる。夫に璃空を手渡し、わたしを振り返った。

「じゃあ、またね。落ち着いたら子連れで遊ぼう」

　早口に言って、返事を待たずに踵を返す。わたしはその身軽な背中が診察室に消えるのを、航太の手を握って見つめ続けていた。

## 十一月五日

　たまごー、本日はたまごがお買い得ですよー、Lサイズがなんと九九円の大特価！　どうぞご利用くださーい！　店員の声がリズミカルに響く。

ああ、卵。そう言えば卵が切れていた。わたしはその声の持つ熱気に引き寄せられるようにして、スーパーの前でベビーカーの向きを変えた。チェーン店ではないスーパーの店頭には野菜や乾物、スナック菓子やカップ麺がずらりと並び、〈特価〉と赤い文字で大きく書かれた黄色い紙が壁やケースの前面に所狭しと貼られている。

店内に足を踏み入れると、ベビーカーの車輪から何かがぶつかったような小さな衝撃が伝わってきた。小さな舌打ちが聞こえたけれど、その姿は人混みに紛れて追うことができない。入口から最も遠い一画にある卵売り場に着いたときには、既に卵は売り切れてしまっていた。

遠目にも陳列棚が空になっていることはわかったのに、それでも棚の前まで行って立ち尽くす。黄色い紙の〈本日の目玉商品！〉という文字が、どこからか吹いてくるエアコンの風に煽られてパタパタとはためいていた。

「あら、売り切れちゃったの」

背後で声が聞こえ、一拍遅れて振り向く。そこに立っていたのは、見知らぬおばさんだった。

「ちょっと出遅れたかしらねえ」

親しげに語りかけられ、ほんの少したじろぐ。けれど、もう驚きはしなかった。おばさんの視線がベビーカーへと動く。

「あら、かわいい。男の子？　女の子？」

「男の子です」

「ハンサムくんねえ。何カ月？」

「三カ月です」

次々と投げかけられる質問に、考える間もなく答えていった。考えなくても、答えは自動的に出てくる。男の子？　女の子？　今何カ月？　かわいいわねえ。そうした質問や言葉は、いろいろな場所で繰り返されてきた。バスの停留所、電車の中、エレベーターの待ち時間——話しかけてくるのは大抵おばさんで、どの人もみんな笑顔だった。わたしはおばさんと揃ってベビーカーの中の航太を見下ろしながら、この葛飾区青戸に越してきたばかりのことを思い出す。

最初に感じたのは、みんな意外と無関心なのだ、ということだった。下町というからには、もっと互いに深く知り合っていて、どんな相手にも親密に、ある意味不躾《ぶしつけ》に話しかけてくるような街なのかと思っていた。

だが、予想外に、街の空気は大学時代に一人暮らしをしていた国立《くにたち》のそれとあまり変わらなかった。駅前の佇《たたず》まいは全然違うし、商店街に立ち並ぶ店の一つ一つも趣がまったく異なる。けれど、そこに流れる濃淡がくっきりとした空気にはたしかに見覚えがあった。親しい人間と、そうでない人。顔見知りでない相手は景色と変わらず、無理に突き放そうとすることも引き込もうとすることもない。故郷の山梨にはなかったその性質を、歓迎していたはずなのに妙な落胆を覚えたこと。

だが、その空気は航太を連れて歩くようになってから一変した。誰も彼もが、航太を見るかわいいと言い、時に話しかけてくる。

「じゃあ大変な頃ね。寝不足でしょう」

おばさんが、目尻を下げた。わたしは曖昧に笑みを返しながら、郁絵さんの子だからかもしれない、と思う。明るく、楽しく、誰からも好かれる彼女。その郁絵さんの子だから、航太もこうしてみんなから愛されているんじゃないか。

「それでも今が一番かわいい頃よねえ」

おばさんが、そう言い残して去っていく。わたしはその後ろ姿を見送りながら、動きを止めた。

璃空も、今が一番かわいい頃なんだろうか。ふいに、そんな思いが浮かんだ。わたしは、それを見逃しているんだろうか。――郁絵さんからも、今の航太を見る時間を奪っているのだろうか。

口の中に苦みを感じて、唾と共に飲み下すと腹の底に冷たい何かが落ちる。

そうなのだ、という答えが降ってきた。

――わたしがしていることは、そういうことなのだ。

そのまま買い物を続ける気にはなれなくて、足早にスーパーを出る。駐車場の裏手でベビーカーを止めた。携帯を取り出し、インターネットを開く。

〈新生児　取り違え〉

検索を始めると、実際に起きた事件のページがいくつも並んだ。ほとんどは外国で起きた事件のニュースだったが、中には過去に日本で起きた事件もある。

だが、最近の事件、そして母親が犯人だったというものは見当たらなかった。すぐに出てくるのは産院側のミスだったというものばかりだ。現在はほとんどの産院でもそうした事故を防止するために生後すぐ、分娩室から出る前にネームタグを母子の手足首につけている、という記載があった。

まぶたの裏に、ピンク色のネームタグが浮かぶ。航太の足首から外れかけていたネームタグ。たまたま、航太のものはきつく留まっていなかった。そのくらいのことは、他の産院でも年に数回は起こっているかもしれない。けれどたまたま、同じタイミングで隣の赤ちゃんのネームタグまで外れてしまっていて、たまたまその両方が新生児用ベッドから落ちてしまうことなどまずあり得ない。第一、もしそんなことが起こったとしても、そこで隣の子どもにつけ直したりしなければネームタグが外れてしまったことが発見されるのだ。そうすれば、その場でDNA鑑定を行い、血縁関係を調べ直して正しくネームタグをつけ直すことができる。

東京地方裁判所は病院に三八〇〇万円の支払いを命じた、という一文が目に飛び込んでくる。三八〇〇万円——その額が、起きた出来事に対して大きいのか小さいのかわからない。続きを見ると、その事件が明らかになったのはその赤ちゃんが六十歳になったときのようだった。六十年——もう、取り返しがつかない。だが、そう思ってすぐに、では、何年なら取り返しがつくのか、という問いが浮かぶ。三年？　一年？　半年？　三カ月？　一カ月？　数日？　どこまでなら、元通りにはならないまでも、そうなるように努力することができるのか。

あー、という声がベビーカーから上がった。ハッとしてベビーカーを覗き込む。

航太は、目を開けていた。わたしを見つけた瞬間、ふっと笑う。

わたしは、金縛りに遭ったように、動くことができなかった。

——この子は、いつか、郁絵さんの元に帰る。

足元がぐらりと揺れる。そのまま真横に倒れてしまうような錯覚を覚えた。けれど、地面は一向に近づいてこない。

　スーパーの店頭を振り返ると、赤い数字が躍っている。一九九円、二九九円、二つで五〇〇円。一つ一つを目で追っていきながら、もし、と思う。もし三八〇〇万円を支払えば、この子を六十年間手放さずにいても許されるだろうか。節約して、働いて、借金をして、三八〇〇万円を揃えられたら。すがるように思いながら、そんなはずがないこともわかっている。そういう問題じゃない。

　トートバッグをフックから外して脚の間に挟み、ベビーカーから航太を抱き上げた。頬に航太の頭が触れる。柔らかく、温かい。

『今が一番かわいい頃よねえ』

　おばさんの声が耳の奥で反響する。

　返さなければならない、と頭の中の声が告げていた。今すぐ、郁絵さんに航太を返さなければならない。

　スーパーを出て、駅へと向かった。改札を通り、エレベーターでホームへと上がる。ちょうど到着した電車に乗ると、電光掲示板に上野行き、という文字が流れた。

　京成上野駅で降り、外に出て最初に目についたデパートへ入る。フロアガイドを眺め、子ども服、と書かれた階へ向かった。

青地に黄緑色のドット柄が入ったカバーオール、くまの耳がついた綿の帽子、オーガニックコットンでできたクリーム色のシンプルなスタイ、ベビーカーにつけられるカラフルないもむしのおもちゃ。いくつもの店を回って一つ一つ買い込み、ベビー休憩室のオムツ替え台の上で着替えさせる。航太が着ていた、夫が職場の同僚からもらってきたお下がりの服は、空いた紙袋に丸めて入れた。

「航太、青が似合うね」

話しかけると、航太は褒められたのがわかったかのように目を細める。鼻の奥に鋭い痛みが走って、わななきそうになる唇を噛んだ。携帯を取り出し、カメラのレンズを向ける。

「こっち向いて」

パシャ、という電子音が手の中で響いた。パシャ、パシャ、パシャ――何枚か連続して撮ると、やっとカメラ目線の航太が撮れた。この服は、すぐに捨てられるのだろう。帽子もスタイもおもちゃも、郁絵さんはすべて捨てて買い直すだろう。

携帯をトートバッグに押し込み、航太を抱き上げる。ベビーカーに乗せ、ベビー休憩室を出た。

デパートを出たら、交番に行こう。最初に見えた交番で事情を話し、終わりにしよう。自分に言い聞かせながら交差点を渡り、路地へと入る。カプセルホテルと焼き鳥屋のある通りを抜け、コインパーキングの前で足が止まる。最後に、授乳だけしようか。ベビーカーをつかんだ手に力がこもった。最後に、もう一度だけ――いや、それよりもミルクをあげておくべきかもしれない。交番で引き離されたとして、航太を預かる人が航太が泣いてすぐにミルクをあげてくれるかはわからない。哺乳瓶の入ったトートバッグを引き寄せ、けれどそこで手が止まる。そんなことをしたら、決心が鈍ってしまうんじゃないか。今、この流れのままにまずは交番まで行ってしまうべきなんじゃないか。ミルクは、交番であげたっていいのだ。トートバッグから手を離し、ベビーカーのハンドルをつかみ直す。

「まあ、ごきげんさんねえ」

ふいに、前方から声が聞こえたのはそのときだった。

ハッとして顔を上げると、紫色のシャツを着た老婦人が、華奢なパイプ椅子に腰かけている。前に置かれた小さなテーブルには、〈恋愛結婚　運命鑑定　仕事財運〉と書かれた赤い布がかかっていた。黄ばんだ白い紙でできた三角柱には、黒いマジックで〈一鑑定三千円〉と書き込まれている。

老婦人が席を立ち、腰を屈めてベビーカーを覗き込んだ。わたしと見比べ、ふっと笑みをこぼす。

「そっくり。ママが穏やかだから、この子も穏やかなのねえ」

その瞬間、何の前触れもなく、両目から涙が溢れ出した。慌てて手の甲で拭うが、蛇口が壊れてしまったように止まらない。

「あらあら、どうしたの」

老婦人が慌てたようにわたしの肩を叩いた。

「ちょっとあなた、大丈夫？」

老婦人の手のひらがわたしの頭に触れる。そうよね、いろいろ大変よね。初めてのお子さんなんでしょう？　不安なことも多いわよね。でも大丈夫なのよ。心配しなくても大丈夫。子どもっていうのは案外丈夫だからね、適当でいいの。泣きじゃくるばかりで答えられないわたしに、老婦人は言い続ける。赤ちゃん、立派に育ってるじゃない。あなたは頑張ってるわ。つらかったわよね。でも大丈夫よ。

「よかったら、ちょっと見てあげる」

老婦人に手を引かれ、椅子に座らされる。向かいの椅子に老婦人が座り、シャツの幾何学模様が目の前に広がった。

老婦人が仰々しい手つきで黒い筒から細長い無数の棒を取り戻す。口の中で何かをつぶやきながら棒をより分けていき、手を止めた。

「あなたは今、迷っています」

老婦人の言葉に、顔を上げる。細かな皺に囲まれた小さな瞳が、わたしを真っ直ぐに見ていた。老婦人は、視線を外さないまま、唇をそっと開く。

「大きな迷いと後悔を抱えている。手の中にあるものを手放すかどうか、決めきれずにいる」

「どうして」

思わずつぶやくと、老婦人は表情を変えずにうなずいた。

「見えるのです」

反射的に思ったのは、胡散《うさん》くさい、ということだった。占いなんて、当たるはずがない。それに、この人は、さっき航太のことをわたしにそっくりだと言った。似ていることなど、あり得ないのに。

「今は手放すべきではありません」

老婦人は、まばたきもせず、ほとんど棒読みのような口調で告げる。さっきまでの老婦人とは別人のように見えた。がらんどうの目が、わたしを射抜く。

「それは、今のあなたにとって必要なものです」

老婦人の前から、何と言って立ち去ったのかは覚えていない。お礼は口にしたのか。お金は支払ったのか。

気づけばわたしは交番の前を通り過ぎていて、京成上野駅の改札へと向かっていた。

二〇一三年二月三日

澄んだ空へと伸びるスカイツリーと橋のたもとに建つ真新しいマンション、枯れた雑草がまだらに生えた土手とひび割れたアスファルト。顎を上げて遠くまで見渡すか視点を手前に置くかで、中川を望む景色は印象ががらりと変わる。

その断絶を埋めるように横たわる鈍色の川面はキラキラと無数の光を放ち、やはり見る角度によってその表情を変えていた。一見穏やかそうな流れは、よく見ると細かな波で忙しなく上下している。

抱っこひもの中にすっぽりと入った航太のお尻を支えながら橋を渡り、二つ目の角を曲がってしばらく進むとまた別の橋が現れた。その真ん中を過ぎたところで、ふいに航太が身じろぎをする。抱っこひものフードカバーを外した途端、先ほどまで眠っていたはずの航太はぐんと勢いよく首を伸ばしてわたしを見た。その真っ黒な二つの瞳に、思わず足が止まる。

やっぱりこのまま帰ってしまおうか、という思いが頭をもたげた。とにかく謝って、また別の日にしてもらえないかと頼んで——そこまで考えて、わたしは奥歯を噛みしめる。先送りにしてどうしようというのだろう。きっといつまで経っても覚悟ができる日など来ないだろうから今日に決めたはずだったのに。

二月三日に遊びに来ないか、という連絡が郁絵さんから来たのは、一週間前のことだった。〈ハーフバースデーの頃だしさ、お祝いがてら子連れで会おうよ〉

彼女のメールに、どう返信することも可能だったはずだ。その日は既に予定が入っていると答えることもできたし、ちょっと風邪っぽいからとでも言って断ることもできた。会えば会うほど、郁絵さんが本当のことに気づく可能性は高くなるのだから、本当に隠し通したいのであれば会うべきではない。それなのにわたしは〈そうだね、わたしも会いたい〉と返したのだった。

郁絵さんが航太と会うことを望んだら、必ず彼女の言う通りにしよう。それは、わたしが自分に課していた最低限のルールだった。彼女が本当のことに気づいていようといまいと、彼女が本当の子どもに会う機会をこれ以上妨げることだけはしてはならない、と。今さらそんな筋を通したところで意味がないことくらいはわたしにもわかっている。けれど、それさえも守れないとしたら、わたしは自分を保てなくなるだろうこともわかっていた。

わたしは足を懸命に前へと動かしながら、璃空はどんなふうに育っているのだろう、と考える。わたしに似ているのだろうか。夫に似ているのだろうか。たとえばもしわたしに似ていたとしたら、わたしはどんな気持ちになるのか。

　わたしは、それを知らなければならないのだと思った。

　やがて見えてきた真新しいマンションの外壁は明るいクリーム色で、郁絵さんのイメージにぴったりだった。木目調のエントランスに足を踏み入れると、大きな観葉植物と白いソファが目に飛び込んでくる。オートロックのドアの向こうには全面ガラス窓のキッズスペースがあり、色とりどりのおもちゃやミニテーブルがきちんと整頓されて並んでいた。

　部屋番号を押してインターフォンのボタンに指を沈める。『はーい、いらっしゃーい』という高い声と共にオートロックのドアが開いた。

　三〇九、三〇九、と口の中で繰り返しながらエレベーターで上がり、壁の表示板を確認する。一番奥の角部屋まで辿《たど》り着く前にドアが開いて、郁絵さんが璃空を片手に抱いて現れた。

「繭ちゃん、こっちこっち」

「あ、郁絵さん」

　わたしは反射的に手を振り返し、どこに視線を置きながら近づけばいいのかわからずに航太を見下ろしたまま小走りに向かう。ドアの前に着いた途端、郁絵さんが「寒かったでしょう。ほら早く入って」と言ってわたしたちを招き入れた。わたしは、お邪魔します、と返しながら璃空を見る。首をそらしてこちらを向きかけた璃空は、パッと弾かれたように首を戻した。郁絵さんにしがみつき、胸元に顔をこすりつける。

「どうしたの、恥ずかしい？」

郁絵さんは笑い、お尻をぽんぽんと叩いた。

「なにー？　もう人見知りー？」

わたしは強張りそうになる顔を慌てて伏せる。腕の中の航太を見下ろし、お邪魔します、ともう一度つぶやいて靴を脱いだ。

髪の毛一つ落ちていないリビングへ通され、郁絵さんに促されるまま、隣接した洋室のベビーベッドへ航太を下ろす。郁絵さんが璃空を隣に並べ、やだ、二人ともかわいい、と黄色い声を上げた。

その声に反応するように、うつ伏せになっていた璃空がころんと仰向けに転がる。

あ、と一瞬声が出そうになった。

どこがどうというわけではない。ただ、本当に一瞬の印象で、似ている、という言葉が浮かんでいた。

けれどそのまま一つ一つのパーツを確かめる気にはなれなくて、意識的に視線を逸らす。

「璃空くん、大きくなったね」

何とかそれだけを告げると、郁絵さんは「そうなんだよねー」と肩をすくめた。

「何かうちの子、妙に発育良くって」

まるで困ったことのような口調で言いながら、子どもたちの頭上でボールのおもちゃを振り、二人が揃っておもちゃを目で追った途端に「あ！」と声を上げる。

「そうだ、写真撮ろうよ、写真！」

郁絵さんは言いながらおもちゃをベッドの端に投げ入れてリビングへ踵を返し、携帯を片手に戻ってきた。再びおもちゃをつかんで携帯の横で振る。

四角いフレームに切り取られた、二人だけが並んだ構図が目に飛び込んできて、息が止まった。これが写真として残る――お腹に強い圧迫感を覚えた瞬間、航太が璃空に手を伸ばして髪をつかむ。璃空がぎゃ、と声を上げ、火がついたように泣き始めた。

「こうちゃん！　ダメ！」

わたしは慌てて航太の手をつかみ、手のひらに親指を押し込んで手を開かせる。

「ごめんね、璃空くん、痛かったよね」

「ああ、いいのいいの。私が近くに置きすぎたね」

郁絵さんは泣き叫ぶ璃空を抱っこし、トントンと揺らしてあやし始めた。ほらあ、そんなに泣かないの。もう痛くないでしょー？

「本当にごめん、大丈夫？」

「平気平気。この年頃の子って、目の前のもの何でもつかむよね。私もよくやられる」

郁絵さんは苦笑して言い、「あ」と背後を振り向く。つられてわたしも顔を向けると、リビングから彼女の夫が顔だけを覗かせていた。

「てっちゃん、産院で一緒だった繭ちゃん」

郁絵さんに紹介され、わたしは慌てて「お邪魔してます」と頭を下げる。郁絵さんの夫は一瞬泣いている璃空を見やったものの、すぐにわたしに向き直り、「どうも」と会釈を返してきた。

「旦那も一緒でごめんね。この人、鬼役だから」

「鬼？」

「そう。豆まきだけしたらあとは引っ込んでてもらうから気にしないで」

そこまで言われて、わたしはようやく今日が節分だったことに思い至る。郁絵さんは、ほら、準備してきて、と夫の背中を押した。夫は二、三歩前に進みながら首だけをねじって振り返る。

「準備って、どうするんだよ」

「さっき説明したじゃん。あの赤いタートルとジャージに着替えてお面をつけるの」

郁絵さんが顎で示したダイニングテーブルの上には、画用紙で作られた鬼のお面があった。

真っ赤な顔に茶色い巻き毛、黄色い縞のある角が二本生えていて、それほど怖くはないのにきちんと鬼の顔だとわかる。

「すごい、あれ、郁絵さんが作ったの？」

「まあね、仕事で毎年作ってたから」

郁絵さんはおどけた仕草で胸をそらしてみせ、さらに夫の背中を押す。

「はい、準備ができたら合図して」

リビングを出て行く夫を見送ると、わたしを振り返った。

「あ、ごめん、そういやまだ手も洗ってなかったよね。洗面所はそこを出てすぐ右」

廊下を指さし、璃空を抱き直す。礼を言って洗面所へ向かうと、綺麗に拭かれた台の上には拡大鏡だけがあった。その、ほの見えた生活感にわずかにたじろぐ。目を手元に伏せてすばやく洗い、ファンシーなキャラクターもののタオルで拭いて足早にリビングへ戻った。

「あ、繭ちゃん、航太くんってもうおすわりの練習してる？」

郁絵さんが璃空をジョイントマットの上に座らせながら顔を上げる。え、という声が喉から漏れた。

「もう、おすわりとかってできるものなの？」

「人にもよるけど、早い子は自分の手で身体を支えられたりするから」

郁絵さんは自分の言葉を裏付けるように、璃空から両手を離す。璃空は上体をぐらつかせたものの、両手を足の間について止まった。

「航太くんはどう？」

「まだ、やらせてみたことないけど」

おすわりの練習――それは、もうしておくべきことだったんだろうか。

「オッケー、じゃあバンボに座らせよう」

郁絵さんはあっさり言って、ベビーベッドの下から小さな樹脂製の椅子を出してくる。

「これなら腰がすわってなくても大丈夫だから」

水色の背もたれの部分を軽く叩き、その隣に璃空を座らせ直した。

とそのとき、コンコン、とノックの音が響いた。

「準備できたけど」

リビングのドアの奥から、郁絵さんの夫の声がする。

「ちょっと待ってー」

郁絵さんが声を張り上げて立ち上がった。わたしは航太をベビーベッドから連れてきて椅子に座らせる。本当に座れるんだろうか、と思ったが、航太は椅子にぴったりとはまった。自分でも座ったことに驚いたように、きょとんと目を丸くしている。

わあ、とわたしは思わず声を出していた。椅子の力を借りているとはいえ、初めて一人で座っている姿は急に成長したように見える。

だが、一瞬後、隣で本当に一人で座っている璃空の姿が目に入ると、膨らんだ思いがゆっくりとしぼんだ。左右に身体を揺らしたり自分の足をつかんだりしている璃空は、航太よりも自由に見える。

「繭ちゃん、用意いい？」

郁絵さんは携帯を取り出して構えた。わたしも慌てて携帯を手にする。郁絵さんは体勢を変えないまま、顔だけを上げてドアに向かって言った。

「てっちゃん、いいよ」

「鬼だぞー」

郁絵さんの夫は、そう宣言しながら入ってくる。全身真っ赤な服と赤いお面にわたしは一瞬ぎょっとし、ハッとして航太を見た。航太はぽかんと口を開け、鬼に扮した郁絵さんの夫を見上げている。そのぼんやりした横顔を写真に撮った次の瞬間、隣で爆発するような泣き声が上がった。

「ぎゃあああ！　ぎゃあああ！」

璃空が泣きながら転がるようにして横に倒れ込む。郁絵さんは写真ではなく動画を撮っているのか、笑いを噛み殺していた。

わたしは一枚だけ撮ったものの、それ以上は撮る気にはならない。だって、こんなに泣いているのに。こんなに怖がっているのに。

「ぎゃあああ！　ぎゃあああ！」

両手足をばたつかせて叫ぶ璃空と、中腰のまま「鬼だぞー」と繰り返す夫に郁絵さんは交互にレンズを向けた。航太は、突然始まった騒ぎが理解できないように目をしばたたかせている。

璃空が咳き込み始めたところで、ようやく郁絵さんは携帯を置いて璃空を抱き上げた。

「ごめんごめん、怖かった？」

「ぎゃあああ！　ぎゃあああ！」

璃空は顔を真っ赤にして郁絵さんにしがみついている。

「ねえ、てっちゃん撮って撮って」

郁絵さんが言うと鬼に扮した彼女の夫は、お面をかぶった格好のままスウェットのポケットから携帯を取り出し、璃空を撮り始めた。わたしも何となく一枚撮って、けれどそれ以上は撮る気になれずに航太を抱き上げる。ぎゃあああ、カシャ、ぎゃあああ、カシャ。ほとんど呼吸困難のような泣き声の合間にシャッター音が響き、さすがにそろそろやめた方がいいんじやないか、と思ったところで、郁絵さんが夫を向いた。

「撮れた？」

「一応」

夫の言葉に、郁絵さんは璃空を抱き直し、立ち上がる。

「ほらほら、大丈夫だよー。鬼はもういないよー」

「え、俺はどうすればいいの」

「もう着替えてきていいよ」

郁絵さんは璃空を連れて廊下へと出て行った。郁絵さんの夫がついて行き、璃空の泣き声が大きくなる。ちょっと、何でついてくるのよ。何でって、着替えこっちだし。ぎゃああ。ごめんねー、おかあさんたちやりすぎたねー。会話が遠くなり、ドアが閉まる音が続いた。

リビングには、わたしと航太だけが残された。航太は相変わらず意味がよくわかっていないようで、わたしの髪に指を絡めて遊んでいる。

わたしは床に転がった郁絵さんの夫の携帯を何気なく見下ろし、その意味に一拍遅れて気づいて大きく息を呑んだ。

――今なら。

目を見開き、廊下を振り返る。心臓が早鐘を打ち始めた。今なら、生まれた直後に写真を撮ったのかどうかを確かめることができるんじゃないか。

　できるはずがない、ロックがかかっているはずだ。そう自分に言い聞かせながら航太を床に置き、携帯を拾い上げる。やはりロックがかかっている。

　もう一度廊下を見る。顔を戻して蛍光灯の下に画面をかざす。ロック解除画面の上に、Zの形に指の跡がついているのが見えた。

　――ただ、確かめるだけだ。

　震える指を画面に載せ、跡の上をなぞる。画面にパッと光がついた。

　待ち受け画面に並んだアイコンの中から、画像フォルダを選び出す。早く、早く。別室からはまだ璃空の泣き声が聞こえてくる。ほら、お父さんだぞー。郁絵さんの夫が璃空をあやす声が聞こえてくる。どうするんだよ、このまま俺のこと怖がるようになったら。大丈夫だって。そんなやり取りを耳にしながら、わたしは写真のページを遡っていく。一月、十二月、十一月、十月――あった。

　七月二十七日二十一時五十八分、と表示された写真が三つ並んでいる。どれも眠っている写真だ。よく目に焼きつけなければと思うのに、焦点が上手く合わない。

　指が、ゴミ箱のマークへ伸びる。璃空の泣き声が小さくなっていく。

〈消去しますか？〉

文字の上で親指が泳ぐ。唇がわななく。

「ばー」

咄嗟に待ち受け画面に戻し、床に置いた。

振り向くと、航太が足をばたつかせている。

――わたしは今、何をしようとしたのか。

震える手で航太を抱き上げるのと、リビングのドアが開くのが同時だった。肩がびくっと跳ねてしまう。

「ごめんねー繭ちゃん」

璃空を抱いた郁絵さんは朗らかに笑いながら入ってきた。

「航太くんは大丈夫だった？」

「あ、うん……うちは、まだ何だかよくわからなかったみたい」

郁絵さんの顔を見ることができない。動悸が治まらない。喉が渇く。

「航太くん、肝がすわってるねー」

郁絵さんが笑いながら航太の頭を撫でた。自然な動作で夫の携帯を操作する。画像フォルダが表示された瞬間、心臓が大きく跳ねたが、郁絵さんはすぐに画面をスクロールさせてついさっき撮ったばかりの写真を表示した。途端に顔をしかめ、「ちょっとー」と不満気な声を出す。

「これ、めちゃくちゃぶれてるんだけど」

「え？」

郁絵さんの夫は首を伸ばして画面を覗き込み、「あれ」とつぶやいた。

「ほんとだ」

「ほんとだ、じゃないよ。これじゃ意味ないじゃん」

郁絵さんが頬を膨らませる。彼女の夫は困ったように携帯を受け取った。

「じゃあもう一回やる？」

「さすがにもうかわいそうでしょ」

わたしは自分の携帯をつかみ、画像フォルダを開いた。真っ先に、斜め上を見て泣き叫ぶ璃空の横顔が現れる。

「……あの」

かすれた声で切り出すと、郁絵さんと夫は揃って振り向いた。

「わたしも、さっき一枚撮ったけど」

「よかった！　見せて見せて！」

郁絵さんが飛びつくようにしてわたしの腕をつかむ。画面を見るなり、「うわ！」と歓声を上げた。

「すごい、ばっちりじゃん！」

夫の腕をバシバシと叩く。

「ありがとう！　これちょうだい！」

「あ、うん。もちろん」

わたしは目を伏せて答えながら、今日だったんじゃないか、と思った。わたしがやったことは、初めから取り返しがつかないことだった。けれどそれでも引き返す最後の機会があったのだとしたら、今日だったんじゃないか。

「きた！」

わたしが送った写真を見て郁絵さんが声を弾ませる。

「やだ、かわいいー」

本当に嬉しそうに笑って夫に写真を見せる郁絵さんの横顔を、わたしは何の表情も作れないまま見つめる。

郁絵さんは、いつか本当のことを知ったとき、この写真をどうするのだろう。

自分の子ではない、けれど自分が育ててきた子の写真。子どもを取り替えた、本当の母親であるわたしが撮った、たった一枚の写真。

# 七月二十七日

えんぴつ、電卓、千円札、はさみ、スプーン――リビングの床に等間隔に並べられた品々を、背中を小さく丸めて座った航太が不思議そうに見比べている。

「こうちゃん、どれでも好きなものを取っていいのよ」

四つん這いの姿勢になり、航太に視線を合わせて言ったのはわたしの母だった。

「こうちゃんは何を選ぶのかしらねえ」

ソファにゆったりと腰かけた義母が両目を細める。

「んー電卓かな」

夫が答えると、わたしの母は「旭さんは航太に商売人になってほしいのね」とうなずいた。

一歳の誕生日にやる「選び取り」という行事があるのだと知ったのは、十分ほど前のことだった。筆ならば芸術家、そろばんなら商売人、というふうに、子どもが何を選び取るかで将来を占うらしい。筆はないかと訊かれて代わりにえんぴつを出し、そろばんはないかと訊かれて代わりに電卓を出した。

「いや、単純に電卓がこの中で一番見た目がおもちゃっぽいので……」

夫がほんの少し困惑したように言葉を詰まらせる。瞬間白けかけた空気を、義母が「たし

かにおもちゃっぽいわね」と感心したように言うことで払拭《ふっしょく》した。わたしに向き直り、

「繭子ちゃんはどう思う？」

と小首を傾げる。わたしは少し考えてから、口を開いた。

「たぶん……お金でしょうか」

「あら、どうして？」

「何となく……航太は紙が好きなので」

本当に、ただそれだけの理由だった。航太はチラシやハガキなどの紙を見つけたら、必ずつかんで舐めようとする。今回も、書かれている内容に関係なく、ただ紙だというだけで選ぶのではないかと考えたのだが、わたしがそう言い終えるのとほとんど同時に航太が千円札をつかんでいた。

わあ、と歓声が上がる。

「すごい、当たったじゃない！」

義母が胸の前で両手を叩いた。

「さすがはママねえ」

「お金って何だっけ？」

夫が身を乗り出して義母に尋ねると、わたしの母がすかさず「将来お金に困らない人にな

るのよ」と答える。

「それが一番だな」

義父は満足そうにうなずいた。

「お目が高いでちゅねー」

夫はおどけた口調で航太に語りかける。航太は何を言われているのかわからないというように、きょとんと目をしばたたかせた。それでも、取り上げられないということは遊んでもいいものだと思ったのか、早速両手で千円札を持ち直して口元へ運ぶ。

「あ」

わたしは反射的に腕を伸ばして取り上げた。一拍の間を置いて、航太が顔を歪めて泣き始める。わたしは慌てて航太を抱き上げた。

「そうだよね。どれでも好きなものを取っていいって言われたら遊んでいいんだって思うよね」

言いながらかわいそうになってきて、全身を揺するようにしてあやす。

「ごめんね。でも、お金ってばっちいんだよ。いろんな人が触ったものだからね。ペロペロするとお腹が痛くなっちゃうんだよ」

とんとんと背中を叩き、航太が泣きやみ始めたときだった。

「えらいわねえ」

義母がしみじみとつぶやく。泣きやんだことだろうかと思い、「そうだね、えらいねえ」と航太に言うと、義母は「あら、違うわよ」と笑った。

「私がえらいって言ったのは、繭子ちゃんのこと。子ども相手だからって頭ごなしにダメって言うんじゃなくて、ちゃんと理由を説明してあげるんだからえらいわ」

「え？」

「きっと、繭子ちゃんのお母様もそうやって育ててくださったのね」

義母は微笑みを浮かべてわたしの母を振り向く。母が目を小さく見開く姿が目に飛び込んできた。

そんなことを言われたのは初めてだった。

けれど、言われてみればそうだったと気づく。母はいつだって、頭ごなしに叱るようなことはしない人だった。

頭が良くて、かっこよくて、正しい人。

幼い頃の母のイメージを訊かれれば、わたしはそう答える。小学校の先生をしていて、募金をしているところを見かけたら必ず寄付し、自転車が倒れているのを見かけたら必ず直すような人だった。

放置自転車を引き取ることにしたのも、母にとってはそれと同じことだったのだろう。

アパートを経営している知人が放置自転車に困っていると聞いて、引き取ることにしたのだ。処分代も馬鹿にならないし、使う人がいるのならもらってほしいと言われ、それならばと譲り受けた。わたしがちょうど小学校高学年になり、大人用のサイズの自転車に買い換えたいと言っていたからだ。その知人のおばさんはむしろもらってくれて助かると言っていたけれど、母は一応もらうのだからと御礼に菓子折りも渡していたはずだ。

元々黄色い自転車を欲しがっていたわたしのために、母はわざわざペンキを買ってきて塗り替えてくれさえした。正直なところ、菓子折りとペンキの代金を考えれば買った方が安上がりだっただろう。だが、わたしは忙しい母が手をかけてくれたその自転車が本当に大好きだった。

ある日、隣町の書店に行くから電車に乗ろうという母に、だったら自転車で行きたいと主張したのもわたしだ。

母の紺色の自転車の横に黄色い自転車を並べて停め、店内に入る。母は何か仕事に使うという本を買い、わたしは児童書を買ってもらった。店にいたのは三十分ほどのことだったと思う。

自転車のカゴに本の袋を入れ、腰を屈めて鍵を外した瞬間だった。

『ちょっと君』

初めは、自分にかけられた声だと思わなかった。だからわたしはそのまま答えずに自転車にまたがった。するとふいに手首をつかまれたのだ。

思わず悲鳴を上げそうになった。実際に上げることがなかったのは、単に驚きすぎて声が出なかっただけだ。

『何ですか、あなた』

そう先に声を上げたのは母の方だった。

だが、わたしの手をつかんだ背広姿のおじさんは、わたしから視線を外さなかった。

『君、この自転車、どうしたの』

わたしは反射的に母を振り向いていた。母は両目を見開き、顔を強張らせている。わたしも母も答えられずにいると、おじさんは目つきをさらに鋭くした。

『盗難届が出てるんだよ。ほら、ここに防犯登録のシールが貼ってあるだろ？　もう一度聞くけど、この自転車、どこで手に入れたの？』

何が起こったのかわからなかった。ただ、おじさんが何かに怒っているのだということだけはわかった。母が何か言ってくれるんじゃないかともう一度母を見るけれど、母は顔を青ざめさせているだけで何も言わない。

そのまま、おじさんに連れて行かれる形で、近くの警察署へ行った。そこで初めておじさんが警察官なのだと理解した。

事情を訊かれた母は、ようやく金縛りが解けたように説明を始めた。この自転車は知人のアパートに何カ月も放置されていたこと、処分代も馬鹿にならないからもらってほしいと頼まれたこと、だから盗んだわけではなく、元の持ち主についても知らないこと。警官が静かにうなずきながらメモを取る。わたしは、そっと息をついていた。これで、誤解は解けるはずだ。

けれど、母が説明を終えたところで、警官は言った。

『センユウリダツブツオウリョウザイですね』

母が、小さく息を呑む。

『そんな……』

『おそらく誰かが盗んでそのアパートに放置していったっていうところでしょう』

警官は肩をすくめてみせた。

『あなたに悪気がなかったことはわかりますよ。そうでなければ、わざわざペンキで塗り替えているのに防犯登録シールをそのままにしておくわけがないでしょうから。まあ、今回のことは少し高い授業料だったと思うしかないですね』

淡々と締めくくり、ボールペンを机に置く。

『じゃあチョウショを取るから、両手を出して』

母が、パッと両手を引いた。わたしはぎょっとする。警官の口にした意味の汲み取れない言葉よりも何よりも、母らしくない子どもじみた仕草に驚いていた。

『大丈夫ですよ。逮捕をするとかじゃなくて、書類を作るだけだから。フキソになるからゼンカもつかない』

警官が口調を和らげても、母はなかなか手を出そうとしない。うつむいたまま両手を握りしめ、その上にぽたぽたと涙をこぼした。警官が腰を上げ、母の腕を持ち上げる。そのまま無言で母の手のひらにインクを押しつけ、手形を取っていった。

警官の言った通り、その後母が逮捕されることはなかった。けれど、母は教育公務員だ。懲戒処分を受け、教育委員会から何度も呼び出しを受けた。

後で知った話だが、母が当時受けた処分は免職ではなく、減給だったという。だが、母は体調を崩して休職し、そのまま復職することができなかった。

母が変わってしまったのは、その頃からだ。

あんたがあのとき自転車で行きたいなんて言わなければ。母は憎々しげにわたしを罵倒し、そうかと思えば泣きながらわたしを抱きしめた。ごめんね、ごめんね、違うの、お母さんが全部悪いのよ。

家が散らかり始めたのも、同じ頃からだ。まず、友達が遊びに来てくれているときに母が泣き出すことが何回かあり、わたしが友達を家に呼ばなくなった。すると、それまでは人が来るたびにリセットされていたはずの部屋の状態がそのまま積み重なるようになったのだ。

一線を越えてしまったのが正確にいつのことだったのかは、わたしにもわからない。ただ、気づけば家の中にはゴミ袋がいくつも溜まっていて、生ゴミが腐った臭いが漂い始めていた。

父は顔をしかめて『早く捨ててこい』と言ったはずだ。だが、母はうなずくもののゴミ捨て場に行こうとはしなかった。わたしがゴミを捨てに行こうとすると『ちゃんと分別はしたの』と怒り出す。『こないだ、あなたお菓子の袋とテスト用紙と汚れた下着を一緒に捨てたでしょう。ゴミ捨て場に〈分別しましょう〉って紙と一緒にテスト用紙も貼り出されて注意されて、お母さん、本当に恥ずかしかったんだから』

『貼り出された？』

『そうよ』

吐き捨てられた母の言葉に、わたしは耳の裏が熱くなるのを感じた。テスト用紙が貼り出されたということは、わたしの名前が出ていたということになる。お菓子の袋とテスト用紙と汚れた下着――それらが一列に並べられた様子が思い浮かんで卒倒しそうになった。一体、誰がそんなことをしたのだろう。ゴミ捨て場に出入りしているくらいなのだから近所の人に違いない。顔見知りか――もしそうではなかったとしても、テスト用紙の名前を見れば若い女の子だとわかったはずなのに。

やがて、家はみるみるうちにゴミで溢れ返っていった。わたしは母に内緒でゴミ袋を持ち出して捨てるようになったが、それでは一向に追いつかず、ゴミは減らなかった。やがてある一定の量を超えると、どこから手をつければいいのかわからなくなってきた。家中がゴミだらけだと知られれば外聞が悪い。だが、大量のゴミを出すのも外聞が悪い。

中学生になった頃、友達の間で家に呼び合うのが流行《はや》ったことがある。お互いの家に泊まり合い、夜通しおしゃべりするのが友達の証だとされ、わたしもグループのメンバーたちの家に遊びに行った。みんなは『狭いけど』『汚いけど』と断りを入れたが、どの家も驚くほど綺麗に整頓されていて、ゴミ袋がそのまま転がっている家なんてどこにもなかった。

一向に家に呼ぼうとしないわたしに、みんなは不満を募らせていった。『散らかってるって言うけど、そんなことうちらが気にすると思ってるの?』『そうだよ、わたしだって恥ずかしいの我慢したのに』『えーミキちゃんち綺麗だったじゃん』そんなレベルではないのだ、と説明したかったけれど、できるはずがなかった。結局無理やりに日にちを決められてしまい、慌てて両親に訴えた。このままでは友達にバレてしまう。友達がいなくなってしまう。『その日までにはちゃんと片付けるわよ』という答えを母から引き出したけれど、安心などできるはずもなかった。

わたしは約束の日までゴミを捨て続けた。自分が手をつけた場所は少しずつでも片付いていったものの、他の場所は一向に整理される気配がなく、母と口論を繰り返している間に前日になった。結局、とても友達を迎えられるような状態ではなく、わたしは涙を堪えてみんなに電話をかけた。『うん、ごめんね。ちょっと……お母さんの具合が悪いみたいで』

だが、翌日に学校に行くと、グループのメンバーの態度が変わっていた。『やっぱりゴミ屋敷って本当だったんだ』『だから言ったじゃん。うちの親、三橋《みつはし》さんと仲が良いから』――三橋さん、というのがよく家に回覧板を持ってくる近所の女性だと気づいたとき、わたしは悟っていた。みんなは知っていたのだ。その上で、ゴミ屋敷であるわたしの家を見物に来ようとしていたのだと。

高校は、地元の知り合いがいないところを選んだ。部活には入らず、毎日往復三時間をかけて通学し、嫌なことがあるとテレビをつけて以前録画したゴミ屋敷の特集を再生した。庭にまでゴミが溢れ返った家、腰の半分くらいの高さまでゴミが溜まっている異様な部屋、足の踏み場もないゴミの上に布団が敷かれている光景――高校生活を思い出すとき、いつも真つ先に浮かぶのはその画面の中の映像だ。

高校を卒業すると東京の大学に進学した。母は地元にもいい大学はあるのに、と渋い顔をしたものの、たまに電話で話す程度の距離感になったことで、むしろ関係は良くなった。一人暮らしのわたしの部屋に遊びに来れば、懐かしい味付けのごはんを作ってくれ、さらに台所の掃除までしてくれる。磨き上げられたシンクを見ていると、実家はまだゴミで埋まっているらしいということが嘘のように思えた。

けれど、わたしが就職して仕事の話をするようになると、母のバランスは再び崩れ出した。わたしが職場で褒められた話をすれば、母も張り合うかのように教師として活躍していた頃の話を始め、わたしが仕事の愚痴を漏らせば、自分はもっと理不尽な目に遭っても乗り越えてきたのだとアピールする。わたしが結婚し、妊娠したのは、そうして少しずつ母と話すのが億劫《おっくう》になり、疎遠になってきた頃だ。

母は大げさに感じられるくらいに喜び、まるで当たり前のことを尋ねるかのように、『それでいつ頃から里帰りするの？』と口にした。『は？』と訊き返す声が裏返る。

『何言ってるの、あんな汚い家で赤ちゃんを育てられるわけがないじゃない』

『大丈夫よ、生まれるまでにはちゃんと片付けるから』

母は笑いながら言った。

『だってあなた、旭さんはほとんど家にいない人なのに、一人でなんか育てられないでしょう？』

わたしは無事に生まれたら報告するからと言って電話を切り、けれど出産してからも自分から母に報告することはしなかった。

退院後、母からかかってきた電話に出た途端に航太が泣き声を上げたことで、とっくに生まれて退院していたと知られて激怒されたわたしのことを、夫がどう思っているのかは知らない。ただ、親が苦手なのだというわたしの言葉から夫が抱いただろう想像は、きっと現実からは遠く離れているに違いない。

「ほら、航太、こっち向けー」

夫の快活な声に我に返った。

いつの間にか、航太は背中に〈一升餅〉と書かれた袋を背負わされている。重さに耐えるように四つん這いになっていた航太は、そろそろと上体を持ち上げて座り直し、そのままころんと転がるように後ろにひっくり返った。

どっと、笑い声が上がる。

航太は驚いたように目を丸くし、それから大声を張り上げて泣き始めた。うああああ。うあああ。その様子を、夫が笑いながら写真に収める。

二〇一四年十二月五日

朝は五時四十分に起きて支度をしながら朝食を済ませ、六時に夫と航太を起こす。食卓に並んでいるのは、ご飯、納豆、梅干しおにぎり、牛乳、鮭の塩焼き、味噌汁、ちりめんじゃこの佃煮《つくだに》、スクランブルエッグ。そのうち航太が食べるのは梅干しおにぎりとスクランブルエッグだけで、納豆は結局両手でつかんで遊ぶだけで食べはしない。

食卓を糸だらけにする航太を、わたしが「やめなさい」と叱る。「やだ」と航太はニヤニヤしながら言う。「食べ物で遊んじゃダメだって、ママいつも言ってるでしょ」わたしは言いながら納豆のカップを取り上げ、航太が泣き始める。

「あーあーあー！」

本当に泣くわけではなく、不満をそのまま声にしたような、叩きつけるような泣き声。一歳半を過ぎた頃からイヤイヤ期らしきものが始まった航太は、二歳を過ぎた今、ほとんど毎日こうして泣いている。床にまで伸びた納豆の糸を見て、疲労感が押し寄せてくる。何で、と航太に言いかけて言葉を飲み込んだ。航太に言ったところで意味がない。代わりにわたしは、夫を振り向く。

「何で勝手にあげるの。どうせ食べないんだから出さないでって言ってるじゃない」

「航太が食べるって言ったんだよ」

夫は味噌汁をすすりながら答えた。

「そんなこと言って結局食べてないのに、」

ガン、とわたしの言葉を遮るように音を立ててお椀を置く。

「航太」

夫は低い声で呼びかけると、泣くのをやめて再び手で食卓を叩き始めた航太に身体ごと向けた。その粘ついた手を躊躇いなく上からつかむ。

「航太が、食べるって言ったんだよ」

航太は目を丸くして動きを止めた。

「航太が納豆が食べたいって言うから、パパは納豆を出した。それを遊んで食べないってことは、航太はパパとの約束を破るってことだ。わかるな？」

夫は身を乗り出し、航太の両目を覗き込む。「いたい」航太が顔をしかめて腕を引こうとした。

「パパ、いたい！」

夫はすぐに手を離したが、航太はわあああ、と声を上げて泣き出す。

「いたかった！　いたかった！」

「そうか、痛くしたのはパパが悪かった。ごめんなさい」

夫は、謝る見本を示すように静かな声音で言って頭を下げた。顔を上げ、今度は両肩をつかんで視線を合わせる。

「でも、その前の話は終わってないぞ。航太は納豆を食べるって言ったのに、食べないで遊んでばかりいる。航太がそうやってパパとの約束を破るなら、パパももう航太に納豆はあげられないな」

航太が弾かれたように背筋を伸ばした。

「やだ！」

「だったら食べなさい」

夫が間髪をいれずに言うと、航太は数秒押し黙り、打って変わっておとなしく納豆を食べ始める。

「よし、おりこうだ」

夫は満足そうにうなずき、航太から手を離してわたしを振り返った。

「な？　航太はきちんと話せばわかるんだよ。出すと遊ぶからって出さないんじゃ何の解決にもならないだろ。栄養だって偏るし我慢だって覚えない」

わたしは何も言えず、食卓を拭いていた手を止める。内臓が下に引っ張られたように重くなった。

夫の言うことは、いつも正しい。甘やかすわけでもなく、頭ごなしに叱るわけでもなく、きちんと向き合い、言葉で説明して解決していく。わたしもそうするべきなのだと思うし、実際、何度も夫の真似をしてみたことはあった。

だが、航太はわたしが同じことをしても同じようには反応しないのだ。夫が「だったら食べなさい」と言うと航太はおとなしく食べ始めたが、わたしが同じことを言えば、航太は「やだ！」と繰り返す。「食べなさい」「やだ」「食べなさい」「やだ」それはこちらが根負けするまで続き、結局疲れ果てて納豆を片付けると、航太が泣き叫んで暴れ、けれど一応は収拾がつく。

だからダメなのだろう、と自分でも思う。夫のように毅然とした態度でいられないから、航太はわたしと夫で態度を変えるのだろう。そう思うのに、夫のような態度を貫くことができない。だって、朝食だけではないのだ。汚れた服を着替えさせる。オムツを替える。歯磨きをする。靴を履かせる。公園や児童館に連れて行く。帰る。昼食を食べさせる。昼寝をさせる。出かける支度をする。買い物へ行く。夕食を食べさせる。お風呂に入れる。寝かしつける。そのすべてで、航太は「やだ」を連発する。「何が嫌なの」と聞いても泣くばかりで答えない。泣きやむのを待つこともあれば、無理やりやらせてしまうこともある。そのたびに、夫だったら、という思いが胸をよぎる。夫だったら、もっとちゃんと向き合ってあげるはずだ。

妊娠中はほとんどお腹の子に関心を示さず、立ち会い出産も拒んでいた夫は、今やもうどこからどう見ても「いいパパ」だった。仕事で家を空けることも多いけれど、家にいる時間や休みの日は何も頼まなくても航太の世話をしてくれるし、遊び相手にもなってくれる。夫は何冊もの育児書を読み、職場で上司や同僚から子育ての方法論を聞き、わたしにも、同じ本を読んでたくさんのママ友と関わるように求める。だけどわたしは、そもそも本を読むような時間をどうやったら作れるのかすらわからない。航太が起きている間はまず無理だし、お昼寝のタイミングには家事を進めなければ終わらない。夜、航太を寝かしつけた後にリビングに戻ってくればいいのだろうけど、どうしても疲れて一緒に眠ってしまう。夫は、それはただ読む気がないだけなんじゃないかと眉をひそめ、わたしが短い時間で読めるように大事なページに付箋《ふせん》を貼る。

ママ友は、航太が二歳になった今も、まだほとんどできていない。児童館や公園に行けば、すぐにママ友との人間関係に良くも悪くも直面するのだろうと思っていたけれど、実際はほとんどのママは自分の子どもと遊んでいるだけで話しかけてくることはなかった。時折、楽しそうに話し込んでいるママたちを見かけるものの、それは既にでき上がっているグループであって、突然入っていけるような隙はない。ごくたまに、児童館に二組の親子しかおらず、航太がもう一人の子どもと遊び始めた流れで会話をすることはあったが、そこから名前や連絡先を聞いてまた会おうという流れになることはなかった。

夫の話をすると、誰からも羨ましがられた。すごい、いいパパ。うちなんか夫が甘やかすから大変だよ。注意なんかほとんどしてくれないし、子どもといても携帯いじってばっかりだし。嘆く声を聞いていると、たしかにわたしは恵まれているのだろうなとも思う。何もしてくれない夫だったら、さぞ心細かっただろう。だが、同時にこうも思ってしまうのだ。うちもそうだったら、と。

夫が仕事へ出かけると、わたしはテレビをつけ、航太に教育番組を見せる。皿を洗い、先に着替えて公園に行く準備をした。

『じゃあまた来週ー！』

テレビから聞こえてきた声に、ハッと顔を上げる。お馴染みのキャラクターが両手を顔の横で振り、テロップが流れ始めた。いつものエンディングよりもほんの少しだけ長いエンディング。ああ、もう今週も終わるのだ、と思うと安堵と焦りがほとんど同じだけ浮かぶ。

「ねえ、こうちゃん。ママと一緒に公園に行こうか」

「やだ」

ほとんど反射のように航太が答えた。

「どうして？　行こうよ。滑り台楽しいよ」

「やだ」

「じゃあお買い物にする？」

「やだ」

にべもない返事に、ため息が漏れそうになる。

「じゃあどうしたいの」

「やだ」

航太は首を思いきり横に振った。やーだー！　顔を赤くして、自分の声に急き立てられるようにして泣き始める。フローリングに転がり、引きつけを起こしたように全身を反り返らせて泣く航太の傍らに膝をつき、わたしは「あ、そうだ！」と声のトーンを上げてみせた。一瞬、航太が泣くのをやめてわたしを見る。わたしはできた隙間に声をねじ込むようにして「じゃあ、一個だけお菓子買っちゃおうか」と囁いた。一拍遅れて自分の媚びた声が耳に届き、頰がカッと熱くなる。だって、と誰かに言い訳するように考えた。だって、しょうがないじゃない。こうでもしないと言うことを聞いてくれないんだから。

だが、次の瞬間、航太は「やだ！」と怒鳴り声を上げた。堰《せ》き止めていたものを爆発させせるような勢いで、先ほどまでよりも激しく泣き始める。頬の熱が、耳の裏まで広がっていくのがわかった。わたしは一体、何をやっているんだろう。

身体から力が抜け、腕がだらりと垂れ下がる。郁絵さんは、とほとんど習慣のように思った。郁絵さんだったら、こういうときどうするのだろう。郁絵さんは、どんなふうに子育てをしているのだろう。

保育士だというくらいだから、上手くやれているはずだ。そう考えた途端、でも、という思いも湧く。保育士だからと言って、自分の子どもも上手く育てられるとは限らない。郁絵さんだって、保育士として他人の子を預かるのと自分の子では違うと言っていたじゃないか。あの子だって――ふいに、そこで思考が止まる。

――あの子は、どんな子になっているんだろう。

璃空の横顔が浮かんだ。鬼に扮した父親を見て、目を見開いて泣いていた横顔。自分の携帯に残る唯一の璃空の写真がまぶたの裏に映る。

あの子も、大きくなっているはずだ。つかまり立ちをするようになり、歩くようになり、単語を口にするようになり、もしかしたら、もっとたくさんしゃべるようになっているかもしれない。

――血の繋がったあの子の言うことなら、理解してあげられたんじゃないか。

浮かんだ思いに、泣き出したくなる。これは、航太を裏切ることだ。あの日からずっと、二年以上も育ててきた航太を――けれどそれでも、考えるのをやめられない。わたしが、航太の気持ちをわかってあげられないのは、血が繋がっていないからじゃないか。だから、上手くやれないんじゃないか。

――郁絵さんなら、航太の気持ちをわかってあげられるんじゃないか。

視界が霞む。ごめんね、と唇が勝手に動く。こめかみが軋み、航太の泣き声が遠ざかる。床に転がっていた携帯を手繰り寄せ、メール画面を開いて郁絵さんのアドレスを呼び出す。

〈直井バースクリニックで一緒だった石田です〉

そこまで打ったところで、指が止まった。泣いてもいないのにしゃくり上げて息が詰まる。遅れて、涙がこぼれ落ちてきた。

〈元気？　よかったら久しぶりに会えないかなと思ってメールしました〉

嗚咽が漏れ、立っていられなくなる。背中を丸め、うずくまりながら指を動かす。小さな送信音が鳴り、手から携帯が滑り落ちた。

「ごめんね、ごめんねこうちゃん」

泣き叫ぶ航太を抱き上げ、抱きしめる。航太は泣き声をさらに張り上げ、わたしの首に腕を回してきた。あー！　あー！　鼓膜がぶるぶると震え、突き抜けるような痛みが走る。小さな背中を押さえ、頭を撫でる。ごめんね、ママ、ごめんね。航太の泣き声は少しずつ弱くなり、やがて長い時間をかけて寝息へと変わる。

わたしは、腕の中でだらりと伸びた航太の寝顔を、まばたきもせずに眺め下ろした。滑らかな白い肌に、黒々としたまつ毛。脱力しきった顔は、つい数分までとは別人のように穏やかだ。汗と涙で額に貼りついた前髪を剝がそうと手を伸ばす。

けれど次の瞬間、足の裏から微かな振動が伝わってきた。わたしはビクリと跳ね、フローリングに置かれた携帯を拾い上げる。

〈久しぶり！　連絡ありがとう。嬉しいよー！　繭ちゃん、まだ青戸に住んでる？　また会いたいねって璃空とも話してたの。早速だけど、来週の日曜日とかどうかな？　外でもいいしうちに来てもらっても大丈夫だよー〉

左手で航太を抱き、右手で携帯を操作している自分を、さらにもう一人の自分が斜め後ろから見ているような気がした。返信ありがとう。まだ青戸に住んでるよ。来週の日曜、大丈夫です。外でもいいけど、ちょっと今イヤイヤがひどいから、もしよかったらおうちにお邪魔させてもらってもいいかな？　上手く思考が働かないまま、けれど指は淡々と文章を作り上げていく。

日にちと時間を決め、ケーキを持っていくと約束する頃には、午前中に公園に行くには遅い時間になっていた。

十二月十四日

郁絵さんと約束した当日の朝。

食べこぼしで汚れた服を着替えさせようと、トレーナーを脱がせたところで、航太が妙におとなしいことに気づいた。いつもなら嫌がるのに、と思った瞬間、脇に差し入れた指に触れた熱さに息を呑む。慌てて熱を測ると、三十八度九分あった。

「こうちゃん！」

航太が、わたしを見上げる。その微かに潤んだ瞳に胸が痛んだ。いつから、具合が悪かったのだろう。昨晩は普通だったはずだ。今朝、起きたときは？　そう言えば、今朝はごはんをこぼしてばかりでほとんど食べていなかった。

「ごめんね、こうちゃん。お熱があったんだね」

「おねつ？」

航太が舌っ足らずな声で訊き返してくる。

「どこか苦しい？　痛いところはない？」

新しい服を着せて顔を覗き込むと、航太はぼんやりと宙を見上げた。

「冷えピタ貼ろうか」

「やだ」

そこだけはいつもの調子で答え、けれどぐったりとわたしの太腿に額をこすりつけてくる。

わたしはその小さな背中を撫で、寝室へ顔を向けた。

「こうちゃん、今日はもうねんねしよう」

「やだ」

「嫌かもしれないけど、こうちゃん、お熱があるんだよ。ねんねしないと良くならないから」

「やだ」

わたしは押し入れから子ども用の布団セットを出してきてリビングに敷く。

「ほら、こうちゃん。今日は特別にここでねんねしていいよ」

特別、というところを強調して言うと航太はぴくりと頭を上げかけたが、すぐにまた亀のように身体を丸めた。こうちゃん、と再び呼びかける声が思わず尖ってしまう。

「ちゃんとお布団で寝ないともっとお熱が上がっちゃうよ」

自分が口にした言葉にぎくりとした。もし、本当にこのままもっと熱が上がってしまったら。

病院に、と考えると同時に、今日は日曜日だと思い至る。休日診療所に連れて行く？　だけど今のところ熱以外の症状はない。だったら無理して外へ連れ出すよりも、家でゆっくり休ませてあげた方がいいんじゃないか。

昨日の朝、『こうちゃーん、パパ、お仕事に行ってくるよー！』と、まるで歌のお兄さんのような声で言って航太に抱きついていた夫の姿が蘇った。

『じゃあ、よろしくな』

わたしにはそのひと言を残して出勤していった夫。

床に転がっている携帯を手に取り、夫にメールを打ち始める。〈こうちゃん、三十九度近く熱があるんだけど、病院に連れて行った方がいいかな？〉そこまで打ったところでどうせ今頃はフライト中でメールなんて見られるはずがないと気づいた。いや、本当はメールを打つ前から気づいていたのだ。それでも、打たずにはいられなかった。

わたしは短く息を吐いて携帯を置き、航太に向き直る。

「こうちゃん、とにかく早くあったかくして……」

言いながら力ずくで抱き上げると、航太はむずかりながら身をよじってわたしの手を振り払った。あ、と思った瞬間、ビタンッ、と大きな音を立てて航太が顔から床に倒れる。

「こうちゃん！」

　航太が爆発するような泣き声を上げた。

　わたしは航太の両肩をつかんでひっくり返し、床にぶつけた顔を覗き込む。どこをどのくらいの強さでぶつけたのか確かめなきゃと思うのに、額も頬も真っ赤でよくわからない。

「何で暴れたりするの。どこぶつけたの。泣いたらもっと熱が上がっちゃうんだよ。具合が悪いんだからおとなしくしてよ」

　航太を抱きしめながら怒る声音で言ってしまう。航太の泣き声が悲鳴のように変わり、わたしの目からも涙が溢れ出す。何でわたしは怒っているんだろう。この子は痛くて苦しいのに。母親なら、こんなときこそ安心させてあげないといけないのに。

「ごめんね、ごめんねこうちゃん」

　わたしは泣きじゃくりながら航太の背中をさする。

「痛かったよね。ママに怒られて悲しかったよね。大丈夫だよ。痛いの、すぐに良くなるからね」

　郁絵さんなら、とまた思った。彼女なら、きっとこういうとき慌てて声を荒らげたりなんかしないはずだ。いや、きっとそもそも転ばせてしまったりなんかしない。

　言葉や仕草で上手く誘導して航太を布団へ連れて行く郁絵さんの姿がまぶたの裏に浮かんだ。穏やかな微笑みを浮かべながら掛け布団をかけてやり、胸元を優しくトントンと叩く。

航太は安心しきったように目をつぶり、やがて寝息を立て始める——ハッとそこで我に返った。胸の先に痛みを感じて視線を下ろすと、航太がわたしの服の裾から手を入れている。

乳首を強くつままれて咄嗟に上体を引いた。航太が抗議するようにぐずる声の音量を上げて手をばたつかせ、おっぱいを探してくる。再び乳首に痛みが走り、今度は動かずに堪えると、航太の口元に微かな笑みが浮かんだ。その顔を見ていると、手をどける気にはなれなくなる。

しばらくして、航太の手が床に落ちた。わたしは航太を抱っこしたまま掛け時計を見上げる。短針は、八を指していた。

——今日は、行けない。

言葉にして考えた途端、全身から力が抜けていく。ほんの少し肺が広がったような気がした。少なくとも、今日は会わなくていい。

航太が熱を出してしまって行けなくなったことと、当日のキャンセルになってしまって申し訳ないことをメールにまとめて郁絵さんに送ると、すぐに返事がきた。

〈お熱、心配だね。大丈夫？　今日のことは気にしないで。うちもしょっちゅう保育園から病気をもらってくるよ。もうインフルエンザも流行り始めてるみたいだし、繭ちゃんも気を

つけてね〉

保育園、という文字の上で目が止まる。

――本当に仕事に復帰したんだ。

胸の奥がざらりとした。

ふいに、再び夫の笑顔が思い浮かぶ。『こうちゃーん、パパ、お仕事に行ってくるよー！』――夫の高く張り上げられた声、くすぐったそうにはしゃぐ航太の笑い声。『じゃあ、よろしくな』――私に向かって小さく上げられた手、あっけなく閉められた玄関の扉。

――どうしてわたしは、仕事を辞めてしまったんだろう。

腕の中で重みを増していく航太を見下ろす。

辞めなければならないわけではなかった。産休、育休を取って、復帰をする道もあった。実際、化粧品会社ということもあって女性社員は少なくなかったし、産後に復帰した先輩も何人もいたのだから、可能だったはずだ。

だけど、つわりがつらくて、妊娠中に仕事を続けていくことが考えられなくなった。食事がまったく摂れず、水を飲んでも戻してしまうような状態で、通勤中に脱水症状を起こして病院へ運ばれると入院を勧められた。そのまま有休を使いきってしまっても体調は良くならず、上司は有休以外にも休む方法はあると言ってくれたものの、それ以上周りに迷惑をかける気にはなれなかった。後から考えても、あのときの選択が間違っていたとは思わない。

だが、たとえばあのとき辞めていなかったら。出産しても、数カ月で子どもを預けてまた働き出すことがわかっていたら。そうしたら、わたしは出産したばかりのとき、あれほど追い詰められただろうか。

今だって、仕事を続けていて航太を保育園に預けていれば、もっと余裕を持って接することができていたんじゃないか。

〈本当にごめんね。ありがとう。郁絵さん、また働き始めたんだね。正直羨ましいよ。今イヤイヤがすごくてちょっとしんどいときがあるから〉

吐き出すようにメールを打ち、読み返さないままに送信する。それでも胸のもやもやが消えなくて、会社の元同期のアドレスを開いた。角田《つのだ》実花《みか》。懐かしい名前に、それだけで少し胸が軽くなる。

〈久しぶり。元気？　おかげ様でわたしは息子も二歳になり、〉

そこまで打って、指が止まった。わたしは、何を打とうとしているのだろう。わたしの退職をひどく残念がり、けれどわたしの意思が変わらないと知るとこっそり職場の人全員の寄せ書きを集めてくれた彼女。繭子なら絶対にいいお母さんになるよ。生まれたら抱っこさせてね、という言葉に涙が溢れ、だからこそ出産後もきちんと報告ができなかった。それを今さら——そのとき、ふいに携帯が震えた。

ハッと画面を見ると、〈着信　平野郁絵〉という文字が表示されている。慌てて航太を布団にそっと下ろし、廊下まで出てから電話に出た。

「はい、もしもし」

『繭ちゃん？　ごめんんね、いきなり電話しちゃって。今コウタくんは？　大丈夫？』

忙しない郁絵さんの声が耳に飛び込んでくる。

「うん、さっき寝たところ。……ごめんね、今日はいきなり」

『それはいいんだって。それより、大丈夫？　何かまいってるみたいだったから、ちょっと心配になっちゃって』

「え？」

咄嗟に聞き返し、さっき自分が送ったメールの文面を思い出そうとする。そんなに心配になるような内容を送っただろうか。

「あ、違うの。そんなまいってるってわけじゃなくて……ただ、ちょっとこのところイヤイヤが激しかったところに航太が体調を崩したものだから、何か落ち込んじゃったっていうか」

『そっか、そうだよね』

郁絵さんは息を吐き、わかる、と続けた。

『イヤイヤ期ってほんと大変だよね。うちの保育園のお母さんたちも、みんなきついって言ってるよ』

みんな、という言い方に、微かに引っかかる。

『でもね、イヤイヤ期って子どもの発達ではすごく大事な時期なんだよ。自己主張をする練習でもあるからね、イヤイヤ期がない子は後が心配なの』

郁絵さんは淀みない口調で言った。

『共感して受け止めてあげるのが大切なんだよね。何々しなさいって頭ごなしに言うんじゃなくて、何々するのと何々するの、どっちがいい？　って選ばせてあげるのもオススメだよ。後は、腹話術みたいにぬいぐるみに話しかけさせてみるとか』

うん、ありがとう、と電話に向かって答えながら、どうして郁絵さんは突然こんな話を始めたんだろう、と思う。わたしが心配をかけるようなことを言ったからだ。保育士として、放っておけなくてアドバイスしてくれているんだ。そう自分に言い聞かせるのに、唾が上手く飲み込めない。

「一つずつやってみるね」

わたしが言うと、郁絵さんはハッとしたように息を呑んだ。気まずい間が空く。

『何か、ごめんね……余計なこと言っちゃって』

「え？　ううん、ありがたいよ」

わたしは慌てて言った。

「さすが保育園の先生だよね。同い歳の子のママとは思えないもん」

そう続けてから、嫌味っぽかっただろうかと思い直す。けれど、どうフォローすればいいかわからなかった。

「それにわたしが危なっかしいメール送ったから……」

『違うの』

郁絵さんが遮るようにして言った。

『そうじゃなくて……あのね、実はこないだちょっと友達から相談を受けたんだけど、その人がちょうど二歳の子どものことで悩んでて、それで上手くアドバイスできないでいるうちに、その人の奥さんが子どもを置いて出て行っちゃったみたいで』

「え？」

何の話が始まったのかわからなかった。友達？　相談？

「奥さんが子どもを置いてって……」

『えっとね。その人は男友達なんだけど、奥さんがちょっと何て言うか育児ノイローゼっぽくて、結構危うい感じみたいなんだよね。それで、その友達から相談を受けてたの。ほら、私保育士だしさ、それに今は母親でもあるし、いろんな親のこととか躾の仕方とか知ってるんじゃないかって』

男友達に向かって、育児の仕方について話す郁絵さんの横顔が見える気がした。それに、細かくうなずく男の感心したような顔。そこに、ふいに夫の顔が重なる。そう言えば、職場で子育ての方法論を聞いているという夫は、誰からどんなふうに聞いているのだろう。

『だけど、その奥さんのことを直接知ってるわけじゃないし、彼の方にできるだけ奥さんをサポートしてあげるように言うくらいしかできなくて、そうしているうちにいきなり奥さんが出て行っちゃって……彼が仕事から帰ったとき、二歳の子が一人で家で泣いていたらしいの。命に別条はなかったんだけどね、でも一歩間違えれば何があったっておかしくない話でしょ？　それで私がナーバスになっちゃってるんだと思うんだけど』

そこまで言われて、やっと郁絵さんがどうしてこんな話をし始めたのかがわかった。郁絵さんは、わたしがその奥さんのようにならないか心配したのだ。

ひどい、と思う。わたしがそんなことをするわけがない。そう思った直後、わたしがしていることとどう違うのか、という言葉が浮かんで全身が冷たくなった。

航太が起きた、と嘘をついて慌ただしく電話を切り、携帯を見下ろす。今日のやり直しをしようと郁絵さんが言ってくることはないんじゃないか、という気がした。だとしたら、もう郁絵さんと会うことはないのだろうか。――璃空とは。

手の中で、携帯の画面が暗転した。

## 十二月十五日

航太の熱は一日で嘘のように下がった。朝食に出したうどんを完食する姿を見てホッとしたけれど、念のため一日家の中で過ごすことにした。航太は身体が動かし足りないのか昼寝は一時間ほどしかしなかったものの、その代わりに二十時前に寝てくれた。

寝息を立てる航太からそっと離れ、リビングへ戻る。何気なく携帯を手に取ると、メールが一件来ていることに気づいた。夫だろうか、と思いながら開き、角田実花という差出人欄の名前に目を見開く。

〈久しぶり！　何か途中で送ってるけど、どうしたー？　その二歳児のしわざかな？（笑）ていうか、もう二歳になったんだね。早いなー。でも元気そうで安心しました！　私は相変わらず仕事三昧だよー。実は今年からチーム長なんてものになってしまって、てんてこ舞い。繭子が戻ってきてくれたら助かるんだけどな。それはそうと、よかったら息子くんに会わせてよ。ママになった繭子にも会いたいし〉

慌てて送信ボックスを確かめた。〈久しぶり。元気？　おかげ様でわたしは息子も二歳になり、〉とまで打ったところで終わっていたメールが、なぜか送信済みになっている。

こんな途中までのメールをもらって、さぞぎょっとしたことだろう。気づけば、口元が緩んでいた。わたしは、もう一度彼女からのメールを読み返す。

〈繭子が戻ってきてくれたら助かるんだけどな〉

ただの社交辞令だというのはわかっている。けれど、それでも嬉しかった。ソファの上で体育座りをし、膝に顎を乗せる。

〈途中で送っちゃってごめんね。返信ありがとう。チーム長って本当？　さすがツノミカだね。かっこいいなあ。わたしもツノミカの部下としてなら働きたいよ。ほんと、会いたいな。息子は今イヤイヤがすごいけど、それでもよかったらぜひ一緒に〉

メールを打ってから、イヤイヤがすごいと書いても郁絵さんに対して書いたときほど苦しくないことに気づいた。イヤイヤがすごい。それだけのことなのだと思う。発達段階としてのイヤイヤ期。誰にでもあることだし、きっといつかは終わる。

帰ってきた夫にメールを見せると、夫は、おお、ツノミカ！　と同じあだ名で呼んだ。

「あの子だろ、ほら、繭子の同期の出世頭」

「そう、もうチーム長なんだって。すごいよね」

「それ、すごいの？」

「普通チーム長なんて三十代後半くらいじゃないとなれないんだよ」

「そうなんだ、それはすごいな」

夫がうなずいたことが嬉しくなる。わたしは携帯を受け取り、画面を撫でた。

「本当にツノミカの下でなら働きたいんだけどなあ」

「それはさすがに社交辞令だろ」

「わかってるよ」

わたしは言い返す。

「繭子、働きたいの？」

夫がスーツをハンガーにかける手を止めて振り向いた。わたしは、一瞬返答に詰まってうつむく。できるだけさりげない口調になるように意識しながら「まあね」と答えた。

「できればそろそろ社会と繋がりたい気持ちはあるかな。ただ、もしそうなったら航太を預けなきゃいけなくなるけど」

そんなのかわいそうだと言われるんじゃないかと思うと、つい上目遣いになる。けれど夫は、あっさり、いいんじゃない、と答えた。

「社会と繋がるのは俺もいいことだと思うよ」

「え、いいの？」

わたしは目を丸くする。夫は、ネクタイを外しながら苦笑した。

「まだ、もしもの話だろ」

もしもでも、と口角が持ち上がる。これから航太を預けて働きに出ることも可能性としてあり得るのだと思うだけで、背中が軽くなる気がした。

風呂場へと向かう夫の後ろ姿を見やりながら、もう一度もらったメールを読み返す。保育園について調べてみようかな。ほんの少し浮き立つように思う。元の会社に戻ることは無理でも、他にも働こうと思えば働ける場所があるかもしれない。明日、買い物に行くときにでも仕事情報誌をもらってこよう。そう決めると、それだけで緊張するような、そわそわと落ち着かない気分になる。

十二月十六日

〈ねえ、また働きたいって本当？　冗談だったならごめんね。ただ、私、最近本当にチームをまとめるのに困っていて、もし繭子が力を貸してくれるなら本気でありがたいんだけど。と言っても、私の独断で決められることじゃないから、もし繭子が本当に働きたい気持ちがあるのなら、課長にかけ合ってみたいなと思って。どうかな？〉

そんなメールが来たのは、お昼寝から起き出してきた航太に手を洗わせていたときだった。心臓が高鳴り、お腹の奥にくすぐったいような感覚を覚える。

「こうちゃん、おやつにしようね」

航太を椅子に座らせ、剝いたりんごを皿に置いた。無言で食べ始める航太に「こうちゃん、いただきます、だよ」と声をかけながら、もう一度携帯を見る。

――社交辞令じゃ、なかったんだろうか。

本当に、わたしは前の会社に戻れるかもしれないんだろうか。

一瞬、まぶたの裏に会社の机と通勤電車と寄せ書きが浮かんだ。そんなことが、わたしにできるんだろうか。期待と不安が一気に押し寄せてくる。〈本当？　嬉しい〉そこまで打ち、続きを打つために画面に親指を乗せる。

「こうちゃん、たべたい！」

そのとき、突然航太が怒鳴り声を上げた。わたしはハッと振り向く。

「あ、ごめんね。おかわり？」

「やだ！」

航太が顔をくしゃくしゃに歪めて食卓を叩いた。バン、バン、という音が耳に痛い。

「こうちゃん、テーブルを叩かないで。お手て痛くなっちゃうよ？」

航太はテーブルをつかんで身体を前後に揺さぶった。

「だから、おかわりする？」

「たべたいの！」

「やあらあああ！」

悲鳴のような甲高い声を上げて泣き叫び始める。わたしは額に手を当て、ため息をついた。

また、始まった。そう思ってしまい、そんな自分に嫌気がさす。航太だってつらいのだろう。何が嫌なのか自分でもよくわからず、言葉にして上手く伝えることもできない。ストレスだって溜まるはずだ。

わたしは、床へ転がるように落ち、亀のように丸まって泣く航太を抱き上げる。こうちゃん、こうちゃん、落ち着いて。泣いてたんじゃ、ママ、どうしたらいいかわからないよ。語りかける声が泣き声にかき消され、ふいに、音が遠ざかった。いや、実際には音量は減ってなどいない。けれど、何かの蓋を閉じてしまえば、頭や心にまで響いてこない。

この子は、保育園に預けたら泣くのだろうか。わたしは、航太の背中をあやすように叩きながら考える。初めは、泣くだろう。でもすぐに、慣れるはずだ。家の中で、わたしと二人きりでいるより、子どもの扱いに慣れた先生と同い歳のお友達と一緒にいられた方が、この子にとってもいいんじゃないか。

そう考えた瞬間だった。

「おしゃんべー！」

航太が耳元で唐突に叫ぶ。わたしは、航太から身体を剝がした。

「え、何？」

「おしゃんべー！」

「もしかしておせんべい？　こうちゃん、おせんべい食べたいの？」

航太がぴたりと泣きやみ、わたしを見上げる。

「うん」

小さくうなずき、それから、へへ、と照れくさそうに笑った。

「おせんべ、たべたい」

わたしの言葉を聞いたからか、さっきよりも正しい発音で言い直す。

縮こまっていた胸の奥が、広がっていくような感覚がした。わたしの言葉が、航太に伝わった。航太の言葉を、わたしが理解することができた。ぼやけていた視界が突然鮮明になったような、突き抜けるような爽快感が全身を貫く。そうだったの、というつぶやきが漏れた。

「こうちゃん、おせんべいが食べたかったんだね」

わたしは立ち上がり、キッチンへと向かう。幼児用のおせんべいの袋を開け、プラスチックの皿に二枚載せた。

「こうちゃん、これのこと?」

「そう!」

航太が満面の笑みを浮かべて飛び上がる。

「たべたい! たべたい!」

ふいに、涙が込み上げてくる。ああ、ダメだ、と思った。わたしは、この子がこうやって一つ一つ成長していくところを、この目で見たい。

きっとすぐに後悔するだろう。また、泣き叫ぶ航太を見下ろしながら、こんなことなら、あのとき働けばよかったと思うだろう。思うそばから、既に後悔し始めていて、どうすればいいのかわからなくなる。だけどそれでも、わたしは、もうこの子といるのだと決めている。

書きかけのメールを消し、頭から、違う文面を打ち直す。携帯を置き、航太を見た。

「こうちゃん、おいしい?」

「うん!」

航太がうなずき、口からボロボロとおせんべいの欠片《かけら》がこぼれ落ちる。その光景が、まるで特別な題をつけられた一枚の写真であるかのように見えた。

きっと、すぐなのだ。

すぐ、この子は大きくなる。おせんべいを上手く食べられなかったことなんて、なかったみたいになる。――たった二年前まで寝返りを打つことさえできなかったこの子が、今は自分の足で走り回っているように。

「ほら、もう。こぼれてるよ」

航太の口元を拭きながら目を細めると、膨らんでいた涙が転がって頬を伝った。慌てて頬を拭うわたしを、航太がきょとんとした目で見上げてくる。

十二月三十一日

ぼおん、ぼおん、と規則正しく響く除夜の鐘の音を聞きながら、わたしは自分が幼かった頃のことをぼんやりと思い出していた。

眠っていたのに起きてしまい、寂しくなって泣きながら居間へ行くと、こたつに入った両親が揃って振り向いたこと。

『あらあら、繭子、どうしたの』

母がこたつから出てきてわたしの前に膝をつき、抱きしめてくれる。

『目が覚めちゃったの？　怖くなっちゃった？』

母の匂いをかいだ途端に安心して、けれどますます涙が止まらなくなったわたしを、母が抱っこしたままこたつへ移動した。

『今日くらい、いいわよね』

『繭子、みかん食べるか』

わたしは母に抱かれながら、父からみかんを受け取り、ついたままのテレビを見る。画面には、何が面白いのかわからない鐘の映像が流れていた。ぼおん、ぼおん、ぼおん。人混みが映り、低いナレーションの声が続く——

「やっぱり子どもがいると徹夜で初詣に行く気にはならないな」

夫の声で、父と母が脳裏から消えた。

缶ビールをあおる夫の横顔を見ながら、航太は、どこまで覚えているのだろう、と静かに思う。三歳？　四歳？　五歳？　あの大晦日《おおみそか》の夜、母に抱かれていたわたしは何歳だったのか。

——きっと、今の航太の記憶はいつか失われる。

もし、今、航太が本当の母親のもとに戻ったら、郁絵さんは航太の中からわたしの記憶を消そうとするだろう。そして、きっとその通りになる。

「今年も、何だかんだいい年だったたな」

夫がつぶやき、二〇一四年も残すところあと一分となりました、というナレーションが重なった。

もうすぐ、年が明ける。

二〇一六年九月十二日

航太が腕を上へと伸ばし、首から紐で下げたＳｕｉｃａを改札機に押し当てる。ピ、という音が鳴った途端、弾かれたように振り返った。

その「できた！」という声が聞こえてきそうな表情に、わたしは「できたね」とうなずいてみせる。航太の後に続いて改札を通ると、航太は飛びつくようにわたしの腕に抱きついてきた。

「ねえ、ママ、きょうはどこにいくの？」

わたしを見上げ、小首を傾げる。

「でんしゃのはくぶつかん？」

「今日はね、お医者さん」

航太がパッと手を引いた。

「ちゅうしゃするの？」

不安そうな顔になって後ずさる。

「ぼく、でんしゃみたらかえるのがいい」

「違うよ、お医者さんはママが行くの。こうちゃんは注射しないよ」

「どこかいたいの？」

航太が心配そうに顔を曇らせて再びわたしの腕をつかんだ。わたしは、ううん、と否定しかけて、思い直す。

「うん、ちょっと目が痛いの」

「だいじょうぶ？　いたいのいたいのとんでけする？」

航太がわたしの目に向かって手を伸ばした。わたしが腰を屈めると、目の上に小さな手のひらを押し当て、いたいのいたいのとんでけー、と言って腕を大きく振る。

一瞬、息が詰まった。

目頭が熱くなりそうになって、慌てて腰を伸ばす。

「ありがとう。こうちゃんは優しいね」

頭を少しだけ乱暴に撫でると、航太は照れくさそうに笑った。ホームに滑り込んできた電車を指さす。

「あ、スカイライナー！」

「ほんとだね」

「かっこいいねえ」

航太はうっとりと目を細めた。わたしはその切れ長の目元を見下ろす。骨太の手足、薄い唇、微かに反り返った耳――四歳になった航太は、もう明らかにわたしにも夫にも似ていない。何より印象が違うのは、目だ。わたしも夫も二重なのに、航太だけが一重――郁絵さんと同じように。

これまで、幾度となく「パパ似かな？」と訊かれてきた。何の悪意も意図もなく、本当にただ思ったことをそのまま口にしたような言葉――夫の顔立ちを知らず、わたしと航太の二人だけを見た人は、ほとんどみんな同じような反応を示してきた。

ホームに特急電車が到着した。航太と繫いだ手がぐいっと下に引かれる。

「ママ、これにのっていいの？」

いいよ、と答えるなり、航太はわたしの手をパッと離して電車のドアに飛び込んだ。反対側のドアに張りついた後ろ姿を見ながら、わたしは足を引きずるようにして続く。

来年には、航太も幼稚園に入る。今までは家族揃って他人に会うことはほとんどなかったけれど、これからはそうした機会も増えていくはずだ。

――夫とわたしに挟まれた航太を見て、人はどんな感想を抱くのか。

変えるなら、今しかないのだ、と自分に言い聞かせる。誰にも疑われないようにするには、こうするしかないのだと。それでも、カウンセリングの際に言われた医師の言葉が耳から離れなかった。本当に一重にしてしまっていいんですか？　綺麗な二重なのに。大体、みなさんはこういうまぶたを理想にしてうちに来られるんですよ。

本当は、目は自分の身体の中で一番気に入っている場所だった。幼い頃から目がぱっちりしていることだけは繰り返し褒められてきたし、夫にも最初にかわいいと言われたのが目だった。自分自身、一番アイメイクに時間をかける。——だけど。

わたしは、財布と携帯と航太の荷物が入ったショルダーバッグを胸の前に抱き寄せた。

「ねえ、こうちゃん」

「なあに」

航太は、車窓からの風景をじっと見つめたまま返事をする。

「あのね、これからちょっとママのお顔が変わるかもしれないけど、ママはママだからね」

え、と航太が振り向いた。

「おかお、かわるの？」

目を見開いてすっとんきょうな声を出す。わたしは短く顎を引いた。

「ちょっとお目めのところだけね」

「どうして？　いたいから？」

「ママね、こうちゃんとお揃いにしたいの」

「なんで？」

航太が首を傾げる。まったく意味が理解できないというように、眉根を寄せた。わたしが答えられずにいると、「なんで？」ともう一度繰り返す。「何でって……」と答えかけた先が続かなかった。

航太はわたしを真っ直ぐに見上げてくる。

「ぼく、いまのママのめのほうがいい」

わたしは、息を呑んだ。

途端に、身体から力が抜けていく。悲壮なほどの覚悟でいたはずのことが、急にひどく滑稽に思えた。

こんなことをして、何になるというのだろう。

整形をして、航太と同じ一重になる。そうすれば、これから会う人たちはわたしと航太の血の繋がりに疑いを抱くことはなくなる。自分がそれだけを考えて行動しようとしていたのだと気づかされる。

考えてみれば、そんなことをすれば、かえってリスクが高まるだけだ。

夫や両親たちは、突然整形などをしたわたしのことを怪訝に思うだろう。一重なのを二重にするのならまだしも、その逆をしたのだとわかれば、なぜそんなことをしたのかと勘繰るはずだ。

何週間もかけて整形の方法を調べ、子連れでも大丈夫だという病院を探し、カウンセリングまで受けて予約をしながら、そんな根本的なことにも気づかなかった自分の愚かさに呆れてしまう。

「ねえ、ママ。ほんとうにおめめかえちゃうの？」

航太が、わたしの手を引いた。わたしは航太を見下ろす。ぶれていた焦点が航太の上で合った。

「ママ？」

航太が不安そうに手をぎゅっと握ってくる。その力は思いの外強かった。まだわたしの指三本しかちゃんと握れないほど小さな手なのに、痛みを感じるほどに強い。

わたしは、そっと唇を開いた。

「やっぱり、やめようかな」

「え、やめるの？」

「なんで？」

航太が声を裏返らせる。

拍子抜けしたように目をしばたたかせた。わたしは答える代わりに、航太の頭に手を置く。

「今日は、病院に行くのはなしにして鉄道博物館に行っちゃおうか」

「はくぶつかん！」

航太は文字通りにその場で飛び上がって叫んだ。

「やった！　いく！」

航太のはしゃぐ声に、反対側のドアの前で輪を作っている女子高生たちが何かを耳打ちしながら笑う。

「じゃあ、ここで一回降りるよ」

わたしが言うのと同時に、電車が減速を始めた。日暮里《にっぽり》、日暮里ー、ドアが開き、アナウンスが流れる。わたしは航太の手を握りしめ、ドアの外へ踏み出した。

## 九月十七日

「ねえ、こうちゃん、今日の夕ごはんどうしようか」

わたしが航太の口の周りをおしぼりで拭きながら尋ねると、航太はぷっと噴き出した。

「ママ、もうよるのことかんがえてるの？　いまおひるごはんたべたところなのに」

「あ、ほんとだ」

「ママってば、いつもごはんのことかんがえてるよね」

くいしんぼうだー、と笑いながら、航太が椅子から下りる。おもちゃ箱へと駆け出し、リビングの床にプラレールのパーツをぶちまけた。

「こうちゃん！　箱をひっくり返さないで使うものだけ出しなさい」

「はーい」

航太はいい返事をして、けれど散らばったおもちゃを元に戻すでもなく遊び始める。わたしは小さくため息をつき、キッチンへと向かった。冷蔵庫を開けて買い置きを確認する。豚こま肉、にんじん、じゃがいも——肉巻きにするか、それともカレーにするか。

そこで携帯が鳴り、冷蔵庫のドアを閉めた。はいはーい、と返事をしながらテーブルの上の携帯をつかみ、未登録の電話番号に一瞬止まる。固定電話、都内、瞬時にわかったのはそれだけで、あとは考えるより先に電話に出た。

「はい、もしもし」

『あ、お忙しいところ失礼します。こちら、石田繭子様の携帯電話で間違いありませんでしょうか』

返ってきた声に、勧誘か何かだろうか、と思った。このところ、そういうのが多い。どこから電話番号が漏れたのだろう。ちょっと嫌な気持ちになりながら、「そうですけど」と答える。

　すると、微かにしわがれた声が続けた。

『あの、私は、直井バースクリニックの院長をしております直井と申しますが』

　どくん、と心臓が跳ねる。

「……え」

『実は、お話ししなければならないことがございまして、お忙しいところ大変恐縮なのですが、お時間をいただくことは可能でしょうか』

　一瞬にして、視界が真っ暗になる。

　わたしは、ずっとこの日が来ることを知っていた。

　眠る航太の顔を見下ろしながら、これはいつか終わるのだとわかっていた。逃げようと、隠そうとしながら、ずっとどこかですべてが明るみに出ることも望んでいたはずだ。誰か早くわたしを断罪してほしい、と。

　なのに、どうしてだろう。手の震えが止まらない。

『あの、もちろん石田様さえよろしければこちらからおうかがいさせていただきますが』

　続けられた言葉に、咄嗟に、電話を切ってしまう。身体の中で沸騰する何かが出口を見失ったように耳や喉を内側から圧迫していた。強い眩暈が押し寄せてくる。どうして、今になって。奥歯を強く食いしばり、嗚咽を堪える。

「ママ」

ふいに、左袖が引かれた。振り向くと、航太が薄めの眉をハの字に下げている。航太は、外れてしまったプラレールのパーツを両手に載せて掲げた。

「ねえ、ママ、まほうつかって」

わたしはパーツを受け取り、霞んだ視界の中で繋ぎ合わせる箇所を見る。

「ちちんぷいぷい、元に戻れー」

言いながら穴の中に出っ張りをはめ、航太に差し出した。航太はパッと顔を輝かせ、パーツをつかむ。

「ありがとう、ママ!」

すぐさまプラレールの輪へと駆け戻っていく背中を見て、ふいに鼻の奥に痛みを感じた。溢れる涙が頬を濡らす。

――航太。

声には出さなかったはずなのに、航太が振り向いた。

慌てて顔を伏せたけれど、間に合わない。

「ママ? どうしたの?」

航太の慌てた声がぶれて聞こえた。どうしよう、と思う。どうしよう、わたしが泣いたりしたら、航太はびっくりする。不安になってしまう。

航太の手の中で、繋ぎ合わせたばかりのパーツが外れる。ああ、と思う。ああ、また魔法を使ってあげなくちゃ。

そう思うのに、わななく唇からは声が出ない。

# 第二章　平野郁絵

二〇一六年九月十三日

お先に失礼します、と口にしてから、それが今日三度目だということに気づいて苦笑した。一度目は園長、二度目は今年保育士になったばかりの後輩に呼び止められて相談を受け、いつの間にかタイムカードを押してから二十分が過ぎて十七時を回ってしまっている。

「本当にすみませんでした、お帰りのところ」

後輩が申し訳なさそうに眉尻を下げた。

「大丈夫大丈夫。また何かあったら声かけて。メールでもいいし」

携帯を顔の横で振ってみせてからオートロックの解錠ボタンを押し、ドアを開けて外へ出る。階段を足早に下りながらすれ違った保護者に挨拶をし、駐輪場へと走った。電動アシスト自転車を引っ張り出してギアを最大に変え、微かに前のめりになって漕ぎ始める。頭に思い浮かべていたのは、自分のクラスに新しく入った園児のことだった。今日初めて見せてくれた満面の笑みを思い出し、週明けに予定している保護者との面談で話す内容を考え、やっと思考を切り替えたのは璃空の通う保育園が見えてからだ。

自転車を停めてエントランスへ向かい、インターフォンを押した。

「こんばんは、きく組の平野です」

無機質なレンズに向けて言うと、おかえりなさーい、という軽やかな声と共にドアのオートロックが開く音が響く。入口で靴を脱ぎ、他のクラスのお母さんたちに会釈をしながらきく組の部屋へと急いだ。

まずホワイトボードの前で立ち止まって〈今日のお知らせ〉の欄にざっと目を通す。〈水筒使いました。来週はクッキングがありますのでエプロンと三角巾を持たせてください〉エプロン、エプロン、と頭に記憶させるために繰り返しながら、壁にかけられた水筒を璃空のリュックに押し込んだ。ドアの上部に取りつけられたサムターンに手を伸ばしかけたところで、大きな覗き窓のついたドアの反対側に和哉くんのお母さんがいることに気づく。「あ」と声を出した途端、彼女が振り返り、先にドアを開けてくれた。

「璃空くんママ、こんばんは」

「あ！　リクくん！　ママきたよー！」

和哉くんのお母さんが言うなり、和哉くんが教室の奥に向かって声を張り上げる。私は、思い思いに好きなおもちゃを手にして遊んでいる子どもたちを視線で飛び越し、真っ先に壁際の本棚へ顔を向けた。

案の定、璃空は本棚の横で絵本を読んでいた。聞こえているのかいないのか、顔も上げずに新たにページをめくっている。

「リクくーん！　ママがきたってば！」

和哉くんが焦《じ》れたように繰り返しながら璃空のもとへと駆け寄った。璃空の腕を引っ張ると、璃空は体育座りのまま、ころんと床に転がる。

「和哉！」

和哉くんのお母さんが怒鳴り声を上げた。

「乱暴にしたりしちゃダメじゃない！」

「おれ、らんぼうになんかしてないよ！」

和哉くんが慌てたように大きな身振りで首を振る。

部屋の反対側で他の保護者の対応をしていた先生が、弾かれたように半身を翻した。目が合った瞬間、先生の顔がわかりやすく強張る。

やりにくいな、と感じた。向こうはそれ以上にやりにくさを感じているのだろうと思うと、余計に取るべき態度に迷ってしまう。

そもそも子どもの安全に関わることは保育士としても特に慎重になるものだが、子どもの母親が保育士となるとそれとは別の緊張も抱くものだ。きちんと子どもたちに目を配れているか、子ども同士のケンカの仲裁はどうやるか——保育士としての力量を測られているように感じるのは、おそらく考えすぎではないだろう。自分だって、こうして子どもを預ける立場のときにはそうした視線を向けていないとは言いきれないのだから。

璃空はただ転がっただけで怪我もしていないし、ケンカをしていたわけでもないから、普段の保育中であればそれぞれから事情を聞いて必要があれば注意をしておしまいというところだが、双方の保護者がいるとなると対応が少し難しくなってくるはずだ。そう思考を巡らせながら表情を緩め、両手で押し留める仕草をして来なくても大丈夫だという合図をする。

先生は一拍置いてから会釈をして前に向き直った。

「ほら、璃空くんに謝りなさい」

和哉くんのお母さんが険しい顔を和哉くんに向ける。

「大丈夫大丈夫、転がっただけだし」

私は声のトーンを意識的に上げて笑ってみせたが、和哉くんが「リクくんがかってにころんだんだよ」と続けたため、和哉くんのお母さんはさらに眉を吊り上げた。

「何言ってんの。あんたが腕を引っ張ったからでしょ」

「ちょっとひっぱっただけだって」

和哉くんは必死に言い募って「な？」と璃空の横にしゃがみ込む。

璃空は無言で上体を起こすと、和哉くんを振り向いた。と思いきや、そのまま和哉くんを素通りして床に落ちた絵本を拾い上げる。わたしは璃空がまた定位置に戻って絵本を開き直すまでを思わず見守ってしまってから、「璃空」と声をかけた。

「あれ、おかあさん。いつきたの？」

璃空は、本当にたった今気づいたというように長いまつ毛をしばたたかせる。

一瞬、間が空いた。

「なんだよーリクくんきづいてなかったのかよー」

和哉くんが璃空の肩を叩いて笑う。

「おれ、おしえてやったじゃーん」

「かずくん？　おしえてくれたの？」

璃空は本当に不思議そうに目を見開いた。

「そうなんだ、ありがとう」

和哉くんがきょとんとする。それから弾かれたように笑い出した。和哉くんのお母さんも小さく噴き出し、和哉くんを叱っていたムードは完全に消えてなくなる。

璃空はなぜみんなが笑っているのかわからないというように首を傾げた。けれどそれ以上は特に気にする様子もなく、出口へと向かう和哉くんをニコニコと見送ると、私を振り向く。

「ねえ、おかあさん。これ、さいごまでよんでもいい？」

璃空は元いた場所に座り直して絵本を開いた。しばらくしてパタンと閉じ、本棚に片付けて帰り支度をし始める。リュックを背負って靴下を履き終えたところを見計らって「終わった？」と声をかけると、「うん」と立ち上がって私の手をつかんだ。

「おまたせ」

ませた口調で言って教室の出入口へ真っ直ぐ進む。先生に向かってぺこりと形良くお辞儀をした。

「せんせい、さようなら」

「はい、璃空くんさようなら」

先生の返事を待たずに教室を出て行く。「わー、おりこうさんだー」先生と話していた別のクラスの保護者が感心したような声を上げるのが背後から聞こえた。

思えば璃空は、いつも「すごいおりこうさんだね」と驚かれるような子だった。やっぱりママが保育園の先生だからなのかな。駄々をこねたり騒いだりしないし、四歳の男の子とはとても思えないよね、と。

だが、私自身はそれほど躾を厳しくしたつもりはなかった。そもそも「駄々をこねたり騒いだりしないおりこうな子」に育ってほしいと思ったこともない。もちろん、教えるべきことはその都度教えてきたけれど、教えたからと言って必ずできるようになるわけでもないことは、長年の保育士経験からもわかっている。これぱかりは生まれながらの性格が大きいような気がしていた。

「ねえ、璃空。帰りにスーパーでお買い物しようか」

「それ、いいねえ」

璃空は私がよくやっているように人さし指を立ててみせる。

「なにかうの？」

「何がいいかなあ」

スーパーに入るや否や、璃空はカゴを取ってくれた。惣菜コーナーへ向かい、半額シールが貼られたからあげや納豆巻き、コロッケを取ってカゴに放り込んでいく。会計を済ませてレジ袋に詰めていると、ふいに璃空に裾を引かれた。

「ねえ、おかあさん。あれなに？」

璃空の声に振り返って指さされた方へ目を向ける。エスカレーター横に設置されているレシピの棚だった。

「あれはね、レシピって言ってお料理の材料と作り方が書いてある紙なの。ここに買い物にきた人が今日は何作ろうかなって悩んだときに見ると助かるでしょう？」

ふうん、と璃空は理解しているのかいないのかわからない声で相槌を打ち、レシピを一枚手に取る。手元を覗き込むと、ハンバーグのレシピだった。

「ハンバーグが食べたいの？」

「ううん。きょうのおひる、ハンバーグだったから」

璃空はしげしげと紙を眺め、棚に戻した。

家に帰ると、手を洗わせながら風呂にお湯を張り始め、惣菜で夕飯を済ませて風呂に入れる。出てくる頃には二十時を回っていた。

「はい、じゃああと三十分、時計の針が六を指したら寝るよ。何して遊ぶ？」

「えほんよんで！」

「璃空は本当に絵本が好きだね」

璃空を膝の上に座らせて絵本を開く。題名を読み上げると、その先を璃空が続けた。もう何十回も読んでいる絵本だから内容を覚えているのだ。

結局、璃空は自分でページをめくり、自分で読み上げていく。その少したどたどしい声を聞いていると、隣に置いておいた携帯が震えた。そっと手に取って裏返す。今日の仕事上がりに相談を持ちかけてきた後輩からだった。ざっと目を通したところ、お礼を告げる内容で、新たな相談事項はない。

返信を打ち始めるのと、璃空が「おしまい」と言って絵本を閉じるのがほぼ同時だった。

「ねえ、おかあさん。つぎはおかあさんがよんで」

「あ、ごめん、これだけ送っちゃうからちょっと待ってて」

言いながら別の絵本を渡すと、璃空はうなずいて受け取った。その隙に携帯を持ち直してすばやく返信を打ち込む。送り終えてすぐ璃空に向き直ったが、璃空はもう自分で読み始めていた。

夫の哲平が帰ってきたのは、日付が変わろうとする頃だった。

寝かしつけながらいつの間にか眠ってしまっていた私は、玄関から聞こえてきた物音で目を覚ました。そろそろと布団から抜け出し、オレンジ色の薄闇の中で足をスライドさせて寝室を出る。おかえり、と哲平に声をかけながら脇を通り過ぎてキッチンへ向かい、冷蔵庫から惣菜のパックを取り出した。

「ごめんね、ちょっと今日も時間がなくて惣菜なんだけど」

手早く皿に並べて電子レンジに入れる。食器棚を振り返って茶碗と箸を取り出し、炊飯器の蓋を開けたところで、哲平がリビングの入口で立ち尽くしていることに気づいた。

どうしたの、と訊くと、哲平はおもむろに顔を上げる。その目に浮かんだ呆然とした色に息を呑んだ。もう一度、どうしたの、と尋ねる。

哲平はぎこちなく右手を持ち上げた。これ、と言いながら差し出されたのは水色の封筒で、握りしめられてできたような皺の間から研究所という文字が見えた。

「何？」

「DNA鑑定」

哲平が低く短く答える。私は一瞬詰めた息を吐き、何だ、と思った。——何かと思ったら、その話。

私が思い出したのは、ひと月ほど前の話だった。正確に何日のことだったのかは覚えていない。ただ、本当に鑑定してもらったのだと思うと、それだけで少しげんなりした。

ひと月前、哲平は私にメールの画面を突きつけてきた。

『俺の友達が、おまえが他の男とラブホの方から歩いてくるところを見たって言うんだけど』

時間は夕方の四時頃、場所は上野、覚えがあるだろ？　畳みかけるように言う哲平に、私はすぐに答えることができなかった。

本当に、何のことだかわからなかったからだ。

そう、言葉にしようともした。だが、何かの勘違いじゃないの、と言いかけた口が勝手に止まる。上野、という単語に引っかかった。他の男、夕方の四時頃――あ、という声が漏れる。

『もしかして、それって二年くらい前の話？』

数秒遅れて尋ねると、哲平は唇の端を苦しそうに歪めた。

『認めるんだ？』

そこで、ようやく哲平が私を疑っているのだと気づいた。私が浮気をしたのだと――そこまで考えたところで、二の腕の毛穴がぶわっと開く。

たしかに、高校時代の男友達と上野で会ったことはあった。だが、哲平が疑うようなことなど何もない。

ラブホテルになど入っていないし、そもそも二人で会うことになったのは育児について相談したいと頼まれたからだった。それまでもメールや電話で相談に乗っていたが、できれば一度会って相談させてもらえないかと言われたのだ。

最初は公園のベンチで、肌寒くなってくるとカラオケへ移動した。カラオケなら周りを気にしないで話せるしさ、と言う彼は本当に困りきっているように見えたし、たしかにラブホテルの前を通ってほんの少し気まずくなったことは覚えているが、私も彼も話題にさえしなかった。

彼からの相談は、二歳の娘の発達が遅れているように感じられること、そしてそれで妻がノイローゼ気味になり、子どもを置き去りにして家を出て行ってしまったということだった。私は具体的なエピソードを詳しく聞き、実際に会ってみないとわからないけれどと前置きした上で、少なくとも子どもについてはそれほど心配はいらないんじゃないかと話した。

――よくコップに水が溜まって溢れ出す感じってたとえられるんだけどね、きっとマミちゃんはそのコップが人よりも大きいんじゃないかな。大人の言葉は理解しているみたいだし、今はたくさんの言葉をコップに溜めている時期なのかもね。一度溢れ出したらもう驚くくらいいろんな言葉を話し出すようになるよ。

保育士として、同じ悩みを抱えるお母さんたちに何度も話してきたことだった。ほとんど仕事のような感覚で、とにかく、子どもを置き去りにするほど精神的に追い詰められているというその母親と、子どものことが心配だった。

まずは父親である彼を安心させてからじゃなければ、母親が戻ってきても子どもの身が危険にさらされてしまう可能性はなくならないように思えた。そしてその上で、就労ではなく疾病でも保育園に預ける方法があることを伝え、事前に入手しておいた彼の住む自治体の資料を渡したのだった。

結果的には、母親が心療内科に通院を始めて昼間子どもを保育園に預けるようになったことで状況は好転した。あのときの判断は自分でも間違っていなかったと思っているし、当然やましいことなど一つもない。

だが、顔を強張らせたままの哲平に対し、『何それ』と笑ってみせる声は、自分の耳にも震えて聞こえた。違う。これじゃまるで本当はやましいことがあったみたいだ。

『やめてよ、てっちゃんが考えるようなことは何もないんだってば』

慌てて続けてから、慌てたりしちゃダメなんだと思う。けれど哲平は既に目を尖らせていた。

『俺が考えるようなことって?』

『そんな怖い顔をして話すようなことじゃないって言ってるの。前に話したでしょ？　高校時代の友達の育児相談に乗ってたって』

私は、険しい顔をしたままの哲平へ向けて言葉を投げ込むように説明をしていく。会話の内容は子どもと奥さんのことばかりだったこと、自分としては仕事で保護者の相談を受けるのと変わらない気持ちだったこと。どれも本当のことのはずなのに声が上ずってしまい、もっと普通に話さなきゃと思うほどに頬が熱くなった。

『友達の相談に乗るって話はしてあったんだから、今さらそれをどうこう言われたって困るよ』

『相談でラブホに行く必要があるのかよ』

『ホテルになんか入ってないってば。その私を見たっていう友達だって出てくるところを見たわけじゃないんでしょ？　ただ、あんまり人に聞かれたくない話だったみたいだからカラオケに入っただけだよ。そこがたまたまホテルの近くだっただけで』

哲平は、私が言い終わってからも数秒動かず、それからゆっくりとため息をつく。

『男と二人でカラオケってのもどうかと思うけど』

『どうして？』

『おまえそれ、本気で言ってる？』

哲平が信じられないものを見たような顔をした。私は咄嗟に目を伏せてしまう。

たしかに、哲平とは交際時代、一度だけカラオケの部屋で行為に及んだことがあった。けれどその頃は若かったし、何よりつき合っていたのだ。そうではない男性に対して、二人でカラオケはちょっと、と断る方が意識しすぎな気がした。

『だって……ただの友達なんだし』

た。

その粘ついた響きに、反射的に頬が強張る。哲平は目線だけを持ち上げて私をにらみつけ

『友達、ねえ』

『おまえにとって、元彼は友達なわけだ？』

まずい、と咄嗟に思い、自分がそう思ったことに動揺する。

嘘なんかついてない、と慌てて自分に言い聞かせた。たしかに、あの人とは一時期恋人同士だったこともあったけれど、別れて以来、一度も友達以上の関係にはなっていないし、そうなりたいと思ったこともない。けれどすぐにそう言い返せなかったのは、自分でも心の中の後ろめたさに気づいていたからだ。

昔の恋人から連絡が来たとき、私はたしかに男友達から連絡をもらうのとは違う甘酸っぱさを感じていた。奥さんがあまり母親に向いていないタイプなのだと聞かされ、こんなことなら郁絵と結婚しておけばよかったと言われたとき、何てこと言うのと窘《たしな》めながら、心のどこかで微かに誇るような思いも抱いていた。

それで彼とこれからどうこうなるかもしれないと考えたわけでは決してない。だが、彼にそう言われることで、八年前、私が先に保育士として働き始めて大学生の彼とは嚙み合わなくなり、結局ほとんど自然消滅のような形で別れてしまった過去の苦さが甘く和らいでいく

のを感じたのだ。

私は、と言い返す声がわずかに震えた。

『元彼だなんて意識してなくて、ただ、友達が困っているって言うから、私で相談に乗れるならって……』

『相談に乗るだけなら電話でもメールでもいいだろ』

哲平の探るような視線に、胸の奥を引っ掻かれるような焦燥感を覚える。

『でも……そうやっているうちに奥さんが子どもを置き去りにして出て行っちゃったっていうから』

『だからよりを戻そうって？』

『は？』

思わず声が尖ってしまう。

『何言ってるの。そんな話、してないじゃない。このままだと子どもが心配だから、とにかく何とかしなくちゃって』

『そんなの男からしたら口実に決まってるだろ。元カノに二人で会いたいなんて、下心がないわけがない』

『何それ、変な思い込みで決めつけないでよ。彼はそんな人じゃ』

『彼?』

聞き返されて、無駄だ、と思った。こんなにも疑ってかかっている人に対して、どう説明したところで納得してもらえるわけがない。私が黙り込むと、哲平は音を立ててため息をついた。

『いつから?』

『何が』

『いつから会ってたわけ』

『だから、その日だけだよ。あとは電話とメールで相談に乗ったくらいで』

『何で?』

『え?』

何を訊かれたのかわからなかった。私は眉根を寄せ、哲平を見上げる。

『何でって、何?』

『そんなに子どもが心配な状況だったんなら、何でもっと何度も会わなかったの?』

『だって……一応昔つき合っていた人だし、そんなに何度も会うのも変かと思って』

『ほら』

哲平は、まるで勝ち誇ったように顎をそらし、私に人さし指を向けた。

『さっきは元彼だなんて意識してなかったって言ってたけど嘘じゃん。何度も会うのは変だと思ってたってことは、やましい気持ちがあったってことだろ』

そんな、と言いかけて続きが喉に詰まる。

図星か、とつぶやく声が正面から聞こえた。顔を上げると、頬を引きつらせている哲平と目が合った。

『一応聞くけど、璃空って俺の子だよな？』

後頭部を思いきり殴られたような衝撃がきた。

は、と問い返す声がかすれる。

『何言ってるの。当たり前じゃない。てっちゃん、自分が何を言ってるのかわかってる？』

哲平の目線が初めてぶれた。

『いや、だって……』

『信じられない。まさか、そんなことを考えながら二年間も璃空を育ててたの？』

呼吸が上手くできなくて、眩暈がした。視界が暗く、狭くなる。

『違うよ。この話を聞いたのは一昨日だし』

一昨日、という言葉に、今度は別の意味で気が遠くなった。たった二日、それだけでここまで疑念を深めたのか。そう思った途端、ふいに自分の中の激情が治まる。焦って必死に弁明していたのが馬鹿らしく思えるほど、唐突に心が凪《な》いだ。

　黙り込んだ私をどう思ったのか、哲平が芝居がかった仕草で肩をすくめる。

『わかったよ。ＤＮＡ鑑定をして、璃空がちゃんと俺の子だってわかれば、もうこの件について疑うのはやめる』

　そう言われてまず感じたのはひどい虚しさだった。

　この人は証拠がなければ璃空のことも信じられないのだと思うと、身体の芯が冷えていくのがわかった。私は、この言葉をきっと一生忘れないだろう。この人がいつか笑い話にして、私も表面上はそれに合わせて笑っても、このことを完全に許せる日は来ないだろう。そう思いながら、唇を小さく開く。

『いいよ』

　哲平の両目に、拍子抜けしたような色が浮かんだ。その二つの黒い穴から張り詰めた空気が漏れて、ほんの少し呼吸がしやすくなる。それでようやく、むしろこんなふうに言い出してくれてよかったのかもしれない、と思った。これで妙な疑いは晴れる。璃空が哲平の子でないわけがないのだから、と。

　ＤＮＡ鑑定と言ったきり、哲平はその先を続けようとしなかった。

「何よ、そんな怖い顔をして」

私はわざと笑い飛ばして封筒に手を伸ばす。封筒に指先が触れた途端、哲平の手が震えていることに気づいた。胸がざわつくのを感じながら、中から紙を取り出して開く。

次の瞬間、息が止まった。

〈生物学上の親子ではない〉

「何、これ。どういうこと?」

声が裏返る。耳たぶが熱くなった。

「何かの間違いだよ。私はてっちゃん以外の人となんて……」

「大きな声出すなよ」

哲平が低く早口に言った。

「璃空に聞こえる」

だって、と抑えた声がかすれる。

「絶対何かの間違いだよ。こんなことあるわけ、」

「違うよ」

哲平が、短く遮った。

「よく見ろよ。ここ」

指さされた場所へ視線を動かす。

〈結果：平野璃空、平野哲平、平野郁絵は、生物学上の親子ではない〉

「俺だけじゃない」

哲平はそこで一度言葉を区切り、喉仏を上下させてから続けた。

「おまえと璃空の間にも親子関係がないっていう結果が出たんだ」

九月十四日

ピー、という調子外れの電子音が電子レンジから上がった。その音に風穴を開けられるようにして、私は「何だ」と息を漏らす。

「だったらその鑑定機関の手違いか何かでしょ」

まず考えたのは、鑑定をする際にどこか別の夫婦のデータと入れ替わってしまったんだろうということだった。だって、それ以外に考えられることがない。

私はむしろ安堵していた。哲平だけ血が繋がっていないなんて結果が出たという方が、よほどややこしい話になる。

だが、哲平は硬い表情でうつむいた。そのまま何も言おうとしない。

私は「ちょっとー」と茶化す声音で言いながら哲平の肩を軽く叩いた。

「そんなに思い詰めることないじゃない。どうせ何かの手違いなんだし、どうしても気になるならまた別のところで鑑定してもらえばいいだけだし」

ね、と話を切り上げて、開けっ放しになっていた炊飯器に向き直る。しゃもじを握って表面が乾いてしまったご飯をひとすくい茶碗によそった瞬間だった。

「そこが、二カ所目なんだ」

哲平の低い声が背後から聞こえた。

「え？」

私は思わず振り向き、哲平の呆然とした目と視線が合ったところで「え？」ともう一度つぶやく。

哲平の言葉の意味がすぐにはわからなかった。二カ所目？　哲平の言葉をそのまま頭の中で繰り返すけれど、上手く咀嚼できない。

哲平が腰を屈め、床に置かれていたビジネスバッグからまた別の封筒を取り出した。三つ折りにされた一枚の紙を引き出す。

無言で渡されたその紙は、先ほどの紙とは形式が違った。まずどこを見ればいいのかわからなくて視線が泳ぐ。

「これ……」

「全然違うところで鑑定してもらったのに、どっちも同じ結果が出たんだ」

哲平は、唇をほとんど動かさずに言った。

「……どっちでも手違いが起こるなんてこと、あるのかな」

ひとり言のような口調で続けて、リビングボードへと向かう。棚に並んだ璃空のアルバムの一つを取り出した。だが、開くわけではなく、表紙をじっと見つめる。

「もし、どこかで他の家の子どもと入れ替わっていたりしたら」

「は?」

尖った声を出してしまってから、私は慌てて「何を言ってるの、てっちゃん」と顔を笑う形に変えた。

「どこかってどこでよ。そんなことがあったら気づかないわけが、」

「出産した直後だったら?」

遮るように問われて、そんなこと、という言葉が喉まで込み上げる。そのまま口をついて出なかったのは、産院の天井がまぶたの裏に蘇ってきたからだ。出産直後に見た、ぐるぐると回る薄クリーム色の天井。

目を開けているのがつらくて、首さえも起こす気になれないことが怖かった。私は、どうなってしまうんだろう、と思った。この身体は、本当に私のものなのだろうか、と。

幼い頃から、病気なんてほとんどしたことがなかった。妊娠中も、少し体重が増えすぎだと注意されたくらいでほとんどトラブルはなかった。つわりもそれほど重くなかったし、産休に入るギリギリまで保育士として働いていても切迫流産や切迫早産にもならなかった。

陣痛が来たのは、出産予定日を二日過ぎた七月二十五日だ。破水もなく、診察を受けたときには既に子宮口が四センチ開いているということで、そのまま入院した。この調子なら今日中には生まれるだろうと言われ、それなら立ち会いができるねと夫と喜び合ったのは十五時過ぎのことだ。この子、空気読んでるね。そう陣痛の合間に言いながら笑い、けれどそのまま生まれずに日付が変わってしまった。

おかしいなあ、と医師は頭をひねった。いい陣痛はきているみたいなんだけどねえ。

医師の言う通り、陣痛が治まっているわけではなかった。五分ごとに、居ても立ってもいられないような激痛に襲われる。叫び声を上げると余計痛みが増すと聞いたので、静かに息を吐き続けていたが、あまりの痛みに脂汗が滲み、吐き出す息が震えた。

夜も眠ることができず、四つん這いになって耐え続ける。痛みの合間にふっと意識が遠ざかり、階段で足を滑らせる夢を見た。咄嗟にお腹をかばいながらも、そのまま落ちていってしまう。三メートルほどの高さを腰から落ちて、骨が砕けるような激痛が走り抜けた。息が止まり、絞り出すような呻《うめ》き声が喉から漏れる。赤ちゃんは、と思ったところで、その痛みが陣痛だと気づいた。

痛くて、苦しくて、怖くて、それでもこれで子宮口が開くはずだと思って耐えるのに、数時間後に内診してもらっても、子宮口の開きはまったく変わっていない。こんな時間がいつまで続くのだろうと思うと、叫び出したくなるような恐怖を覚えた。

翌朝、哲平が何とかして休みを取って来てくれた。陣痛促進剤を使うから、早ければ午前中に、遅くても夕方には生まれるだろうと医師に言われる。夕方、という単語に気が遠くなったものの、とにかくそこまで耐えれば赤ちゃんに会えるのだと自分に言い聞かせた。あと少し、あと少し頑張れば終わる。

だが、結局その日も赤ちゃんは生まれてこないままだった。夜間は陣痛促進剤を管理できないので、一度点滴を止めてまた明日再開するという。私は、何とかなりませんか、と食い下がった。翌日だと哲平が立ち会うことはできない。何より、もうこれ以上耐えられそうになかった。

すると、医師は『どうしても今日ということであれば、帝王切開になります』と言った。

『ただ、現時点で母子共に元気ですし、僕は必要性を感じません。それに、帝王切開をすれば楽になるわけではなくて、術後の痛みは陣痛以上だという方も少なくありませんよ』

決めきれないままその日が終わってしまうと、そこからは意地だった。哲平の立ち会いをあきらめてまで普通分娩を望んだのだから、最後までやりきりたい。

翌日、入院してから三日目になると、医師も積極的に帝王切開を勧めるようになったが、赤ちゃんはどちらでも大丈夫だと言われている以上、うなずく気にはなれなかった。結局、やっと子宮口が全開になって赤ちゃんが生まれたのは、その日の夕方だ。

出血が予想外に多く、輸血をすることになった。総出血量は二リットルを超え、すぐに輸血をしていなければ命の危険もあったという。輸血をしたことで数値上では危険は脱したということだったが、意識が朦朧《もうろう》としていた私にはその日の記憶がほとんどない。

先に赤ちゃんを抱いたのは、私が意識を失っている間に面会に来た哲平だ。

翌朝、そのことを看護師から伝え聞くと、一瞬、自分でも驚くほどの勢いで感情が沸騰するのを感じた。陣痛の間、哲平がずっと付き添っていてくれなかったことも、出産に立ち会ってくれなかったことも、納得していたはずだったのに突然許せなくなった。そうかと思えば、次の瞬間には身体が思うように動かない自分への苛立ちが湧き上がり、帝王切開を拒否したことへの後悔が込み上げる。ものすごく熱い何かが全身を駆け巡っていて、自分が自分ではなくなってしまったようだった。

初めて赤ちゃんに会ったときも、まだ気持ちは治まっていなかった。

大きく口を開けてあくびをする姿を見た瞬間にかわいいと思い、抱っこした瞬間にその柔らかな温かさに胸がいっぱいになったものの、それでも自分が一番に赤ちゃんを抱っこできなかったのだということが無性に引っかかっていた。そんなことはどうでもいいのに、と自分でも思い、私はどうしてしまったんだろうと思った。産後は誰でも神経過敏になりやすいのだと知識として知っているはずだったのに、自分は何もわかっていなかったのだと思い知らされる。

ぐずり始めた赤ちゃんに『大丈夫よー、お母さんがいるからね、なーんにも怖くないんだよー』と語りかけてあやしながら、心臓はどくどくと脈打っていた。笑顔を貼りつけたまま胸をはだけ、ほらほら、おいしいおっぱいだよーと言いながら赤ちゃんの口に含ませる。

赤ちゃんは、驚くような力強さで吸いついてきた。

完全に浮上したのは、この瞬間だった気がする。本当に、暗い海の底にいたのが、光の射し込む海面を見つけたような気分だった。

そうそう、上手ねー、と声が弾んだ。看護師が私を振り返り、『平野さん、お子さん二人目だっけ？』と目を丸くする。『やだ、一人目ですよー。ただ保育士なんで慣れてるだけで』と返しながら、頬を強張らせていた何かが溶けていくのを感じていた。

――もし、あのとき既に入れ替わっていたんだとしたら。

私は、呆然と自らの手のひらを見下ろした。そんなはずはない、という思いと、そうなんじゃないか、という思いがほとんど同じだけ湧いた。あの赤ちゃんが、私の子じゃなかったなんて、そんなはずはない。だけど、あの後にもし赤ちゃんが入れ替わったんだとしたら、気づかないはずがない。

そのまま出産直後の記憶を探っているうちに、朝になった。私たちは仕事を休み、璃空を保育園に預け、産院に電話をかけた。名前と出産日、鑑定結果について告げると、電話の相手は絶句し、数秒してから「少々お待ちください」と言って保留に切り替える。そのまま一分近くが過ぎ、結局「こちらから折り返し改めてお電話させていただきます」という言葉で電話番号を確認され、通話が切れた。

折り返しの電話がかかってきたのは、それから三時間以上後のことだ。

『新生児の取り違えというのは何十年も昔には事例がありますが、現在ではその教訓を踏まえてどの産院でも安全対策を行っています』

院長だと名乗る男性は、低く静かに言った。

『当院では、生まれた直後、分娩室を出る前にお揃いのネームタグをお母さんの手首と赤ちゃんの足首につけます。これは退院されるときまで取ることはなく、ご自宅に帰られてからご自身の手で切って外していただくものです。もし何かの間違いで入れ替わってしまったとしても、そのまま誰も気づかないということはまずあり得ません』

言われてみれば、たしかに家でネームタグを切った記憶がある。

スピーカーモードにした電話から聞こえてくる院長の揺るぎない声音に、悪い夢から醒めたような気がした。そうだ。やはり何かの間違いなのだ。今時、新生児の取り違えなんて起こるわけがない。

だが、哲平は引き下がらなかった。

「じゃあ、改めてそちらで検査をしてください」

『ですが……』

「産院ならもっと信頼できる機関のあてがあるでしょう」

院長はそれでもしばらく渋っていたが、最終的には了承した。ただ、外部機関に発注するため、結果が出るまでに一週間以上かかるという。

「わかりました、じゃあサンプルの採取はいつやってもらえますか」

そう食い下がる哲平のことを、意地になってしまっているのだろう、と思った。言い出した手前、引っ込みがつかなくなってしまっているのだろう、と。

今日これからサンプルの採取に行くと約束して電話を切った哲平に、本当にやるの？　と訊いた。テーブルの上に置かれた鑑定結果を指さす。

「これが間違いなんじゃないの？　鑑定をお願いした機関がどっちもいいかげんなところだ

ったのかもしれないじゃない」

「だからこそ、ちゃんとしたところでやり直してもらうんだろ」

哲平に連れられて産院に行く間も、恥ずかしい、と思っていた。きっと勘違いなのにこんなふうに大騒ぎしたりして、たとえばもしこれから二人目ができたとしても、もうあの産院にはかかれない。

受付で普通に順番を取り、待合室で哲平と並んで待った。周りからは妊婦とその夫に見えるんだろうなとふと思う。

気づけば、赤ちゃんがいるわけでもないお腹に手を当てていて、拳を握りながら腕を下ろした。

## 九月二十日

検査結果が出るまでの約一週間は、普段と変わらないのにいつも少しだけ浮き足立っているような感じだった。

週末、手を繋いで歩く哲平と璃空の後ろ姿を眺めながら、仕事中、どう見ても血が繋がっているとしか思えないほどそっくりな園児と保護者を見比べながら、夜眠る前、隣で寝息を立てている璃空の寝顔を見つめながら、ふいに胸の奥がざわつくのを感じてはそれを慌てて打ち消した。

哲平の帰りが遅い日には、リビングのパソコンで「新生児の取り違え」について調べたりもした。だが、調べれば調べるほど、今時起こるわけがないという院長の言葉が信憑性《しんぴょうせい》を帯びてくる。沈めても沈めても隙間を見つけて浮かんでくる、疑念というほどでもない不安を、そうして調べることで拭い続けた。

あり得ないと言いきりながら、それでも完全に拭い去ることができずにいたのは——そこに、無視しきれない何かがあったからだ。

そう言えば、璃空は赤ちゃんの頃から「似てないね」と言われることが多かった。私自身、「誰に似たんだろうね」と口にしたこともある。自分の子だと信じて疑っていなかったからこそ無防備に言えた言葉が、今になって気にかかっていた。

産院から、検査結果の説明にうかがいたいという連絡があったのは、十一時過ぎのことだ。直接電話を受けたのは哲平で、私が哲平からの着信履歴に気づいたのは昼過ぎだった。折り返すと、電話はすぐに繋がった。産院からの「こちらからご説明に上がりますので」という言葉をそのまま伝えられ、目の前が真っ暗になる。説明を受ける前から震えが止まらなかった。

検査をしたときには、通常の診察と同じく受付で順番を取ってくださいと言っていた産院が、わざわざ説明に来ようとしているということは、何も問題がなかったわけがない。

　後日自宅まで来るという話だったが、このままの状態で何日も待つ気にはなれなかった。自宅で話を聞くことにも抵抗がある。

　結局、居ても立ってもいられなくて仕事を早退し、哲平と待ち合わせて産院に向かった。受付で名前を告げた途端に応接室のような場所へ通される。白い壁、黒革のソファ、栗皮茶色をした木のテーブル、灰白色の絨毯《じゅうたん》、私の背丈ほどの高さがある観葉植物、金色の額縁に入った薔薇の絵――ドラマのセットのような生活感のない部屋は、あらゆるものがひどく遠かった。

　受付の女性がコーヒーを出しに来たきり、誰も現れないまま、十分以上が過ぎた。慌てて入室してきた看護師が、「大変申し訳ありません」と頭を下げる。どうしてこの人が謝るのだろう、と思ったが、看護師が謝ったのは待たせてしまっていることらしかった。

「院長はただ今オペ中でして、どうしてもすぐに出てくることができません。せっかくご足労いただいたのに恐縮ですが、改めてこちらからおうかがいさせていただくということですので」

「いえ、待ちます」

　そう答えたのは哲平だった。

「このまま家に帰っても、何も手につきませんから」

看護師が駆け出すようにして出て行くと、さらに三十分ほどして院長と見知らぬスーツ姿の男性が現れた。まず院長が「随分お待たせしてしまって」と頭を下げ、その姿を隠すようにスーツ姿の男性が前に一歩踏み出した。初老の院長よりも三十歳近く若そうに見える。当時の担当医師はこんな人だっただろうか、と考えたところで、男性が名刺を取り出して言った。

「こちらの産院の顧問弁護士をしております塚田と申します」

顧問弁護士、という響きに、思わず小さく身を引く。弁護士は、さらに一歩踏み込んで哲平と私両方に、それぞれ名刺を渡してきた。

「本来ならばおうかがいすべきところを、ご足労いただいてしまって申し訳ありません」

聞き取りやすい声音で言い、「どうぞおかけください」と席に促される。浅く腰かけようとするのに、柔らかなソファに腰が沈み込んでバランスが崩れた。一度反り返ってしまってから座り直す。弁護士は、私が動きを止めるのを待って口を開いた。

「まずは、先日行った検査の結果からお伝えした方がいいかと思います」

こちらです、と言いながら弁護士がテーブルの上に滑らせたのは、A4サイズの用紙だった。だが、細かな字で書かれた言葉は見慣れないものばかりで一見して何が書かれているのかわからない。

「あの、これは……」

「先日お持ち込みいただいた鑑定結果と同じ内容です」

頭を何か重いもので思いきり殴られたような衝撃に眩暈がした。唇は開くのに、喉からは声が出ない。

「さらに、平野様の結果を受けて同時期に当産院でご出産された方のご家族にもサンプルの提供をお願いしまして……」

「あり得ないって言ったじゃないですか」

哲平が微かにかすれた声で遮るのが、一拍遅れて耳に届いた。

「取り違えなんて、昔の話だって」

語尾が震え、そのまま沈黙が落ちる。

「なぜこんなことが起こったのか、まだ原因はわかっていません」

「わからないって、そんな」

「先日ご説明申し上げた通り、ネームタグはそれぞれ分娩室でつけて退院まで外すことはないんです。なのに、まさかこんなことが起こるとは……」

「私の出血が多かったから、」

声が喉に絡んで、それ以上は続けられなかった。もし、私が輸血するような事態になったせいで、マニュアル通りにできなかったんだとしたら。最後まで言えなかったにもかかわらず、院長は頬を強張らせる。

「それは……まだ何とも」

「本当に璃空は……俺たちの子じゃないんですか」

哲平は問いかけるというよりも吐き出すような口調で言った。耳を塞ぎたいのに腕が動かない。見開いたままの目が閉じられない。

白衣姿の院長が苦しそうな顔で何かを答えたけれど、小さく動かされる唇からどんな言葉が発せられているのかを聞き取ることはできなかった。

ふいに、ああ、この人、と記憶が蘇る。

出産した直後にも会った人だった。朦朧とする意識の中で、『お母さん』と強く手を握ってくれた人。『よく頑張りましたね。赤ちゃん、元気ですよ』そうはっきりした口調で言われて涙が溢れ出したことが思い出されて、次の瞬間、一カ月健診のときの笑顔までが浮かび上がる。

『こんにちは』

私だけではなく璃空にもそう語りかけ、柔らかな手つきで抱き上げてくれた。『順調ですよ』と言って、〈記録ノート〉に花丸を書いてくれた。思わず『やったあ』と声を上げてしまったことが照れくさくて身を縮めると、穏やかに微笑みかけてくれた──

気づけば、弁護士は、感情を抑えたような口調で説明を続けていた。

この産院が採っていた安全対策は他の産院と比べても遜色ない、平均的なものであること。この産院はもちろん、同様の安全対策を行っている他の産院でもこうした事故は起こっていないこと。考えたくはないが、人為的な可能性も考えられるので、現在当時勤務していた看護師や助産師すべてに連絡を取って調査を進めていること。まだいろいろなことがわかっていない以上、子どものためにも事実は公にしない方がいいと思われること。補償などについては過去の事例なども含めて検討してからまた改めて提案させてほしいこと。

「……誰の子どもと入れ替わったのかは、もうわかっているんですか」

哲平が低くつぶやくように言った。私は、ハッと顔を上げる。誰の子どもと入れ替わったのか──そのことを、自分が考えてもみなかったことに気づかされた。そうだ、入れ替わったということはつまり、私たちと同じ立場の夫婦がもう一組いるということなのだ。璃空を産み、私たちの血を継いだ子を育ててきた人たちが。

「石田様とおっしゃいます」

弁護士は、静かに言った。

「平野様と同じ日に、この産院で出産された方です」

イシダ——その響きが、漢字に上手く変換されない。

「お子さんの名前は、航太くんといいます」

喉がひゅっと鳴った。

「繭ちゃんのところの？」

「お知り合いですか？」

弁護士が眉を高く持ち上げる。私は視線を彷徨わせた。

「知り合いっていうか、産院の両親学級で仲良くなって……出産日も同じだったから、退院後一回だけうちに遊びに来たことがありますけど」

答えながら、自分が口にした「仲良くなって」という響きに違和感を覚える。妊娠中には何度か一緒に健診へ行ったものの、退院後に会ったのはその一度きりだった。

それに、とうつむいて記憶を手繰る。航太くんという名前は覚えていたが、どんな子だったかはまったく思い出せない。そもそも、繭子の顔ですらほとんど記憶になかった。私より四歳歳上で、おとなしい印象の人だったはずだ。小さく華奢で、初めて会った妊婦の頃は大きなお腹がひどく重たそうに見えた。出産後、一カ月健診で会ったときにはもうすっかり子どもを産んだばかりとは思えない体形に戻っていて羨ましく感じたのを覚えている。だが、それでも顔は靄《もや》がかかったように出てこない。

「え」

哲平が声を裏返らせた。

「うちにも遊びに来たの？」

「何言ってるの。てっちゃんだってあのときいたじゃない。ほら、節分のとき、てっちゃんが鬼役をして」

私がそう説明しても、哲平はピンと来ていないようだった。その怪訝な表情に焦れったくなって哲平の胸ポケットを目線で示す。

「あのときの写真、携帯に残ってない？」

「え、いつの話？」

「だから、璃空が六カ月くらいの頃の節分」

哲平は短く息を吐いた。

「そんな前か。もう携帯変えちゃってるよ」

「ああ、そうでしたか」

弁護士が唐突に相槌を打つ。言葉を挟むタイミングを計っていたような間合いだったが、その声は妙に浮き上がって響いた。哲平が口をつぐみ、沈黙が落ちる。

その重さが部屋の中に広がりきるより前に、弁護士は手元のファイルからプリントを取り出した。差し出されるままに受け取って見下ろすと、一番上の行には〈現時点で判明している経緯〉という文字が並んでいる。

「本当に申し訳ありませんが、現時点ではまだ、なぜこんなことが起こってしまったのかという原因ははっきりしておりません。ただ、おそらくお子様方の取り違えが起こってしまったのは、出生したその日、出生体重を測定してから翌日に再び体重を測定するまでの間のことだったものと思われます」

弁護士は二つの折れ線グラフを指さし、数字を読み上げながら説明を始める。途端に、言葉が耳を滑り出した。きちんと理解しなくては、と思うのに、思考がついていかない。

「本来の順序といたしましては、まずは原因を解明し、それに応じた補償についてご相談し、それから今後のご家族のあり方についてお考えいただくのが筋だとは存じます。ですが、お子様の今後のことを考えますと、このまま手をこまねいているというのも……」

「それは、早く交換しろっていうことですか」

哲平の鋭い声に、肩が大きく揺れた。

交換――

ぐらり、と地面が傾くのを感じた。倒れ込んでしまう気がして、咄嗟にソファに爪を立てる。一瞬、大きな地震が起こったのかと思った。だが、誰もそう口にしない。何より、傾いたままの感覚がすぐには戻らなかった。甲高い耳鳴りがして、軽い吐き気を覚えたところで、ようやく斜め上からかかっていた圧力が少し緩む。

いいえ、と弁護士が大げさな身振りで手を振った。

「もちろん、すぐにどうこうという話ではありません。まずは向こうのご家族ともお会いいただいて――」

私は背もたれに頭を預けたくなるのを堪え、震えが止まらない自らの両腕を押さえるようにつかんだ。交換なんて、と痺れる頭で考える。璃空を手放したりなんて、そんなことできるわけがない。

ふいに浮かんだのは、『おかあさん、サンタさんってほんとはおとうさんとおかあさんなの?』という璃空の不安そうな声だった。そして、真剣な璃空の目。サンタさんといっても、クリスマス前ではなかったはずだ。――そう、たしか今年の春、保育園のクラスに新しく入ってきた子から「サンタなんていない」と聞いたのだという話だった。

お母さんも子どもの頃はサンタさんが本当にいるのか信じられなかったな、と答えたら『おとなになってサンタさんにあったの?』と膝に飛びついてきたことまでが蘇る。

会ったことはないよ、と言うと肩を落とし、でも大人になって、小さい頃にお母さんのお父さんが言ってたことは本当だったんだなってわかったの、と続けると璃空は身を乗り出した。

『おじいちゃんは、なんていってたの？』

『サンタさんはいるけど、サンタさんがくれるプレゼントは目に見えないんだよって』

両親は、私の記憶にある限りクリスマスの朝に枕元にプレゼントを置いてくれたことはなかった。プレゼントは何が欲しい？　と訊かれ、答えると一緒におもちゃ屋まで買いに行くことになっていて、親がお店の人にお金を払うところを見るのが複雑だったのを覚えている。そのために私自身、幼稚園でサンタさんは本当にいるのかという議論になると真っ先に「いないよ」と口にするような子どもで、先生に注意されたことも一度や二度ではなかった。

先生に怒られるのが納得できなくて、どうしてうちはちゃんとサンタさんがいることにしてくれないのかと親に訴えたのは、今の璃空よりも少し大きくなった頃だったはずだ。どうしてちゃんとうそをついてくれないの。泣きべそをかきながら地団駄を踏んだ私に、父は目を丸くして言った。何を言ってるんだ。サンタさんは本当にいるんだから嘘をつく必要なんてないじゃないか。

――サンタさんは、元々普通のおじいさんだったんだ。子どもが大好きで、クリスマスになると近所の子どもにプレゼントを配って回っていた。だけど普通のおじいさんだから、寿命が来たら死んでしまうだろう？　天国に行って直接プレゼントを配れなくなった代わりに世界中の子どもたちに「嬉しい」っていう気持ちをプレゼントすることにしたんだよ。

私は口を尖らせて反論した。わたしがうれしいのはおもちゃをかってもらったからで、かってもらってなかったらうれしくなかった。それじゃやっぱりうれしいっていうきもちをくれたのも、おとうさんとおかあさんでサンタさんなんかじゃないじゃないか、と。

するとと父はふっと顔をほころばせて言った。

――サンタさんからプレゼントをもらえる子どもは郁絵じゃない。お父さんたちだよ。

――おとうさんたちが？

私は声を裏返らせた。父は深くうなずく。

――サンタさんはおじいさんだからね。サンタさんにとっての子どもはお父さんたちだ。郁絵は孫だよ。

これまで、誰に尋ねても返ってこなかった奇妙な答えに、私は毒気を抜かれて目をしばたかせた。

――じゃあ、おとうさんたちがうれしいの？

――そりゃそうだよ。大好きな子どもの喜ぶ顔が見られるんだから、嬉しくないわけがないじゃないか。

大好きな子ども、という言葉がこそばゆくて、その話が本当のことなのかはどうでもよくなった。

けれど私は、それから二十年以上も経って、父の話が本当だったと知ったのだ。

璃空の母親になって、初めて。

「交換なんて、しません」

吐き出す声が震えた。

「私の子は璃空です。私がおっぱいをあげて、私がオムツを替えて、私が今まで……」

それ以上は言葉にならなかった。嗚咽が漏れ、肺から何かが込み上げてきて上手く呼吸ができなくなる。

あの子は、私の子だ、と噛みしめるように思った。

たとえ本当に血が繋がっていなかったとしても——血の繋がりなんて、何だというのだろう。

産院からの帰り道、哲平は熱に浮かされたような口調で怒り続けた。おかしいだろ、相手までわかってるってことは、他の親子からのサンプルも集めたってことになるじゃないか。

検査には一週間以上かかるって言ってたけど、それって嘘だったわけだよな。考えてみれば相手がわからない時点じゃ取り違えなんて認めるはずがないんだし、あいつら本当は検査するときからやばいかもって思ってたんだよ。哲平はなぜか、取り違えの事実への怒りは口にせず、家に帰っても延々と別のよくわからないことに怒り続けていた。

私は帰宅するなり母子手帳を開いて見下ろし、出血量多量と書かれた文字の上に爪を立てた。意地を張らずに帝王切開を選んでいれば、こんなことにはならなかったんだろうか。そうすれば出血量が増えることもなく、すぐにこの手で赤ちゃんを抱けたんだろうか。一度でも抱いていれば、入れ替わってしまったときに気づけたんじゃないか。

璃空が赤ちゃんの頃から毎年誕生日ごとに作ってきたフォトアルバムを開き、一つ一つの写真を遡っていった。これは、璃空だ。これも、璃空。入院中の写真まで遡っても断絶は感じられない。

ただ、出産した日に哲平が撮ったという写真だけは、たしかに違和感があった。顔の印象が他の写真と違うのだ。だが、生まれたばかりだとむくんでいるのが普通だし、一日一日で顔が変わっていくものだと聞いていたので、うちもそうなのだろうと思ってしまっていた。特にうちは分娩に時間がかかったから変化も大きいのかもしれない、と。

〈りく　0さい〉と題されたフォトアルバムに入っている一枚目の写真は、お腹のエコー写真をスキャンしたものだった。妊娠七カ月頃、お腹の中の赤ちゃんが指しゃぶりをしている横顔だ。鼻が低いのは私似で、目が離れ気味なのがてっちゃん似だと話した。アルバムを見返すたびに、「この頃から今の面影があるよね」と言ってきた写真だ。

二枚目の写真は、臨月の直前に撮ったマタニティフォト。大きく膨らんだお腹を、私と哲平が支え、見下ろしている。

――これが、璃空じゃなかったというのだろうか。

気づけば、涙が溢れていた。涙で視界が滲んで、写真が見えなくなる。

哲平は、何で、と言ったきり、それ以上は続けなかった。何で――何だろう。哲平は、何と続けようとしたんだろう。

何で、こんなことになったんだ。何で、今まで気づかなかったんだ。どちらでも、責められているような気がした。

何で、私は産後すぐに動けなかったんだろう。何で、私は気づけなかったんだろう。――母親なのに。

夕方、璃空のお迎えには二人で行った。どんな顔で璃空に会えばいいのかわからなくて、とても一人で行く気にはなれなかった。

揃って早めにお迎えに行った私たちに、璃空は「なんで?」を連発した。なんできょうははやいの? なんでおとうさんもいっしょなの? なんでおとうさん、いつもとふくがちがうの? 大好きな絵本も読まずに私たちの手を取り、「今日は、お父さんとお母さんでお迎えに来たんだよ」と私が説明にもならない説明をすると、「きょうはね、おとうさんとおかあさんがおむかえなんだよ」と、同じ説明を他の子のお母さんや先生に訊かれてもいないのに自分からした。わかりやすく笑ったり飛び跳ねたりするわけではなかったけれど、璃空がはしゃいでいるのがわかった。

保育園を出ると、璃空はきょろきょろと左右を見回し、「きょうは、じてんしゃじゃないの?」と首を傾げた。

「うん、今日はお父さんも一緒だからね。三人で手を繋いで帰ろっか」

「ぼくがまんなか?」

「そう、璃空が真ん中」

私がうなずくと、私と父親の手を順番に取り、歩き始める。

「きょうは、まだいいおてんきだね」

璃空は、空がまだ明るいことをさしてそう言った。

「あ、でもおつきさまはみえる」

「本当だな。見えづらいのに、よく見つけたな」

哲平が、感心したような声を上げる。すると璃空は立ち止まり、私たちの手を引いて小声で言った。

「あのね、おとうさん、おかあさん。あのおつきさま、いつもぼくについてくるんだよ」

とっておきの秘密を話すような声に、ふいに泣きそうになる。

「え、本当か？」

哲平は、大仰に身を反らせて月を振り返った。

「あ、本当だ。ついてきてる。何でだろうな？」

璃空は真剣な顔で小首を傾げる。

「あのおつきさま、ぼくのことすきなのかも」

虚を突かれ、滲んでいた涙が止まった。顔がほころび、胸の奥が温かくなる。

璃空はいつもより饒舌《じょうぜつ》だった。両親が揃っているからか、時間が早いからか、自転車じゃなくて歩きだからか――それとも、両親の普段とは違う何かを感じ取っているのか。

私たちはそのまま青砥《あおと》駅まで行き、駅ビルのファミレスで外食をした。璃空がお子様ハンバーグプレート、哲平がミックスグリル、私は緑黄色野菜のドリアを頼み、哲平はソーセージを、私はかぼちゃを璃空に分けた。

璃空は父親に旗をあげ、私にはぶどうのゼリーを半分くれた。

九月二十一日

玄関から物音が聞こえ、ただいま、という低い声が続いた。

「おかえりなさい」

私はソファから立ち上がり、廊下へと向かう。リビングのドアの前で行き会った哲平は、まだ朝の九時前だというのに、まるで丸一日働いた後のように疲れて見えた。璃空の保育園への送りをお願いしたことを謝ると、目を伏せたまま「いや」とだけ答えてネクタイを外す。音を立ててため息をつき、脱いだジャケットをソファに投げた。

「だけど、親が二人とも家にいるのに預けるのは気まずいもんだな」

「仕方ないよ。璃空がいたら話せないし」

私は答えながら、舌が重くなるのを感じる。璃空には今日は仕事の時間がいつもと違うのだと嘘をつき、職場には子どもが熱を出したから休みをもらいたいと嘘をついた。璃空の保育園に対しては仕事に行っていることになっていて、けれど本当は私も哲平も休みを取って家にいる。

有休を使うのはいつぶりだろう、と思うと、ちりりと胸を焼くような痛みを感じた。先月、璃空が本当に熱を出したときには義母に来てもらって自分は仕事に行ったことが思い出される。

「話し合わないとな」

Tシャツとスウェットに着替えた哲平が、ソファに身を預けて息を吐き出した。私は、「そうだね」と小さくうなずく。そうお互いに口にしなければ、話し合う気になど到底なれなかった。話なんてしたくない。何も認めたくない。すべて悪い夢の中の話だったことにして、今までと変わらない毎日を送っていきたい。

「どうすればいいんだろうな」

哲平が、ひとり言のような声音でつぶやいた。

「何でこんなことになったんだろうな」

呆けた表情を宙へ向けて続ける。

うん、と答える声が喉に絡んだ。哲平の腕が伸び、私の手の甲を上からつかむ。熱い手のひらから微かな震えが伝わってきて、ハッとした。

「ほんと、信じられないよな」

哲平の声がかすれる。手の甲にかかる力が強くなり、痛いほどになったところで手が離れた。哲平が嗚咽を漏らして背中を丸める。私はその姿を眺めながら、ああ、泣いている、と思った。この人が泣いているところ、初めて見た。そんなことをぼんやりと考えて目の前のつむじを見つめ、そこに白い髪が数本混じっていることに初めて気づく。

ふいに正体のわからない衝動が込み上げてきた。泣きたいのか、叫びたいのか、震えたいのか。心の衝動なのか身体の衝動なのか判断がつかなくて、身体はどこも動かない。

結局、哲平が交換という言葉を口にしたのは、そのまま一時間以上が経ってからだった。

「とにかく考えなきゃいけないのはそこなんだろ」

哲平はまるで不貞腐《ふてくさ》れるような口調で言い、私を見た。

「郁絵はどうしたい？」

てっちゃんは、と訊き返すと、哲平は「俺は……」と言いかけて顔を伏せる。

「俺は、できるだけ郁絵の思いを尊重したいけど……やっぱり、誰よりも子どもに関わってきたのは母親である郁絵なんだし」

一瞬、自分でも驚くほどの勢いで頭に血が上った。この人は、と思うと、反動のように一気に気持ちが冷めていく。けれどそのことで頰から力が抜け落ち、かえって口を開くことができるようになった。

「私は、璃空を手放すことなんて考えられない」

哲平が微かに目を見開き、一拍遅れて「まあ、そうだよな」と続ける。そこに安堵するような響きを感じて、私は哲平を見返した。哲平は赤くなった目尻を親指の腹で少し乱暴に拭う。

「交換なんて、できるはずがないよな」

「おじいちゃん、おばあちゃんたちには言う？」

私が尋ねると、哲平は「え」と声を詰まらせた。

「それは……言わないわけにはいかないだろ」

「でも、交換しないなら言わない方がいいよね」

思わず語調が強くなる。

「だって、今のままでいることにするのなら、璃空は変わらずに私たちの子どもであり続けるわけでしょう？　両親にとっても孫は璃空であり続けるわけだし。だったら本当のことなんて知ってもつらくなるだけじゃない」

知ってしまえば、知らなかった頃には戻れなくなる。自分たちの血を継いだ孫が璃空ではなく他の子どもだったと知って、今まで通りでいてくれるとも限らない。それでもし——交換すべきじゃないかと言い始めたら？

「それは、そうだけど……でも、言わないのはまずいだろ」

「どうして？」

「どうしてって……」

哲平は、視線を彷徨わせた。唇を閉じ、数秒して、テーブルを見つめたまま口を開く。

「……本当に、交換しないでいいのかな」

「何言ってるの」

私は叩きつけるような声を出していた。

「てっちゃんは、璃空を手放したりできるの？」

「いや、それはできないよ」

哲平は慌てたように顔を上げる。

「できないけど……でも、俺たちの本当の子は、他にいるわけだろ」

「本当の子って、じゃあ璃空は」

「そんなに俺に嚙みつくなよ」

哲平がため息交じりに遮った。

「俺だってどうするのが正解かなんてわかんないんだから」

ごめんなさい、と謝ってから唇を嚙みしめる。哲平に当たったところで仕方ないのだということはわかっていた。この人が悪いわけじゃない。この人は何も間違ったことは言っていないのだと。けれどそれでも、すぐに振りきってしまう気持ちをどう保てばいいのかわからない。

この人がＤＮＡ鑑定なんてしなければ、と思い、元彼の相談になんて乗らなければ、と思い、普通分娩になんてこだわらなければ、と思う。そう思った途端、この人も同じように後悔しているのかもしれないと気づいた。

哲平は無言で席を立つと、古い携帯と充電器を手に戻ってきた。コンセントに繋ぎ、しばらくしてから電源を入れる。

私はその手元だけを見ていた。哲平の手の中に懐しい携帯がある光景に、当時の記憶が引きずり出されそうになって、慌てて思考を止める。哲平の手の動きも止まった。私は思わず視線を持ち上げる。

哲平は無表情のまま、私に携帯を差し出してきた。

「かなりぶれてるけど」

「いい」

私は反射的に顔を背ける。

「見たくない」

見てはいけない気がした。今は、顔を覚えていない。覚えていないから、関係ないと言いきることができる。だけど、その顔を見て、もし、自分や哲平と似ているところを探してしまったら。

「……じゃあ、郁絵は会わないつもりなのか」

哲平が、這うような声で言った。

「てっちゃんは会いたいの？」

私は、どうしても挑むような訊き方をしてしまう。

「会いたいっていうか……正直に言うと、どんな子なのか気にはなるよ」

哲平は、言い淀んだ後、唇を湿らせてから続けた。

「俺さ、郁絵が妊娠したとき、感動したんだよ。俺と郁絵は何年いても血が繋がることはないし、そういう意味ではずっと他人なんだけど、赤ちゃんは俺とも郁絵とも血が繋がってるわけだろ。おじいちゃん、おばあちゃん……俺の両親とも郁絵の両親とも、たった一人だけ全員と血が繋がっているんだなって思ったら、それって……すごいことだよなって」

噛みしめるような声色に、視界がぶれる。この人は今、真剣に自分の気持ちを口にしてくれているのだ、とわかった。

俺の両親とも郁絵の両親とも、たった一人だけ全員と血が繋がっている——哲平の言葉を頭の中でなぞった途端、お宮参りで撮った写真がまぶたの裏に浮かび上がる。哲平の両親と私の両親、哲平と私、全員が璃空の顔を覗き込んだ写真。

示し合わせて撮ったわけではなかった。ただ、セルフタイマーが鳴り始めたところで璃空が泣き出してしまったから、みんなが璃空を見たというだけだ。その後、璃空が泣きやむのを待って全員がカメラ目線の写真を撮り直したし、アルバムで使ったのもそっちの写真だった。けれどなぜか、今はあの誰もが璃空を見ていた構図の方が蘇る。

「だけど、そのときの赤ちゃんは璃空じゃなかったんだよな」

哲平の言葉の意味が、一瞬よくわからなかった。一拍置いて考えて、ああ、そうだこの人はお腹にいた赤ちゃんの話をしていたんだったと思い出す。

「俺は璃空が自分の子だと思って育ててきたけど……でも、あのとき、郁絵のお腹にいた子はまた別のところにいる」

哲平は喉仏を上下させた。

「交換するとかじゃなくて、ただ、ひと目見てみたいんだ。会っても気持ちが揺らがないのなら、会うだけ会ってみてもいいんじゃないのかな」

揺らぐはずなんてない、とほとんど反射のように思う。けれど次の瞬間、もう一度お宮参りのときの写真が脳裏に蘇った。その色は、さっき思い描いたときとどこか違う。

「それに、もし向こうの両親が璃空に会いたいと言うのなら、俺たちにそれを止める権利はないと思うんだよ。璃空が本当の両親と会う機会を、俺たちが奪ってしまっていいはずがない」

哲平は、再度私に携帯を差し出してきた。私は、今度はそれを受け取る。

航太の写真は、哲平の言う通りぶれていた。目鼻立ちを確認しようにも、ほとんどよくわからない。そのことに安堵と落胆の両方を抱きながら、「よくわからないね」とつぶやいた。な、という声が返ってくる。

私たちは、先方も望むのならとにかく一度は航太に会おうと決めた。会った上で、やっぱり交換はしないという結論になったのなら、このことは璃空にも両親にも話さないで自分たちの胸にしまっておくべきだと思う、と私が言うと、哲平は複雑そうな顔でうなずいた。

## 九月二十三日

ジャージとエプロンに着替え、教室の掃除をし、朝のミーティングで休んでいた間の出来事を確認し、登園してくる子どもたちを出迎える。こんな精神状態で仕事なんてできるはずがないと思っていたのに、職場に着くと身体が勝手に動いていた。オムツ替えも、食事の補助も、寝かしつけも、璃空が生まれる何年も前からもう何千回と繰り返してきたことだ。

一人のお腹をトントンと叩きながら、もう一人を抱っこして上体を前後に揺らす。斜向かいで別の子どもたちを寝かしつけている先生が、おっぱいを触ろうとエプロンをめくり上げてくる子どもの手をそっとつかんで下ろさせた。それでももう一度エプロンの裾をめくろうとする子どもの手を、私はぼんやりと眺める。

『耳たぶの感触はおっぱいの先の硬さと同じなんだって』

数年前、ベテランの先生に聞いた言葉が蘇った。

断乳をしてからもおっぱいを触るのを止められずにいた子が、おっぱいを触るのも禁止したら耳たぶを触ってくるようになってきた、という話だったはずだ。同じクラスの子の耳を触ってしまうということで問題になり、朝会で誰かが報告したところで、その先生が答えたのだった。

『だから耳たぶを触ると安心するんでしょうね』

私は、やがて腕の中で寝息を立て始めた子どもを見下ろす。ふいに、自分は自分で産んだ子どもに一度もおっぱいをあげたことがないのだと思い至った。その途端、居ても立ってもいられないような激しいざわつきが胸を締めつける。まだ璃空が赤ちゃんの頃、本当におっぱいだけを飲んで大きくなっていくのだと驚いたことが脳裏をかすめた。

子どもたちが全員眠ると、その隙に一人一人の子どもの様子を連絡帳に書き記す。

〈今日は体操の時間に鉄棒をしました。ソラちゃん、すごく上手にぶら下がれていましたよ。

た。

プだから、自分は璃空の育児日誌のようなものはまったく書いてこなかったのだなと気づい

そこまで書いて、そう言えば、璃空の保育園の連絡帳は本当に連絡事項しか書かないタイ

なんと、十秒！　みんなに拍手をしてもらって、とっても嬉しそうなソラちゃんでした〉

十五時過ぎに子どもたちが起き始めた。おやつと着替えを済ませた後は自由な遊びの時間になり、おもちゃの箱を出していると、子どもの一人が絵本を持ってくる。

「ねえ、せんせい、よんで！」

そう、絵本を突き出された瞬間だった。

ふいに、まぶたの裏に寝室の光景が浮かぶ。

『はい、じゃああと三十分、時計の針が六を指したら寝るよ。何して遊ぶ？』

『えほんよんで！』

数日前――何も知らずに璃空と過ごせた最後の日のことだった。

私が題名を読み上げると、その先を璃空が続けた。その声を聞いているうちに後輩から連絡がきて、返信を打ち始めたところで璃空が絵本を渡してきた。

『ねえ、おかあさん。つぎはおかあさんがよんで』

『あ、ごめん、これだけ送っちゃうからちょっと待ってて』

私は言いながら別の絵本を渡し、璃空はうなずいて受け取った。その隙に返信をして璃空に向き直ると、璃空はその本ももう自分で読み始めていた。

その特につまらなそうでも不満そうでもなかった横顔が、鮮明に蘇る。

――どうして私は、あのときすぐに読んでやらなかったのだろう。

返信なんて、いつでもよかったはずだ。急を要する内容でもなかったのだし、璃空が眠ってからやればいいことだった。

なのになぜ、璃空のお願いを受け流してしまったのだろう。璃空が私にお願いをすることなんて、一日の中でそうあることでもなかったのに。そもそも、璃空と過ごせる時間自体が少なかったというのに。

せめて一緒にいる間だけでも、璃空のことを一番に考えてあげることが、どうしてできなかったのか。

私は、鼻の奥に鋭い痛みを感じて、慌てて咳払いをする。下腹部に力を込め、目の前の園児から絵本を受け取った。

育休から復帰して以来、しばらくの間は璃空の世話を人に任せて自分は人の子どもの世話をするという構図に罪悪感を覚えていた。だが、それは最初の数カ月だけで、すぐに自分にはこの方が合っているのだと思うようになった。二十四時間一緒にいるわけではないからこそ、一緒にいる時間を大切にすることができると——けれど、私は結局、一日の間の数時間ですら、大切にすることができなかった。

たとえばもし、璃空を向こうの両親に返さなければならないことになったとしたら、私はきっとこの一日を後悔するのだろうと思った。

限られていた数少ない璃空と過ごせる時間を、きちんと過ごさずにいてしまったこと。そう考えると今すぐにでも璃空を迎えに行かなければならない気持ちになって、慌てて、大丈夫だ璃空との時間は限られてなんていないのだから、と自分に言い聞かせる。私は、璃空を手放したりなんかしない。璃空との時間は、これから先もずっと続いているのだと。

それでも、残業をする気にはなれず、定時に上がって璃空を迎えに行った。スーパーで惣菜を買わず、焼きそばの材料を買う。璃空の好物だし、手早く作れる。だが、肉と野菜と麺を炒めてソースの粉をかけながら、こんな誰が作っても同じ味になる料理にするんじゃなかったと後悔した。もっと、璃空が覚えていてくれるような料理にすればよかった。そう考えて泣きたい気持ちになり、また、そんなことを考える必要はないのだと思い直す。

哲平も璃空が眠る前に帰ってきて、璃空が先に私とお風呂に入ってしまったことを知ると悔しがった。

「明日はお父さんと入ろうな」

「おしごとは？」

「お父さん、お仕事より璃空とお風呂に入る方が大事なんだ」

「えー？」

璃空は、不思議そうに首を傾げながらも満更でもなさそうな顔をしている。

哲平の気持ちがわかるからこそ、引っかかった。この人は、やっぱりこれから先、璃空と過ごせる時間が短いと思っているんじゃないか、と。

璃空を抱き上げる哲平の横顔を見る。縁が外側へ反った大きめの耳。その少し変わった形を璃空の耳に探しそうになって、慌てて思考を手放した。

九月二十八日

先方の石田夫妻と会う日が来月の二日に決まったという連絡が弁護士から来た。

電話を切るや手帳に何かを書き込み始めた哲平から視線を外し、納戸へ向かう。クッキーの空き缶から古い携帯と充電器を取り出してコンセントに繋いだ。数分待ってから電源を入れ、今の携帯との操作の違いに戸惑いながらメールの受信ボックスを開く。一番古い日付まで遡ったところでため息をついた。

約二年前、繭子からメールが来て会う約束をしたものの、当日中止になってしまったことは覚えている。だが、なぜその後改めて会おうという話にならなかったのかはよく思い出せなかった。単に私が職場に復帰して時間がなくなったからだろうか。専業主婦として家にいたなら、最寄り駅もひと駅違うだけなのだから連絡を取って会おうとしていたのだろうか。

――もし、そうして会っていたのなら、もっと早く気づけていた？

けれど、こうなった今、やはり彼女と連絡を取る気にはなれなかった。

たとえばもし、彼女が璃空を引き取りたがっていたら？

そう考えると、やっぱり会わない方がいいような気がした。お互いに本当の子どもの記憶が曖昧なままの方が、今の生活を続けやすいはずだ。

哲平に「やっぱり会うのをやめたい」と言うと、哲平は「今さらそういうわけにもいかないだろ」と眉根を寄せた。私は下唇を噛みしめてうつむく。哲平がため息をつく音が、正面から聞こえた。

「どうしても気が進まないなら、とりあえず郁絵は欠席するか？」

哲平の声が、ふいに優しくなる。

「俺はそれでもいいよ」

それは嫌だ、と反射的に思った。哲平だけ先に進んでしまったら、もう、哲平との間でもこのやり場のない思いを共有できなくなる。それを怖いと思うと同時に、今だって、という思いも湧いた。今だって、哲平は私より先に進んでしまっている。私よりずっと早く強く、「本当の子」へ気持ちを向けている。

男だからだろうか。やっぱり男性にとっては、血の方が大事なんだろうか。一緒に過ごした時間よりも——そう思った瞬間、今度は無性に繭子に会いたくなった。

今、この世の中で同じ感情を分かち合えるのは繭子しかいない気がした。彼女は、誰かに「母親なのに」と言われただろうか。母親なのに、お腹を痛めて産んだ子どもが入れ替わってしまっていたことに気づかなかったなんて、と。いや、違う。私だって誰にもそんなことは言われていない。だけど、誰もが心のどこかで思っているような気がした。母親には生まれながらに母性があって、自分の子と他人の子は区別がつけられるものなんじゃないか、と。

私だけじゃないのだ、とすがりつくように思った。繭子も、気づかなかった。だからきっと、彼女にだけは私の気持ちがわかる。

居ても立ってもいられなくて、哲平に「どうしても今日中にコピーしておきたい書類があるからコンビニへ行く」と説明して家を出た。マンションのロビーのソファに腰かけて携帯を見下ろし、思い直して外へ出る。

Tシャツから出た二の腕に夜風が当たり、小さく身震いした。周囲を見渡し、人影がないことを確認してから再び携帯を取り出して操作する。繭子、という名前を思い浮かべながら「ま行」を探し、見つからずに「あ行」を探し直した。画面をスクロールさせていくと〈石田繭子〉という名前が現れる。

生唾を飲み込み、親指を浮かせた。けれど下ろすより前に親指から力が抜ける。こんなふうに突然電話をしたりして、どうしようというのだろう。第一、こんな時間に彼女が一人でいるわけがない。旦那さんと一緒か、子どもの隣で眠っているか。どちらにしても、ゆっくりと本音で話せるような状況ではないはずだ。

私はため息をついて踵を返しかけ、すぐに足を止めた。コンビニへ行ったにしては早すぎる。

仕方なくガードレールに腰かけ、手持ち無沙汰に携帯のロックを解除した。開いたままだった電話帳を閉じ、何気なく着信画面を開いたところで、〈お母さん〉という文字に目が吸い寄せられる。

お母さん、と唇が勝手に動いた。

お母さんに聞いてもらいたかった。かわいそうに、そんなことになってつらかったでしょうと言ってもらいたかった。母親失格なんて、そんなことないわよ。最初から入れ替わっていたんなら気づけるはずがないじゃない、と。

璃空にも両親にも話さないでおくべきだと思うと哲平に言ったのは私だった。両親のためにもその方がいいと思ってきたし、その思いは今でも変わらない。けれどそれでも、親指が動くのを止められなかった。

——誰にも言わないでと頼めば。

発信音が鳴り始める。

——話したことは、てっちゃんにも言わないでほしいとお願いすれば。

『もしもし、郁絵？』

携帯から聞こえてきた声に、思わず立ち上がっていた。

「あ、お母さん？」

反射的にコンビニの方へ向かって歩き始めながら口を開く。

「夜遅くにごめんね。今、電話大丈夫？」

『大丈夫だけど、どうしたの？　哲平さんは——あら、もしかして外？』

母の言葉にハッと車道を振り向くと、一台の車が通り過ぎたところだった。

『ダメよ、若い女の子がこんな時間に一人で外を歩くなんて。危ないじゃない』

「別にもう若くないよ。三十だし」

『何言ってるの。充分若いじゃない。とにかくどこか、コンビニでもいいから建物の中に入りなさい』

「うん、今コンビニに向かってるところ」

答えながら、顔が歪み、涙が込み上げてくる。「お母さん」と震える声で呼びかけると、母が小さく息を呑む音が聞こえた。

『郁絵？　泣いてるの？』

その優しい声音に、「お母さん」と繰り返す声がさらにぶれる。

『どうしたの。哲平さんとケンカでもした？』

違う、と答えると、もう止まらなくなった。私は声を震わせながら説明する。哲平に浮気を疑われたこと。完全な誤解だということ。だからこそ哲平がＤＮＡ鑑定をしたいと言い出したときもすぐに了承したこと。それで妙な疑いが晴れるのならと考えたこと。

『あらまあ、哲平さんも意外と小さい男なのねえ』

母が茶化すような口調で言い、乾いた笑い声を立てた。そこに母の気遣いを感じて、胸が詰まる。ダメだ、と思った。この人に話したりしてはいけない。

「親じゃないって、言われたの」

『哲平さんに？』

母の怪訝そうな声が耳の奥で反響した。

――誰にも言わないでほしいなんて、そんな重荷を背負わせてはいけない。

そう思いながら、けれど唇が開いていく。

「……新生児の取り違えだって」

嗚咽を漏らしながら続けた。

「産院から説明されたの。同じ日に生まれた子と入れ替わってしまったって」

植え込みの横でしゃがみ込み、堪えきれずに泣きじゃくる。こめかみが軋み、息が上手くできなかった。

そんな、と母のかすれた声が聞こえてきたのは、数秒後のことだ。

『そんな、まさか今時……何かの間違いじゃないの』

「産院側も弁護士とか連れて来てるんだよ。間違いかもしれないなら謝ったりするわけがないじゃない」

『そんな……』

やっぱり、話したりするんじゃなかった、と思った。こんなに動揺して、誰にも言わないでいられるはずがない。

「あのね、お母さん、実は……」

『それでどうするの』

秘密にしてほしいと説明しかけた声を、短く遮られる。性急な口調に視線が泳いだ。

「どうするって……正直、まだ何も」

『璃空くんにはもう話したの？』

え、という声が漏れる。遅れて、ガン、と頭を強く殴られたような衝撃がきた。それを衝撃だと感じることはできるのに、その正体がすぐにはつかめない。璃空くんにはもう話したの？——母の言葉をそのまま反芻し、大きく目を見開いた。

璃空に話す？　それはつまり、このまま何もなかったことにして今まで通り育て続けるなんて道を、母は考えていないということになりはしないか。

「……お母さんは、璃空を手放すべきだと思うの？」

『べきだとは思わないけど……』

母が、語尾を濁らせた。その口調が、その言葉が本心ではないことを伝えてくる。

母だけは、私の気持ちに賛成してくれるはずだと思っていた。「今まで育ててきた子を手放すなんて考えられないわよね」と言って、「血なんて関係ない」と続けてくれるはずだと。

私が就職して家を出るまでの二十年間、ずっと家で私を育ててくれた母なら。

「……お母さんは、たとえば私が本当の子じゃなかったとわかったら交換するの？」

今、母にそんなことを訊いても意味がないと思うのに、訊かずにはいられない。

『そりゃあ……今さら言われても交換はしないと思うわよ。もうお嫁にも出しているんだから、交換も何もないし』

「じゃあ、今の璃空くらいの歳だったら？」

畳みかけるように尋ねると、母は言葉に詰まった。『それなら』と言って、数秒の間を置く。

『たぶん、交換していたと思う』

ひゅっと喉が鳴った。その音に慌てたように母が息を吸い込む。

『あのね、あなたがかわいくないとか、そういうことじゃないの。私だってすごく悩むと思うし、今まで育ててきた子と離れることなんてきっと考えられない』

「だったら……」

『でもね、子育ての時間ってすごく長いのよ』

母は、なだめる口調で言った
『今は、今の年齢の璃空くんのことしか考えられないと思うけど、あと数年したら小学校にだって行くし、そうすればどんどん親には手が出せない世界が増えていくの』

「そんなのわかってるよ」

『本当に？』

思わず言い返した言葉を封じるように、母が問い返してくる。

『たとえば、学校でいじめられるかもしれない。それで不登校になるかもしれない。あるいはいじめる側になってしまうかもしれない。それでいじめられた子が自殺してしまうかもしれない。非行に走ることだってあり得るし、それで取り返しがつかない罪を犯してしまうかもしれない』

母はそこまでを一気に言うと、息継ぎをして続けた。

『そういう、まさかうちの子がって思いたくなるようなことをいつか璃空くんがしたとして、郁絵は絶対に血のことを思わないでいられる？』

「思わない。思うわけがないじゃない」

考えるよりも前に、言葉が出ていた。母が、長く息を吐く。

『そうね。たしかに郁絵は、何も知らなければ子どもがどうなっても全力で受け止めてあげたでしょう』

母の語尾が、微かに震えた。

『かわいそうに。どうして郁絵が、こんなにつらい思いをしなきゃならないの』

それは、私が母に言ってもらいたかった言葉だった。なのに、少しも気持ちは楽にならない。

やっぱり、話したりするんじゃなかった、ともう一度思った。顔から表情が抜け落ちていくのを感じる。

「まだ、璃空にも向こうの両親にも話してないの」

いつの間にか、泣きじゃくりは止まっていた。

「本当は、まだお母さんに話すことも哲平さんの了解は取っていなかったの。だから、聞かなかったことにしてくれないかな」

『でも』

「また改めて哲平さんと報告することになるかもしれない。そのときは初めて聞いたみたいな顔をしてほしいの」

それは、いいけど、という困惑を露わにした声が返ってくる。私は痺れた膝を伸ばして立ち上がり、「ごめん」とつぶやいた。

「哲平さんも心配するし、一回家に帰らなきゃ」

『あ、そうね。大丈夫？　哲平さんに電話してコンビニまで迎えに来てもらったら？』

慌てた母の口調に、唇が微かに歪む。璃空を置いて出てこられるわけがないじゃない、と浮かんだ言葉を口にする前に飲み込んだ。

「そうだね、そうしてもらう」

そう答えて話を切り上げ、電話を切る。来た道を振り返ると、ほとんど進んでいなかった。涙で濡れた目と頬をTシャツの袖で拭い、洟水をすする。咳払いをしてからマンションのエントランスに入って三階まで上がり、鍵が開いたままになっていたドアをそっと開けた。

「あ、おかえり」

哲平の声がリビングから飛んでくる。

「二日なんだけど、璃空は俺の両親に預けるんでいい？」

うん、と私は顔を伏せたまま答えた。キッチンへ向かい、麦茶をコップに注いであおる。

哲平は何も言わなかった。いくら涙は拭ってあったとはいえ、私の声を聞けば、泣いていたことはわかったはずなのに。けれど、気づいていてわざと言わなかったのか、本当に気づいていなかったのかは判断がつかなかった。

しばらくして、哲平が「オッケーだって」と携帯を差し出してくる。SNSのやり取りを遡ると、哲平は〈たまには夫婦でデートをしたいから〉と説明し、義母は〈あら、いつまでも仲が良くていいわねえ〉という言葉にハートマークを添えていた。

〈こっちのことは気にせず思う存分遊んでらっしゃい。私たちも璃空くんに会いたかったから嬉しいいし〉

本当にただのデートだったなら、どんなによかっただろう、と思う。お義母さんは、本当のことを知ったらどう思い、何と言うのだろう。

そう考えながら、哲平に携帯を返した。

十月二日

雨と風が窓を叩く音で目が覚めた。窓を見上げる前に左隣を向くと、璃空の半開きの唇が視界に入る。

璃空は両手をバンザイの形に挙げ、私の方に顔を倒していた。丸みのある頰が重力でぷくりと膨らむように垂れ、小さなひょうたんを連想させる。汗で額に貼りついた前髪、綺麗なカーブを描く長いまつ毛、ほんの少し潰れ気味の鼻からは、すうすうという寝息が規則的に漏れ聞こえてくる。どんな夢を見ているのか、あるいは何も見ていないのか、表情はまったく変わらない。

璃空の足元にまでずり下がっていた布団をお腹の上まで引き上げると、まつ毛がぴくりと揺れた。起こしてしまっただろうかと慌てて腕を止め、閉じられたままの目に安心したところで、強い既視感を覚える。

前にも、こうして璃空の寝顔を見下ろしていたことがあるような気がした。起こしてしまったろうかと慌てて、大丈夫だったと安心し、そして、ふっと口元に笑みを浮かべた――その自分の横顔までもが浮かんで、それが実際に幾度となく目にしてきたものだということに気づく。保育園で、友達の家で、テレビドラマの中で、子どもの寝顔を前にした誰もが同じように慈愛に満ちた微笑みを浮かべ、柔らかく言う。かわいいねえ。本当、天使みたい。

途端にひやりとしたものを胸の奥に感じ、顔を背けるようにして窓を見上げた。遮光カーテンに手を伸ばしかけ、思い直して寝室を出る。

リビングに足を踏み入れると、カーテンを開けるまでもなく激しい雨の音が耳朶を打った。ダメ押しのように白く煙った窓を確かめ、掛け時計を振り仰ぐ。五時三十八分。昨夜少なくとも三時半過ぎまでは眠れなかったはずなのに、いつもよりも早い。もう一度ベッドに戻って眠っておくべきだろうか。苦い気持ちで考えながらテレビをつける。まず音量を落としてから気象ニュースを探すと、〈台風18号〉というテロップが画面の下に現れた。

「台風か」

背後から聞こえた声にハッと振り向く。上下スウェット姿の哲平はテレビから視線を外さずに、「この天気じゃ璃空たちも外に出るのは微妙かなあ」とつぶやいた。

「どこかに連れて行ってもらう予定だったの？」

「ああ。親父たちがミラクルキッズパークで璃空のご機嫌を取るんだって計画してたみたいだけど」

そう、と相槌を打ちながら璃空の喜ぶ顔を思い浮かべる。私が連れて行ってあげたかった、と思ったところで、哲平が「だけど親父たちが見ていてくれるのは助かるよな」と言った。うなずきそびれているうちに「コーヒー飲む？」と尋ねられ、結局それへの答えとして「うん、ありがとう」とだけ口にする。

璃空が起き出してきたのは八時前。朝食には璃空の好きなフレンチトーストを出した。輪切りにしたイチゴやバナナやバニラアイスクリームをトッピングすると、璃空はいつものように子ども部屋から『フルーツパンケーキ』という絵本を取ってくる。いつもなら「食事中に絵本は見ないよ」と注意するところだったが、今日はそんな気にはなれなかった。

食べ終えた璃空に口元と手を拭かせ、残ったフレンチトーストにラップをかけたところでチャイムが鳴った。

璃空は絵本を手に玄関まで出迎えに行き、哲平は「悪いね。すごい雨だっただろ」とタオルを出して労う。義母は「それはいいんだけど」とタオルで肩を拭いてから、

「でも、あんたたち、こんな台風の中でデートに行くの？」

と怪訝そうな声を出した。思わず哲平の顔を見てしまう。けれど哲平は私の方を見ること

はなく、「もうチケット取っちゃってるからね」と用意していたような口調で返した。

「チケット？　何か観に行くの？」

「せっかくだから映画でも観ようかと思ってさ」

「あら、いいわねえ」

軽快なやり取りに、本当にそうなんじゃないかと思えてくる。璃空の産みの親に会いに行くのではなく、本当に夫婦で久しぶりのデートを楽しむつもりなのだと。「ゆっくりしてらっしゃいよ」と声をかけられ、「ありがとうございます」と返すと、ふわふわとした現実感のなさはさらに強くなった。

けれど、駅前から産院へ向かうバスに乗った途端、急激に思考が冷めた。

右手で吊り革につかまり、左手で傘の柄を握りしめながら、雨が降っていてよかったと小さく思う。傘がなければ、空いている手を持て余していたに違いない。

産院内の会議室に通されたのは約束の時間より二十分前のことで、院長と弁護士は既に室内にいたものの、先方の姿はまだなかった。

「このたびは、ご足労いただきましてありがとうございます」

弁護士が深く垂直に腰を折る。礼を言われるのが落ち着かなくて、言葉が返せなかった。

私は顔を伏せ、哲平に小声で「今のうちにトイレに行っておくね」と声をかけてから会議室を出る。けれど本当にトイレに行く気にはなれず、何となく一つ下の階のラウンジへ向かった。入院着姿の妊産婦と面会客の間に黄緑色の新生児用ベッドが見えて、瞬間、みぞおちが強く押されたように痛む。慌てて吹き抜けの手すりをつかみ、外来の待合室を見下ろすと、隅にあるキッズスペースが目に飛び込んできた。小さなテレビではアンパンマンが流れていて、鮮やかな原色のクッションが敷き詰められた床にはおもちゃや絵本が散乱している。璃空は今頃どうしているだろう、と痺れた頭で考えた。ミラクルキッズパークには、結局連れて行ってもらえるんだろうか。

ショルダーバッグの中の携帯が震え、ハッと我に返る。携帯には哲平の名前と〈大丈夫か?〉という短いメッセージが表示されていた。私は足早に会議室へ戻ってうつむきがちに哲平の隣に座る。

あ、と弁護士が声を上げたのはそのときだった。すばやく席を立ち、入口へと向かうその姿を、何かを考えるよりも前に目で追ってしまう。

まず部屋に入ってきたのは、ポロシャツ姿の男性だった。男性は半身を翻して部屋の外を振り返る。続いて入ってきたのは繭子だった。とても子持ちには見えない華奢な身体を包む紺色のシンプルなカットソーと細身のチノパンツ。見た瞬間、ああそうだ、と記憶が蘇る。そう言えば、こんな人だった。

私は立ち上がって一歩前に踏み出した。目が合ったら声をかけようと、唇を開く。

けれど、繭子はうつむいたまま顔を上げようとしなかった。

「どうも、石田です」

そう言って頭を下げたのは、繭子の夫の方だ。繭子は小さな身体をさらに縮めるようにして会釈をした。

私の方も哲平が「平野です」と返して、一瞬気詰まりな沈黙が落ちる。弁護士が少し慌てたように「どうぞこちらへ」と石田夫妻を席へ案内し、私たちも席に座り直した。

全員分の飲み物がテーブルに並べられるまで、誰も何もしゃべらなかった。産院のスタッフらしい女性が会議室を出て行き、扉が完全に閉められたところで、待ちかねていたように院長が口を開く。

「改めまして、このたびは本当に申し訳ありませんでした」

「もちろん現時点では謝罪を受け入れるようなお気持ちにはならないかと思います」

間髪をいれず、弁護士が言葉を継いだ。

「まずは何がどうなってこんなことになってしまったのかという思いの方がおありになって当然のことでしょう」

痛ましそうな表情で言い、そこで一度言葉を止めて目を伏せる。

「原因については、先日ご報告申し上げましたように、現在調査を進めているところでございます。少しでも何かがわかり次第、追ってご報告させていただければと存じます。――それを大前提としての話なのですが」

弁護士は声のトーンを少し変えて続け、コピー用紙を一家族一枚ではなく四人それぞれに手渡してきた。

「参考までに、過去に起こった同様の事件についてまとめさせていただきました」

と抑揚を控えめにした口調で言う。

プリントには、〈過去の事例〉と題された文字を私が目で追うのと同時に、判明した年やその当時の子どもの年齢、性別、病院のある都道府県が一覧になって並んでいた。数えなくても十は超えているとわかるその数が、多いのか少ないのかはわからない。

「同様と申し上げましても、時代も違えば年齢も性別も環境もそれぞれですから、一つとして同じ事例はございません」

私は繭子に視線を向けた。うつむいたままの彼女が、どんな表情をしているのかはよく見えない。けれど、彼女も弁護士の指し示す紙を見ていないことだけはわかった。

やっぱりメールをしておけばよかった、とぼんやり思う。今日、ここに来る前に、彼女の気持ちを聞き出しておくべきだった。そして何より、自分の気持ちを伝えておくべきだったんじゃないか。

今まで育ててきた子を手放すなんて、母親だったら普通は考えられないよね、とそう先に言いきってしまっていれば、彼女がどうするつもりでいたとしても「元に戻したい」とは口にしづらくなっていただろう。ああ、そうだ。向こうの夫はともかく、彼女さえ同じ結論にしてしまえば——

「ただ、過去の事例において最終的に出された結論は一致しておりまして、どなたも判明してからそれほど間を置かずに交換に踏み切られて……」

「交換なんてしません」

咄嗟に声が出ていた。ただそう口にしただけなのに、息が切れて眩暈がする。

「他の人たちがどうだったかなんて知らないけど、私は璃空を手放すなんて絶対に考えられない」

そう口にした瞬間、初めて繭子が顔を上げた。その呆然とした顔が、私を向いている。

「繭ちゃんだって、そうでしょう？」

繭子が目を見開いた。

「母親なら普通、今まで育ててきた子を手放すなんて、」

「郁絵」

哲平が慌てた声を出して腕をつかんでくる。

「平野様のお気持ちはもっともだと思います」

弁護士が腰を浮かせて言った。

「ただ、こう言ってはなんですが、四歳という年齢は記憶が残るギリギリの年頃でもあります。お子様の将来のことを考えた場合――」

「みんなが交換したって言うけど、それってただ交換した人しか記録に残っていないだけなんじゃないですか」

思わずそう言ってから、そうだ、と思った。取り違えに気づいたけれど、気づかなかったことにした人だっているかもしれない。産院にも言わず、そのままそれまで通りに育て続けたのなら、何も記録は残らない。

「それに、他の人がどうしたのかなんて関係ないでしょう?」

私はもう一度繭子に向き直って続ける。だが、繭子は再び顔を伏せてしまっていた。

「ええ、私どもといたしましても、こうするべきだと結論を押しつけるつもりは毛頭ございません。お子様にとって、ご両親にとって一番いい形をお選びいただけるようにできるだけのことをしたいと思っております」

弁護士が抑えた口調で言う。視線を向けると、その尖った喉仏が忙しなく二回上下した。

顔の前に立ち込める重い空気を飲み込もうとするように唇を開く。

私もあえぐように唇を開いた。何か言わなければ、と思う。とにかく自分の気持ちを口にしなければ。そう考えて、もう口にしたことに気づいた。何とかして繭子たちに同じ結論を出してもらえるようなことを言わなければ。そうも思って、それも口にしたことに気づく。

弁護士が、私たちと繭子たちを見比べた。その推し量るような促すような視線に、所詮、この人にとっては仕事でしかないのだ、と苛立ち交じりに考える。何とかして事を丸く収められれば、それでもうこの人の仕事は終わりなのだと。

数十秒後、沈黙を切り開こうとするように「本日はお子様のお写真をお持ちいただいたかと思うのですが」と切り出され、カッと耳の裏が熱くなった。

思わず、ショルダーバッグの口をぎゅっと押さえる。けれど繭子は、ゆっくりとした動きで鞄からLサイズの写真を取り出しテーブルに置いた。

ハッとして視線を手元に落とす。すると、ショルダーバッグの口から母子手帳とフォトアルバムが見えた。〈りく　0さい〉〈りく　1さい〉〈りく　2さい〉〈りく　3さい〉——四冊並んだ背表紙を見つめていると、哲平の腕がすっと伸びてくる。

哲平は三歳の璃空の写真を集めたアルバムだけを引き出し、繭子に差し出した。繭子が反射のような動きで両手を出し、受け取った瞬間、バランスを崩したように上体を前に傾ける。

その二つの瞳が、アルバムの表紙にある璃空の写真へと向いた。

眉もまぶたも、ほとんど動かない。けれど、私にはむしろそのことが何よりも雄弁に繭子の衝撃を物語っているように思えた。そのままページをめくろうとしない繭子の手から、彼女の夫がアルバムを受け取る。繭子が渡そうとした素振りは少しもないのに、取り上げたのではなく受け取ったような感じがした。

ふいに、繭子が顔を上げる。その視線が自分の方へ向くのを感じて、私は逃げるようにテーブルの上の写真を向いていた。

ディズニーランドだ、とまず思った。メインエントランス花壇前。同じ場所で撮った写真が、璃空の二歳の頃のアルバムにも入っている。違うのは、肩を抱いているのがミニーマウスではなくドナルドダックだということくらいだった。頭につけたミッキーのカチューシャをずれないように手で押さえた男の子が、嬉しそうに、どこか恥ずかしそうに頰を紅潮させている。

似ている、と瞬間的に思った。

どのパーツがどうということではない。ただ、ひと目見た瞬間、胸を突かれるような衝撃があって、全身が固まった。

あ、と声が漏れる。どうしようと思った。どうしよう、こんな——

相手の両親に会い、子どもの写真を見せ合うことにしたのは、写真を見たところで揺らぐはずがなかったからだ。血の繋がりがどうであろうと、私の子どもは璃空でしかない。まずは夫妻に会うだけ会って、義務を果たした後は交換に反対し続ければいい。本当のことは璃空にも言わず、哲平との間でも話さなければ、いつかきっともう一人の子のことは忘れて今までと同じように璃空を育てていける日々に戻れる。そう信じていた。

けれど私は、航太の姿を見た瞬間、悟ってしまっていた。私は、この子のことを忘れることはできない。きっと何年経っても、必ずどこかで思い出す。そして考えずにはいられない。あの子は今頃、どんな子に育っているのだろう、と。

哲平を振り向く。哲平は、目を見開いて航太の写真を凝視していた。その横顔に、心臓がどくんと跳ねる。哲平も、動揺している。それがわかった。

「……本当に」

ふいに、かすれた声が響く。声がした方へ顔を向けると、弁護士がテーブルの上のアルバムを見つめたまま薄く唇を開いていた。

「大切に育ててこられたんですよね」

誰に向けてというのではなく、ただ口の中で嚙みしめるようにつぶやく。さらに何かを続けようとするように息を小さく吸い込み、けれどそのまま何も言わずに閉じた。

その微かに震えた語尾に、自分が先ほど、この人にとっては仕事でしかないのだと断じたことが蘇る。そうではないのだと、わかってしまう。いや、仕事には違いない。だが、この人はきっと、とにかく収まりをつけようとしているわけではなくて、本当に痛ましいと感じてできるだけのことをしたいと考えてくれているのだろう。

そう思うと、私は誰にどんな感情を抱けばいいのかわからなくなる。

下唇を噛んでプリントにある署名に目を落とすと、〈塚田昇〉と書かれていた。

塚田さんが息を吐き出し、吸い込む勢いで「次回は」という言葉を切り出す。お子さんも含めて、と続けられても、私は今度は何も言わずに座っていた。互いの夫たちが事務的に都合の良い日にちを伝え合っていくのを、ただぼんやりと眺める。

産院を出て解散すると、哲平は私の肩に手を置いた。「大丈夫か」と問われ、「何が」と問い返す。哲平は数秒間黙り込んだ後、「ごめん」と口にした。私はもう一度「何が」と問う。

哲平はもう答えなかった。

私たちが帰ったとき、璃空は遊び疲れたのか眠っていた。そのことに救われながら義父母に礼を言い、玄関先で見送る。

時計を見ると十七時を回っていて、昼寝には微妙な時間だった。あまり寝かせすぎると夜眠れなくなるし、かと言ってこのまま朝まで眠り続けるには早すぎる。

けれど、私たちは璃空を起こそうとはしなかった。買ってきた弁当で夕食を済ませ、交替で風呂に入って璃空が起きてきそうになったらいつでもどちらかが駆けつけられるように備える。

結局璃空は、夜の零時になる直前に目を覚ました。

おしっこ、と肩を揺すられて私も起き、小さないびきを立てている哲平の足元を通ってトイレへ行く。璃空は用を足すや否や、今度は喉が渇いたと言い出し、キッチンで麦茶を一気に飲み干すと、コップを両手で持ったままリビングの窓を凝視した。

「おかあさん」

囁く声音で呼びかけられ、私はコップを受け取る。

「なに?」

璃空は答えなかった。ただ、何かに魅せられたようにじっと窓を見続けている。窓の外では、風が吹き荒れていた。唸る音が漏れ聞こえてくる。

「外、出てみる?」

屈み込んで尋ねると、璃空は私の手を取ってうなずいた。私はコップをシンクに置いて璃空を抱き上げ、ベランダへ出る。

紺色の空の中では、怪獣をかたどった影絵のような木々が蠢き続けていた。断続的に突風が吹き、髪を巻き上げる。

「怖い？」

私の言葉に、璃空は無言で首を振った。それを意外に思う一方で、そうだろうな、とも思う。激しい風に揺さぶられる葉のざわめきは、寄せては返す波の音に似ていた。ザザアア、ザザアア——胸をざわめかせるのに、どこか懐かしい。

雨はなく、空気が生温かかった。空には消え入りそうに細い月が滲んでいて、蠢き続ける木々の隙間から、時折どこかの家の灯りが見える。

すごいね、と璃空が言い、すごいね、と私が答えた。それ以上は何も言わず、二人で黙ってベランダの向こう側を眺め続ける。何時間でも見ていたかった。このまま、風が通りすぎて朝が来るまで。

それを見届けたい気持ちと、この時間が終わってしまう前に部屋に戻ってしまいたい気持ちが同じだけあって、私は、この時間をずっと忘れないのだろうなと思う。

そう思ったことに愕然とした。

## 十月十日

航太に会ったとき、私は航太ではなく璃空の顔を見ていた。

本当の両親に会った瞬間、璃空がどんな顔をするのか知りたかった。何かを感じ取って驚くのか、嬉しそうな顔をするのか、それとも、誰だかわからずに人見知りをするのか。けれど実際は璃空の反応はそのどれでもなく、ただきょとんとした顔で私を振り向いた。

「おかあさんのおともだち？」

「うん、そうだよ」

一瞬、言葉に詰まりながらもうなずくと、璃空は「そっか」とつぶやいて繭子たちに向き直る。

「こんにちは」

普段、保育園の他の保護者に会ったときと同じように挨拶をした。

私は思わず繭子に視線を向ける。繭子は目を大きく見開いていた。私はそのまま首を動かして航太を見る。

航太は繭子の左手に両手でしがみつき、身体の半分を繭子の脚の後ろに隠していた。かろうじて見えていた目が私の目と合った途端、パッと伏せられる。

「すごい、しっかりしてるんですね」

感嘆交じりにつぶやいたのは、繭子の夫だった。航太の肩を叩き、「ほら、航太も挨拶は」と急かす。航太はますます繭子の陰に隠れ、繭子の夫は「すみません」と首を前に突き出すようにして頭を下げた。

「こいつ、人見知りするたちで」

「大丈夫ですよ。人見知りするって発達上でも大切なことですし」

考える前に、保育園の保護者に答えるような返事をしていた。人見知りする子には、いきなり話しかけず、まずは両親と普通に話しているところを見せて警戒を解く。それから構えずにさらりと話しかけて、すぐには深追いはしない。そんな方法論がほとんど条件反射のように浮かんで、「人見知りするってことは、親と他人の区別がついているっていうことですから」と続けそうになったところで言葉に詰まる。

親と他人――

「さすがだなあ」

繭子の夫は、両目を細め、繭子を見てからもう一度私に向き直った。

「たしか保育士さんなんですよね？」

「あ、そうなんです」

緊張した笑顔に、私も反射的に笑顔を返す。そこまでは滑らかな流れだったのに、そこで唐突に間が空いた。この会席料理店の個室は前回の顔合わせで使った産院の会議室よりもずっと狭いのに、前回よりも広く感じられて落ち着かない。なぜだろうと思いかけて、今日は弁護士の塚田さんがいないからだと思い至った。間を埋める言葉の数が圧倒的に足りない。

すがるような思いで哲平を見ると、哲平はじっと航太を見続けていた。その真剣すぎる横顔に心臓が小さく跳ねる。咄嗟に「でも」と言葉を紡いでいた。

「こんなことになって、働いてる場合じゃなかったんじゃないかって思ったりもしていて」

そう口にしてしまってから、失言に気づく。子どもたちは、まだ何も知らない。絶対に悟られることのないようにと気を張ってきたはずだったのに、何を言っているのか。

「郁絵」

哲平が咎《とが》める声を出し、目線だけで石田夫妻に謝るような仕草をする。繭子の夫は動転した表情をしていたものの、すぐに強張った笑顔に戻った。

「じゃあとりあえず、座って注文しますか」

言われてようやく入口近くに立ったままだったことに気づく。石田夫妻が先に進み、私たちがそれに続く形で席へ向かった。やっと全身が見えた航太は、ほとんど私たちの視線から逃げるようにして小走りに両親を追い越す。

その姿に、胃がずんと重くなった。仕事で人見知りをする子どもを相手にすることは珍しくない。さっきも繭子の夫に告げたように、人見知りをすることは発達上大切なことだし、いくら血が繋がっているとはいえ、航太にとってはほとんど初対面に近い大人でしかない以上、いきなり心を開かないのは当然だ。そう自分に言い聞かせる。

写真を見たときには似ていると思ったのに、顔を合わせると自分の子だという感じがしなかった。いや、顔を見ればまた違うのかもしれないが、そもそも航太は顔を見せようともしない。

「ママ」

航太の甘えたような声が耳についた。

「どうしたの、こうちゃん」

繭子が囁くような小さな声で答える。

「ほら、どれ食べる？　おいしそうだよ」

その声を聞いて、そう言えば繭子の声を聞くのは久しぶりだということに気づいた。前回、子ども抜きで会ったとき、繭子はひと言も言葉を発していなかった。こんな声だったっけ、と微かに胸がざわつく。繭子の声は、思っていたよりも少し低く、ゆっくりで、柔らかかった。

「これ、お皿が電車の形じゃない？」

「あ、ほんとだ！」

それまで口の中でこもっていた航太の声が、ふいに澄んで跳ねる。

「こうちゃん、これがいい！」

航太は顔を上げて繭子に笑顔を向けた。

その瞬間、あ、という声が喉の奥で詰まる。

私は、この子を知っている——そう思った。実際に会ったことは、まだ数えるほどしかない。それも、前に会ったのは赤ちゃんの頃で、今とは顔立ちも全然違っていたはずだ。なのにそれでも、他人じゃないとわかってしまう。糸のように細められた一重まぶた、日に焼けた濃い肌色、黒く真っ直ぐな髪——この子は、私が子どもの頃にそっくりだ。

「航太くん、電車が好きなんだ？」

哲平が、上体を前に乗り出して訊いた。航太はびくっと肩を揺らし、繭子に身を寄せる。

「そうなんです。特に特急電車が好きで」

航太の代わりに答えたのは繭子だった。哲平は、へえ、と声を弾ませる。

「やっぱり男の子だなあ」

「璃空くんも電車が好きなんですか？」

すかさず繭子の夫が言葉を挟んできた。好きかと訊かれればまあ好きな方なはずだ。「はい」と答えようと口を開いた途端、

「ううん、ぼくはえほんのほうがすき」

と璃空が自分で答えた。

「あ、でもでんしゃのずかんはすきだけど」

「ほんと、璃空くんはしっかりしているなあ」

繭子の夫が感心したように目を丸くする。璃空ははにかむでも得意がるでもなく、会話は終わったというようにメニューを見下ろした。

「ねえ、おかあさん。ぼく、このてんどんがいい」

「おこさまランチじゃなくていいの？」

「うん」

璃空は迷いなくうなずいてメニューを閉じる。それから紙ナプキンで折り紙を始めた。この場の空気を感じ取っているのかいないのか、黙々と兜を折っては「できた」と見せてくる。そのたびに繭子の夫が「すごい！　上手だなあ！」と声を張り上げて褒め、璃空は「もうそろそろやめなさい」と私が声をかけても構わずに新しい紙ナプキンに手を伸ばした。

もしかして、璃空ははしゃいでいるのだろうか、と気づいたのは璃空が四枚目の紙ナプキ

ンを引き出したときだ。

普段から、褒められても表立っては喜ばない子だった。それ以外の嬉しいときには笑顔を見せてはしゃいだ声も出すのに、照れくさいときはむしろ涼しい表情を作る。とにかくはしゃいでいることを悟らせまいと意地を張っているようなところがあって、それまでは笑顔だったのに急に澄ました表情に変わるから、むしろわかりやすいと哲平とこっそり話して笑い合ったこともあった。

今も、表情はつんと取り澄ましている。だが、璃空にしてはあからさまに舞い上がっていて、初対面である繭子の夫にも璃空の本心は伝わっているようだった。

璃空が兜を繭子の夫に渡す。

「お、くれるのか？」

「うん」

璃空がうなずいた瞬間、航太がちらりと父親の顔を見た。けれど繭子の夫はその視線には気づかず、璃空の作った兜を持ち上げてまじまじと見つめている。

「やっぱり保育園に行っているとしっかりするんですかねえ」

しみじみとつぶやくと、慣れた動きで航太の頭に手を置いた。

「うちのは、どうも引っ込み思案で」

「航太くんは、幼稚園は？」

哲平が、世間話のようなリズムで尋ねる。

「まだ行ってないんです。三歳のうちは家で育てようってことで二年保育にすることにしていたので」

何気なく答えかけた繭子の夫の声が、後半微かに淀んだ。それだけで、和やかになりかけていた雰囲気が一気に現実に引き戻される。

繭子はずっと子どもと一緒の時間を過ごしてきたのだと思うと、胃が重くなるのを感じた。繭子は子どもを誰にも預けず、離乳食もイヤイヤ期への対応もオムツ外しも全部自分でやってきたのだろう。子どもとたくさんの言葉を交わし、たくさんの思い出を作り、子どもを中心とした生活を毎日確実に積み重ねてきたのだ。

私だって、と口の中に溜まった唾を喉の奥へ押し込みながら思う。私だって、やろうと思えばできたはずだ。離乳食もイヤイヤ期への対応もオムツ外しももう幾度となく何十人もの子どもたちにやってきたことなのだから。そう嚙みしめるように思い、けれど璃空にはやらなかったのだという事実が同じ強さで跳ね返ってくる。そして次の瞬間、本当にやればできたのだろうか、という思いが胸に滲んだ。

私は、一日の間の数時間ですら、璃空と過ごす時間を大切にすることができなかったのに。

何も知らなかった頃だけじゃない。私は、取り違えの事実を知ってもなお、もし璃空を向こうの両親に返さなければならないことになったとしたら後悔するのだろうと思いながら、それでも璃空を預けて働いていた。

会食の間、会話を交わしていたのはほとんど夫たちだけだった。繭子はずっと航太の世話ばかりしていて、気づけば私もまるで張り合うようにして璃空に声をかけてばかりいた。

繭子と話したいと思っていたのに、結局話す気にはなれなかった。第一、取り違えの話を子どもたちの前でできない以上、本当に聞きたい話は聞けるはずもない。世間話をしようにも、それはそのまま子どもについての情報交換になってしまうような気がした。

食事を終えると航太が帰りたいとぐずり出し、その流れで解散することになった。繭子に抱き上げられた航太の姿がエレベーターへ消え、思わずホッと息を吐く。その途端、涙がふいに込み上げてきそうになって、慌てて頰の内側を嚙んだ。

私には無理だ、と思う。

あの子の母親になんて、なれるはずがない。今まで生きてきた間ずっと、母親を世界のほとんどすべてにして生きてきただろう子どもが、今さら別の母親に慣れるわけがない。

あの子はきっと、声がかれるまで泣き続けるだろう。これまでの母親を恋しがり、私の腕を振り払って、前の家に帰ろうとするはずだ。

泣き疲れて眠るまでなだめ続け、また起きた途端、繭子を求めて泣き出すだろう航太をなだめ続ける。そんな日々を何度過ごせば、航太は繭子を忘れるのだろうか。一カ月？　二カ月？　半年？　それとも、いつまで経っても忘れることはないのだろうか。

そう考えると、もうこのまま二度と航太とは会わない方がいいような気もした。今ならまだ、引き返せるかもしれない。何も知らなかったことにして、航太のことは忘れて、今まで通り璃空を育てていけるかもしれない。

だけど、これ以上会ったらそうもいかなくなる。最終的に交換しないという道を選んだとしても、航太のことは忘れられなくなるだろう。それとも、忘れようとしてはいけないんだろうか。私は母親として覚えていてあげるべきなんだろうか。もう二度と会えなくてただ苦しい思いをするだけだとしても？

二度目のエレベーターを待つ間、哲平は璃空に「航太くんは引っ込み思案みたいだから、今度は璃空から話しかけてやれよ」と言った。私は唇を開きかけ、閉じる。哲平をにらみ上げ、奥歯を強く嚙みしめた。決めていたのは、とにかく一度は航太に会うというところまでのはずだ。なのになぜ、今度という言葉が出てくるのか。

何も知らない璃空が、「うん」とあっさりうなずく。

チン、という軽快な音と共にエレベーターのドアが開いた。璃空と哲平が先に乗り込んでいく。動けずにいる私を璃空が不思議そうに振り返り、私も慌てて乗り込んだ。

十月十一日

目が覚めると零時を回っていた。

璃空を寝かしつけながらそのまま眠ってしまったのだと数秒遅れて理解する。

そっと布団から足を引き抜いて寝室を出ると、リビングへと続くドアからは微かな光と音が漏れていた。ドアの前でふいに足を止める。

真っ暗な廊下、木枠で囲われたすりガラスから染み出てくるリビングの光、バットがボールを打つ澄んだ音と、それに続く歓声とアナウンス——そのむせ返るような記憶の匂いに飲み込まれそうになった。おかあさん、という響きが口の中に浮かんで、それが幼い頃の記憶なのだと気づく。

トイレに起きてきて、子ども部屋に戻る前に見たリビングのドア。温かな光と音がまぶしくて、泣きたいような心細さを感じた。ドアノブに手を伸ばし、寸前で留まる。もう小学生でしょうと笑われる気がして——そう、あれは小学校に上がったばかりの頃だった。もうほとんど覚えていない断片的な記憶。けれどそれが少なくとも六歳よりも大きい頃のものだということに衝撃を受ける。

その前の記憶は、どうしたのだろう。今の璃空と同じくらいの——四歳までの記憶は。大ぶりのいちごを手に満面の笑みを浮かべている幼い自分の顔が浮かび、動物園の象の檻の前で口を大きく開けて泣く顔が浮かぶ。どちらも自分の顔を覚えている以上、自分の記憶のはずがない。アルバムに入っていた写真の記憶だ。

気づけば、目の前のドアを開けていた。

ソファにほとんど寝転がるようにもたれていた哲平が、首だけを持ち上げる。哲平は一瞬呆けたように目をしばたたかせ、手のひらで顔をこすりながら掛け時計を見上げた。

「ああ、もうこんな時間か」

喉に絡んだ声で言ってから咳払いをして上体を起こす。

「璃空は寝た？」

「うん、ごめんね。私も寝ちゃって」

「今日は何だかんだ疲れたよな」

哲平があくびを嚙み殺し、首を鳴らした。キッチンの冷蔵庫へ向かい、缶ビールを開けて勢いよくあおる。小さくげっぷをしてダイニングテーブルにつくと、もう一度缶ビールに口をつけてから、

「今日、どう思った？」

と切り出してきた。私はその率直な問いにどう答えていいかわからなくて、「どうって?」と訊き返す。すると哲平は、元から尋ねるよりも話し出すきっかけが欲しかったのか、「あんなに似てるとはなあ」と自ら答えた。

「正直、実際に会うまでは血が繋がってる子が別にいるって聞かされてもあんまりピンとこなかったんだけど」

「でも、交換はしないんだよね」

私はかぶせるようにして尋ねる。語尾を上げたつもりなのに、自分の耳にも言い張るように聞こえた。哲平が頬を強張らせ、手の中の缶ビールを見下ろす。

粘つくような沈黙が落ちた。

どうしたら、と手の甲に爪を立てる。どうしたらいいんだろう。どうしたら、この流れを止めることができるんだろう。

そう考えることで、私は否応なく気づかされてしまう。もう、周りは交換に向けて動き出してしまっているのだと。

絶対に交換したくないのであれば、一度でも会ったりなどするべきではなかったのかもしれない。私は、既に取り返しのつかない選択をしてしまったのではないか――

「だけどさ」

哲平は、宙をにらみつけていた。

「璃空を選ぶっていうことは、もう一人の、本当の子どもを選ばないってことなんだよな。今、ここで俺たちが交換する方を選べば、璃空がつらい思いをすることになるけど、もし俺たちがこのまま交換しなければ、今度は航太くんが、いつか本当の親に引き取ってもらえなかったっていう事実に苦しむことになるかもしれない」

「でも、」

「璃空だってそうだよ」

哲平が、私の言葉を遮って続ける。

「たとえば、璃空が大きくなって状況を理解したときに、どうして本当のことがわかってすぐに交換しておいてくれなかったんだって言われたらどうする？」

「それは……大きくなってからも、一生隠し通せば」

「本当にそれでいいと思うのか？」

一段冷えた哲平の声に、水をかけられたように身体の芯が冷えた。反動のように、頬にカッと熱が集まって、反発が湧く。——前に話したときには、交換しないことにするのなら璃空には一生言わないでおこうと決めたはずなのに。

何も知らなければ、何も変わらない。知らなければ、迷うことも悩むこともなくなる。だったら、その迷いも悩みもすべて親だけで引き受けようと決めたのではなかったか。

「ごめん、言いすぎた」

哲平は目線を下げ、下唇を噛んだ。けれどすぐに前歯を唇から外し、口を開く。

「だけどさ、このまま俺たちのもとで育て続けるってことは、璃空から本当の親のもとで育つ権利を奪うってことでもあるだろ」

哲平が息を吐く音が、大きく耳に響いた。

「今交換してしまえば、璃空もあの子も初めはすごくつらいだろうけど、時間が経てば経つほど本当の親のことしか親だと思わなくなる。でも、交換して元に戻さない限り、問題はずっと消えないんだよな。——だったら、それでも手放したくないっていうのは、親のエゴなんじゃないかな」

胸が強く痛んだ。見えない力で思いきり押されたように、震える息が否応なく漏れる。

——そうなのだろうか。

璃空が悲しむところなんて見たくないと思った。つらい思いなんてさせたくないと思った。けれど結局、私は璃空のためを思えていなかったんだろうか。

私は自らの身体を掻き抱いた。寒くはないのに、身体の震えが止まらない。

「郁絵は今まで、保育士としていろんな子を育ててきただろ」

哲平が、声のトーンを和らげて言った。私は、強張った首を小さく動かしてうなずく。これまで担任として関わってきた子どもたちの顔が次々に浮かんだ。面倒見が良くて寂しがりやな亜美ちゃん、口が悪くて甘えん坊な慶人くん、普段はひょうきんなのに人前で何かをやるのは苦手な玲二くん——一人として忘れたことはない。進級してクラスが替わってからも合同保育のたびに気にかけてきたし、卒園してからも園に遊びに来てくれた子が何人もいる。

「璃空のことも、そうだったとは思えないかな」

哲平は、静かな声をゆっくりと絞り出した。

「大切な子どもとして預かって、育ててきた。郁絵がいたから、璃空は今まで健やかに育った。だけど、いつかは本当の親に返す存在だった」

身体が指先まで痺れ、動かせない。突然、勢いよく涙が込み上げてくる。溢れ出てきてしまうのが怖くて、私は天井を仰いだ。

あの子たちと、璃空は違う。だけど——何が違ったというのだろう。

私は昼間、璃空を保育園に預け、他の子どもの面倒を見てきた。璃空と過ごした時間と、他の子どもと過ごした時間で言えば、もしかしたら他の子どもと過ごした時間の方が長いかもしれない。それでも璃空が特別だったのは——璃空が、私の子だと思っていたからだ。私が産み、私が人生に責任を持ち、これからも育て続けていく子どもだと。

ふいに、哲平に抱き寄せられた。

食いしばった歯の間から漏れるような声が、頭上から聞こえる。

「何でだろうな」

「何で俺たちの子だったんだろうな」

その初めて聞くような声音に、全身が熱くなった。

泣きじゃくりで肺が跳ね、上手く息ができない。背中に回された腕に、力がこもる。哲平が洟をすする音が耳元で響き、私はそれを聞きながら彼の背中に腕を回す。

シャツの布地を強く握りしめた途端、哲平が一際大きな嗚咽を漏らした。

十月十二日

弁護士に連絡しないと、と先に言い出したのは哲平だった。それに対して私は、話すのは自分にやらせてもらえないかと頼んだ。

交換したい、ではなく、先方が望むのなら交換するしかないのだと思う、という言い方で伝えたかったからだ。

まだ、希望を捨てきれなかった。もし、繭子たちが交換に反対したなら。そうすれば、私たちの決断とは関係なく、今のままでいることができる。

そして、その可能性は低くないような気がしていた。繭子は、子どもたちを含めて会ったときもほとんど璃空の顔を見ていなかった。たとえ繭子の夫の方は交換を望んだとしても、彼女がそれに賛成するとは思えない。

彼女がもし反対したら、と祈るようにシミュレーションを繰り返しながら携帯を握る手に力を込めた。隣の哲平と視線を合わせ、生唾を飲み込む。

塚田さんは数秒の間を置いてから、「実は」と低い声で言った。

「既に石田様からも交換をというご連絡をいただいているんです」

え、と思わず訊き返す。

「繭ちゃんが？　交換するって言ったんですか？」

「ええ、平野様がよければ、と」

脳裏に、繭子の横顔が浮かぶ。航太に向かって柔らかく細められた、形の良い二重まぶた。

――旦那さんの考えなんだろうか。

おそらくそうなのだろう、と思った。けれど、それでも繭子がそれに反対しなかったということが信じられない。

なお、と塚田さんが躊躇いがちに続ける声が携帯からくぐもって聞こえた。

「石田様としては、できれば交換後はまったく新しい土地に居を構えたいとおっしゃっています」

新しい土地、と私はオウム返しにつぶやく。それがどういう意味なのか、すぐには飲み込めなかった。

交換する以上、今の家に住み続けるべきではないというのはわかる。私だって、璃空を育ててきたこの家で航太を育てる気にはなれない。璃空が走り回ってぶつかってたんこぶを作ったリビングの角の柱、璃空が落書きをしたままの洋室の壁紙、璃空がやっと百まで数えられるようになったばかりの浴室、璃空とビニールプールを出して遊んだベランダ、璃空と並んで毎晩見上げてきた寝室の天井――あらゆる場所に璃空の思い出が刻み込まれている。そこに上書きされるように航太の記憶が積み重なっていくなんて耐えられない。

それに、この家に住み続けながら子どもを交換したりすれば、同じマンションの人たちにも事情を知られることになるはずだ。これまで特に親しいつき合いをしてきた人はいなかったが、五階に璃空と同じ保育園に子どもを通わせている母親がいる。立ち話くらいは何度もしたことがあるし、子ども同士は学年は違うもののお互いの両親の顔まで覚えていて、璃空のお迎えに行ったとき、「あ、リクくんのママだ。リクくんはまだおへやでごほんよんでるよ」と声をかけられたことがあった。もし私たちが璃空ではない子どもを連れて歩いていたら、あの子が異変に気づかないわけがない。

きっと繭子たちも同じ気持ちなのだろう。子どもたちにとっても親にとっても、新しい場所でまた一から始めていけるのなら、その方がいいに決まっている。

私は自分に言い聞かせるように思いながら、呼吸が浅くなっていくのを感じた。自分でもどうして今になってさらにここまで動揺しているのかわからなかった。少しして、自分がどこかで交換しても璃空と会い続ける方法があるんじゃないかと考えていたのだと気づかされる。

たとえば、二世帯住宅のように隣同士に住んで、二組の親子で大きな一つの家族を作る。それが無理でも、今こうして休日に二家族で会っているように、交換後も二家族で会える時間を作る。そんなふうに漠然と考えていた方法を、先方は考えていないらしいとわかって打ちのめされると同時に、それもそうだとも思う。

今までの親に会い続けている限り、子どもたちが新しい親に慣れる日は来ないだろう。いつまでも前の家に帰りたいと泣き続け、前の親を恋しがり続けることになるはずだ。

それは、保育士として働いてきた経験からも言えることだった。他の園から転園してきた子は、子どもの年齢や性格にもよるが大抵は数カ月もすれば前の園のことは忘れて新しい園に慣れる。何カ月経っても慣れず、「前の園がいい」と泣く子の親に話を聞いてみると、いまだに休日は前の園の友達と遊んでいたりする。とにかく早く子どもたちに新しい生活に慣れてもらうためには、たとえ荒療治になっても一気に環境を変えてしまった方がいいのだ。

そう頭ではわかるのに、気持ちがついていかない。

「私どもとしましても、石田様のお気持ちはもっともだと思いますし、そのためにかかる引っ越し代やご自宅の転売経費や差額は今回の件から発生する損害の一部であろうと考えています」

塚田さんはゆっくりと、一つ一つの言葉をはっきり発音しながら説明した。

そうしたことも含めた損害についてはすべて産院が補償するつもりがあること、転売がスムーズにいかない場合には相場額で産院が一度買い取るのも可能なこと、他にも何かあればできるだけ力になりたいと思っていること。

ふいに音が遠ざかっていくのを感じた。携帯を持った手から力が抜ける。肘を曲げたままにしているのがひどく重く感じられて、重力に押し負かされるようにテーブルに手の甲を下ろした。哲平が弾かれたように顔を上げるのが視界に入る。

哲平は私から携帯を引き取った。そのまま携帯を耳に当て、「すみません、お電話代わりました」と口早に言う。携帯から慌てた声が返ってくるのが微かに聞こえたけれど、その先はもう聞こえなかった。

電話を切った後は、哲平も私もしばらく無言だった。座り直す気力も湧いてこなくて、ダイニングセットの椅子に並んで座ったまま携帯を見つめる。

新居か、とやがて哲平がつぶやいた。

「もうこうなったら、通勤時間とか実家からどのくらい離れてるとかは置いておいて、とにかくこの街自体から離れるべきなんだろうな」

哲平は私に語りかけるというより、ひとり言のように続ける。

元々京成高砂駅を最寄り駅に選んだのは、哲平の実家があったからだった。葛飾区という土地柄ゆえか、都心への通勤時間が短い割に都会的な空気はなく、かと言って柴又のような昔ながらの街並みが残されているわけでもない。老舗の個人商店もあるけれど大きなスーパーもあり、亀有へ足を延ばせばアリオもある。日常生活で必要なものは大抵自転車圏内で調達でき、私も哲平の実家に遊びに来るたびに住みやすそうだなと感じていた街だった。

哲平の職場がある新橋へも京成線と相互乗り入れしている都営浅草線で一本だし、共働きをするのであれば親が近くにいてくれることは何かと心強い。結婚当初からそう話し合い、家を買って自宅から自転車で二十分ほどの今の保育園で働き始めたのだった。

だが、子どもを交換するのであれば、私は働き続けるわけにはいかなくなるだろう。一刻も早く離れていた時間を取り戻さなければならないのに、航太を人に預けて働くわけにはいかない。仕事を辞め、違う街へ引っ越し、新しい家で航太と一日中過ごさなければ、母親だと思ってもらうことなど不可能だと思えた。

どうせ辞めるのなら、すぐにでも退職したい、と私は言った。残された時間をせめて璃空と過ごしたい。こんな精神状態で人の子どもを預かる気にはなれない。私の言葉に、哲平は「まあ、そうだよな」とうなずき、長くため息をつく。

「俺も、できるだけ休みを取るようにするよ」

話しているうちにまた涙が出てきて、今、こうしている間にも璃空を保育園に預けてしまっていることが取り返しのつかないことに思えた。璃空の前で話せない話題である以上、璃空を誰かに預けてから話すしかない。けれど、そうしながらも、残された璃空との時間は過ぎていく。

十四時過ぎ、私たちは耐えられなくなって璃空を迎えに行った。

「あれ、きょうもおとうさんとおかあさんだ」

驚いたように言いながら教室の入口まで駆けてくる璃空を、私は両腕を伸ばして抱きとめる。

「どうしたの？　きょう、なんかあるの？」

璃空の弾んだ声が耳のそばで聞こえた。唇がわななきそうになるのを堪えながら、「何しよっか」と小声で口にする。

「なにしようかって？」

璃空は目をしばたたかせた。私は勢いをつけて璃空を抱き上げ、奥にいる先生に挨拶をしてから教室を出る。

「璃空がしたいことしよう。何がしたい？」

「えー？」

「何でもいいぞ」

哲平が言葉を挟んだ。

「おいしいものを食べに行くんでも、映画を観に行くんでも。そうだ、この時間ならプラネタリウムも行けるな」

「ぼく、えほんよみたい」

私と哲平は顔を見合わせる。エントランスの前で璃空を下ろすと、哲平は腰を屈めて璃空の顔を覗き込んだ。

「せっかくお父さんとお母さんがいるんだぞ？　そしたら三人で公園にでも行くか？」

「ううん、えほんがいい」

璃空は、小さな頭を横に振る。それから、満面の笑みを浮かべて私たちを見上げた。

「ぼくがまんなかでね、おとうさんとおかあさんによんであげる」

十月十六日

二回目の面会は、水元公園のバーベキュー場ですることになった。

元々家族で利用するために予約していたという繭子の夫は、既に何回か利用したことがあるのか、勝手知ったる様子で手続きを済ませた。

「ここ、いいんですよ」

バーベキュー用グリルに手早く食材を並べながら、私たちを振り向く。

「器材だけじゃなくて食材や調味料や紙皿までセットになっているから、本当に手ぶらで来られるんです」

「ねえ、ママ。ぼく、にんじんたべたい！」

前回会席料理店で会ったときには繭子の陰に隠れてばかりいた航太も、今回は打って変わってはしゃぐような声を出した。

「今焼いてるからちょっと待ってね」

繭子が柔らかく微笑みかけ、トングでにんじんを裏返す。シャツの袖を肘の上までまくり上げた繭子の夫は、「航太」と声を張り上げるようにして呼んだ。

「璃空くんにもソーセージどうぞってしてこいよ」

言いながら紙皿に焼けたソーセージを載せて渡す。一瞬、航太は戸惑うような素振りを見せた。自分から他の子どもに関わるということに慣れていないのか、救いを求めるように繭子を見上げる。繭子が小さくうなずくと、意を決したように唇を引き結び、璃空の前まで来た。どうぞ、と消え入りそうに小さな声で言って皿を突き出す。

璃空は「ありがとう」と受け取り、指先でソーセージの熱さを確かめた。端の方にかじりつき、やはり熱かったのか顔をしかめて口から出す。

すると航太が「ねえ、ママ」と繭子の袖を引いた。

「リクくん、あつかったみたい。まほうつかってあげたら？」

「まほう？」

航太の言葉に、璃空が首を傾げる。私も何のことだろうと思って繭子を見ると、繭子は「いえ」と伏し目がちに言った。

「ただふうふうするだけなんですけど、うちでは魔法って言っていて……」

「かして」

航太が璃空からソーセージの皿を受け取り、繭子に手渡す。繭子は腰を屈め、「これはちょっと難しいから待っててね」と璃空に言うと、紙皿の上で器用にソーセージを切り分け、

「ちちんぷいぷい、あつくなくなーれ！」と言って息を吹きかけた。

「はい、どうぞ」

璃空はきょとんとする。うちでは息を吹きかけてあげたりはしないし、それを魔法とは呼んでいないのだから当然だ。熱いのなら、息を吹きかけながら少しずつ食べる。それくらい、四歳の璃空にはもう自分でできる。

璃空はほんの少し躊躇いがちに紙皿を受け取り、恐る恐るソーセージの一欠片を口に含んだ。

「どう？」

航太が期待を込めた目で訊き、璃空が「あつくない」とうなずく。

「ね。ママはなんでもできるんだ」

誇らしげに言う航太に、胸が痛くなった。この子は、本当に今の母親のことが好きなのだ。四年間ずっと一緒にいて、こうやって育てられてきたのだろう。困ったときは何でも母親が何とかしてくれて、それを信じて疑ったことなど一度もなくて――次の瞬間、航太が私の視線に気づいてパッと繭子の後ろに隠れる。

思わず頬が引きつった。ちょっと過保護なんじゃないか、という思いが浮かぶ。何でもかんでも母親がやってあげているから、この子はこうやって母親がいないといられない子に育っているんじゃないか。これじゃ、航太がいつか困ることになる――そこまで思いかけて、自分の中の感情に気づかされる。

私だって、もっと璃空と一緒にいてあげたかった。私だって、もっと甘やかしてあげればよかった。どうせずっと一緒にいることができないのなら――涙が込み上げてきそうになって、慌てて皿の上で冷めたカルビを口の中へ押し込む。

子どもたちのために途中で肉と野菜を焼くのを切り上げて焼きそばを作ったが、航太は半分ほどで「ごちそうさま」と言い出した。

体格はそれほど悪くないのに、食が細い。璃空は痩せている割によく食べる子で驚いていたが、考えてみれば私も哲平もあまり食べる方ではない。食べない割には筋肉質なタイプで、少し食べすぎるとたちまち体重も増えてしまう方だった。見れば、繭子は身体に無駄な肉がほとんどついていない。体形に気をつけているというよりも、食べても太らないタイプのように見えた。

なぜ、気づかなかったのだろう、とまた思う。きっと傍から見れば、私たちの子どもは航太にしか見えないはずだ。

「ねえ、おかあさん。あっちでムシみてきていい?」

おかわりした焼きそばも食べ終えた璃空が、テーブルに紙皿を置く。

「いいけど……」

思わず口ごもると、繭子の夫が「お、じゃあ航太も虫見にいくか」と身を乗り出した。航太は両親を見比べたものの、小さくうなずく。

璃空は保育園のときの癖なのか、航太の手を取って歩き始めた。

「さすが璃空くん、しっかりしてるなあ」

繭子の夫も一緒についていくのかと思ったが、結局子どもたちを見送る形でつぶやく。その視線の先で、早速何かを見つけたらしい璃空が「あ！」と弾んだ声を上げた。

「ずかんにのってたやつ！」

目を輝かせた横顔を見て、最初に思ったのは、フォトアルバムに使える、ということだった。写真を撮ろうとエプロンのポケットから携帯を取り出し、けれど四歳の璃空の写真を集めたフォトアルバムを作ることはもうないのだと気づいて動きが止まる。

「子どもって、すごいよな」

そうつぶやいたのは哲平だった。

「見ろよ。もう仲良くなってる」

言われてみれば、璃空と航太は二人で歓声を上げながら虫を追いかけ、笑い合っている。

焦げ茶色、赤、ベージュ、黄色、オレンジ、山吹色——鮮やかな落ち葉の絨毯の上で、並んでしゃがみ込んでいる二つの小さな背中。

気づけば、ベンチには大人四人だけが残っていた。子どもたちの様子は見えるものの、声は聞き取れない距離まで離れている。今のうちに何か話しておいた方がいいことがあるだろうか、と考えた途端、

「……補償について、聞きましたか」

と繭子の夫がひそめた声で切り出してきた。

私と哲平はハッと顔を上げる。一応、と哲平が答えると、繭子の夫は手首に巻いた腕時計の文字盤を指先で拭った。

「比較的良心的な産院なんでしょうね」

そこまで言ってから、慌てたように「いえ」と続ける。

「もちろん、お金の問題ではないんですけどね。ただ……実は、僕の父が弁護士をやっていまして、それで今回のことについても相談してみたんですけど……正直、過去の裁判例からすれば判明するまでが四年だとなるとそれぞれの賠償額が数百万円でもおかしくないだろうという話でした。当然、裁判という形で情報が拡散していってしまうことがないようにできるだけ示談で収めたいという思惑もあるのでしょうが、それにしても賠償金とは別に家の買い替え費用まで補償するというのは、それなりの誠意と受け取っていいのではないかと言う

んです」

私は思わず、繭子を見た。けれど彼女は既に聞かされていたことなのか、無表情のまま顔をうつむけている。

きっと、こうやって繭子の夫は父親の意見を聞きながら交換すべきだという結論を出したのだろう。だからこそ、彼女も反対することができなかったのではないか。

「あの、新しい土地での生活を考えられていると聞いたんですが」

哲平が、慎重な口ぶりで尋ねる。

繭子の夫は「はい」とすぐに短くうなずいた。

「泉岳寺《せんがくじ》の方に僕の実家があるので、その近くに、という話になっています」

もうそこまで考えているのか、と驚いたところで、「平野さんは？」と返される。

「私たちは、まだ何も……」

哲平が気圧されたように答えると、繭子の夫は二回まばたきをした。

「でも、遅くとも新年度には間に合わせないと」

そんな、と私は咄嗟に言い返す。

「三月までなんて、いくら何でも……」

「だけど、四月からは年中でしょう？　そのタイミングで新しい幼稚園に入れた方が子どもにとってはストレスが少ないですよね」

「おとうさーん！」

璃空の声が聞こえたのはそのときだった。私たちはすばやく笑顔を貼りつけ、子どもたちに向き直る。

「おう、どうした璃空」

哲平がほんの少し芝居がかった口調で言いながら席を立ち、璃空の方へ向かって歩き始めた。繭子の夫も、数秒遅れてそれに続く。

つられるようにして、私と繭子もテーブルを離れた。けれど子どもたちの方へと足は動かない。私は携帯を持ち直し、シャッターを切った。カシャ、本物のシャッターを模した電子音が鳴り、四角い画面に切り取られた光景が表示される。航太の手が、璃空の肩を叩く。璃空が振り返り、二人が見つめ合うような形になる。カシャ、カシャ、カシャ――

「……大きくなったよね」

気づけば再び手が止まり、声が漏れていた。

視界の端に、繭子が顔を上げるのが映る。

「前に会ったときは、まだ二人とも赤ちゃんだったのにね」

まぶたの裏に蘇っていたのは、当時の記憶ではなく、取り違えが判明した後に見た節分のときの写真だった。目の前で走り回っている二人の子どもの姿と重なり合うようにして、並んで座っていた姿が浮かぶ。

「まだ何もしゃべれなくて、ごはんだっておっぱいか離乳食しか食べられなかった子たちが、こんなふうに自分で食べたいものを言葉で話したり二人で遊んだりするようになるなんて、あの頃は思いもしなかったよね」

うん、というかすれた返事が聞こえた。私は子どもたちへ視線を向けたまま口を開く。

「璃空、楽しそう」

璃空は顔を輝かせて半歩先の地面を指さしていた。航太が蛙のようにぴょこんと跳ねる。璃空が別の方向へと跳ね、地面に這いつくばる。

「あんなに喜ぶなら、もっとこういうところに連れてきてあげればよかった」

語尾が震えてしまい、咄嗟に頬の内側を噛む。

航太が、満面の笑みで駆けてきた。ママ、おててだして。得意げに言って、繭子の華奢な手のひらの上で拳を広げる。パラパラと転がったのは丸まったたくさんのダンゴムシで、私は思わず後ずさった。

「ママにあげる！」

航太は弾んだ声で言い、そのまままた林の奥へと駆け出していく。

私が繭子の手のひらに視線を戻すのと、丸まっていたダンゴムシが身体を伸ばし始めるのがほとんど同時だった。ひ、というかすれた声が私の喉から飛び出す。

繭子はその場にしゃがみ込んで手をそっと地面に近づけた。手のひらを傾けるとダンゴムシがパラパラと落ち葉の上へと転がっていく。

私は、見たくないからこそ目が逸らせずにその動きを視線で追った。すると、コンクリートの上でもがくように蠢くミミズが目に飛び込んでくる。私はびくりと肩を揺らし、繭子の横顔を見た。けれど、繭子は静かな表情のままミミズを見下ろしている。

——虫が平気な人なんだろうか。

私は肌が粟立った二の腕をさすりながら、繭子と落ち葉の上を見比べる。

だが、次の瞬間、繭子は大きな落ち葉を使ってミミズをすくい上げた。そのまま、手がミミズに触れてしまうことを嫌がるようにすばやく葉を引っくり返してミミズを土の上に落とす。

——やっぱり、繭ちゃんも本当は虫が苦手なんだ。

それでも航太はそれを知らないということは、きっと、航太の前では一度も虫が苦手なそぶりさえ見せてこなかったのだろう。——航太は、虫が好きだから。

「……繭ちゃんって、いいママだよね」

私は航太の背中を見つめながら言った。

「航太くんを見ていればわかるよ。繭ちゃんは、きっとすごく大切に航太くんを育ててきたんだって」

鼻の奥が鋭く痛む。涙が目頭からこぼれ、慌てて拭った。繭子が短く息を吸い込む音が響く。

「郁絵さん、わたし……」

「繭ちゃん、最初に取り違えについて聞いた日のこと、覚えてる？」

私は、身体の脇で拳を握りしめた。

「たとえばあの日、朝ごはんには何を作ったのか」

朝、どんな言葉を璃空と交わしたのか。保育園に預けるとき、璃空はどんな表情をしていたのか。仕事中にはどんなことがあって、何かの拍子に璃空のことを思い出す瞬間はあったのか。

「私、何も覚えてないの」

もう一度、涙がぽろりと落ちた。だって、これからもずっと繰り返すことになるのだと信じて疑わなかったから。それまでと変わらない、何でもない一日になるはずだったから。どちらも言い訳でしかないことを、私は知っている。

早く泣きやまなければ、と思った。子どもたちに気づかれる前に早く。けれど、もう堪えられなかった。

「バチが当たったのかもしれない」

私は、吐き出すようにして言う。

「私が、いい母親じゃなかったから……」

そこまで言って、繭子が息を呑んだ小さな音に、違う、と思い直す。バチが当たるんだとしたら、私だけのはずだ。

私はポケットからハンカチを取り出し、両目に押し当てた。

「ごめんね、変なこと言って」

繭子が細かく首を振る。それから一度動きを止め、弾かれたように顔を上げた。

「あの、郁絵さん、」

「おかあさん！」

声の方を見ると、璃空がこちらを振り向いていた。私が泣いていることに気づいたのか、顔色を変えて駆けつけてくる。

「どうしたの？　ケンカしたの？」

不安そうな表情で私と繭子を見比べた。気づけば、夫たちもこちらを振り向いている。私はわざと乾いた笑い声を上げてみせた。

「違う違う、ちょっと煙が目に染みちゃっただけ」

璃空はそれでも不思議そうにもう一度繭子を見てから、踵を返す。

「ごめんね、こんなところで話すことじゃなかったね」

私は笑顔を作ったまま繭子に謝ると、ハンカチを丸めて携帯を構え直した。間を埋めるためにシャッターボタンを押す。

撮れた写真は、ピントが少しずれていた。

十月二十一日

残念だけど仕方ないわよね、と園長に言われた瞬間、内臓をざらついた何かで直接撫で上げられたような感覚が込み上げた。

「それで、すぐにでも何かをしないといけない状態なの？」

「え？」

思わず訊き返すと、園長は「えっと」と言い淀んでから、「ほら、手術とか」と続ける。

胃がぐんと重くなった。子どもの病気が判明したから退職して育児に専念したい——自分がたった今ついたばかりの嘘が、喉を締めつける。

「ええ……まずは入院して、詳しい検査をしてから」

絞り出すようにしてそれだけ言うと、園長は「そう」と顔を曇らせた。

「大変ね」

その口調からは言葉以上に心配してくれていることが伝わってきて、本当のことを話してしまいたくなる。園長に聞いてほしかった。その上で、私はこれからどうすればいいのか教えてほしかった。いや、教えてくれなくてもいい。ただ、そんなことがあったのと驚いて、今のように「大変ね」と言ってもらいたかった。

だけど、園長に話せば、取り違えの話が外に漏れてしまうことになる。そう軽々しく噂にしたりはしない人だというのはわかっているけれど、それでも完全に自分一人の胸の中に留めておける人でもないはずだ。たとえば園長が旦那さんに話し、旦那さんが職場の人間に話したら？　その職場の人からすれば、見も知らぬ他人の話だ。興味本位で話題にするだろうし、SNSに書き込む人だっているかもしれない。もしそうなったら――それは、璃空や航太の今後の人生に、どんな影響を及ぼしてしまうことになるのか。

「平野さんはすごく優秀だし、私もいつも支えてもらっていたから、本当に残念」

園長は眉尻を下げてため息をつき、卓上カレンダーを引き寄せた。

「通常であれば、退職日のひと月以上前に申し出てもらうことになっているから日付としては十一月二十二日以降になってしまうけど……でも、事情が事情だから、何とか早めに退職できるように調整した方がいいわよね？」

「ありがとうございます」

声が震えてしまいそうになるのを、お腹に力を込めて何とか耐える。引き止められるとでも思っていたのか、と自嘲する思いが頬を引きつらせた。

園長が手続きについて説明をしていく。私はメモを取りながら、他の選択肢なんてないのだと自分に言い聞かせた。子どもたちを交換する以上、とにかく少しでも長く一緒の時間を過ごして航太に慣れてもらわなくてはならない。そうでなくても、航太はまだ幼稚園にも通っていなかったのだ。いきなり両親や家が変わって混乱するだろう航太を、その上さらに親元から離して保育園に通わせるなんてことができるはずがない。けれどそう思うそばから、だったらやっぱり交換しなければいいんじゃないか、という思いが浮かんできてしまう。交換しなければ、今までの生活と変わらない。

「それにしても、本当に残念だわ。平野さんには、再来年辺り園長を経験してもらいたいって話が出ていたんだけど」

え、という声が漏れた。

「……そう、だったんですか？」

「平野さんはクラス担任としての学級経営だけじゃなくて、園全体の行事や運営についてもすごくしっかりとビジョンを持って動いてくれていたでしょう？　実はね、私が再来年辺り姉妹園に異動するって話があるの。平野さんのお子さんもちょうど小学校に上がる頃でしょう？　それで、この園の園長を平野さんにって」

心臓が、強くつかまれたように痛む。

園長――ずっと憧れていた仕事だった。現場での経験をたくさん積んだら、いつかやってみたいと思っていた。まさか、そんなに早くチャンスが巡ってきていたなんて。

だけどお子さんのことだものねえ、と眉尻を下げる園長に、相槌を打つことすらできない。

拳を握りしめ、手のひらに爪を立てた。

こんなことで気持ちが揺らぐなんて、間違っている。保育士の資格自体がなくなるわけではないのだから、いつか子どもから手が離れたら、また保育士としてどこかで雇ってもらえばいいだけだ。――だけど、それはいつのことなのだろう。

自分がたった今手放してしまった糸が、大切な命綱だったような気がした。乾いた唇がわななくように開く。

ずっと、社会で必要とされながら働いている姿を子どもに見せたいと思ってきた。たとえ子どもの頃は寂しく感じることがあったとしても、いつか誇らしく思ってくれるときが来るはずだと信じていた。

それは、他の働くお母さんたちにも繰り返し口にしてきたことだ。大丈夫、子どもにとってはお母さんがいきいきしているのが一番ですよ。きっと、子どもが大きくなった頃、いろんなことを相談してもらえるお母さんになれるんじゃないでしょうか。

喉が、ごきゅりと音を立てる。鼻の奥に鋭い痛みを感じて、慌てて下唇を噛んだ。待って、という言葉が口から出てしまいそうだった。違うんです、本当はまだ迷っているんです。そう正直に言えば、園長先生はすぐに退職しなくてもいいようにしてくれるかもしれない。ひとまず休職ということにして――そうだ、何も今すぐに辞める必要はないのかもしれない。たとえばせめて、今年度が終わるまで、今受け持っている子たちの担任が終わるまでは責任を持つべきじゃないか。

私はあえぐように考える。

そうすれば、職場にだって迷惑をかけずに済む。そうすれば、仕事を辞められないことを理由に交換を先延ばしにすることもできるかもしれない。何も今すぐすべての逃げ場をなくさなくても――そこまで考えて、自分が使った逃げ場という表現にひやりとした。

私が、初めて自分でお金を稼いだのは、十六歳の頃だった。

最寄り駅前のファストフード店で週に三回。高校の授業が終わるや否や自転車で出勤し、二十二時まで働いても月にもらえる額は六万円ほどだったと思う。

けれど、そのお金で買って食べる一枚三百円のチョコレートは、それまでに食べたどんなものよりも甘くおいしく感じられた。当時、数駅先の輸入雑貨店でしか売っていなかった、ベルギー産のチョコレート。

何を食べても、どんな服やアクセサリーを買ってもいい。お金を何に使ったのか誰かに訊かれることもなく、自分なりに贅沢をしても誰にも申し訳ないと思う必要がない。

私が大学への進学ではなく保育士の道を選んだのは、何よりも保育士の仕事に魅力を感じていたからだ。だけど、きっと、その方が早く自分で稼いだお金で生活できるようになるという思いがあったことも無関係ではない。

まぶたの裏に、母の姿を思い浮かべた。熱を出して学校を休んだとき、友達とケンカをして涙を堪えながら家に帰ってきたとき、いつも家にいてくれたお母さん。いざというときに家にいてあげられる母親になれるのだと思おうとする。それ以上に大切な仕事なんてあるはずがないじゃないかと、そうも思おうとする。

けれど私は、「やっぱり」と口にしていた。

「あの……たとえば、せめて今年度いっぱいは続けるっていうのも」

「え？」

園長が目をしばたたかせる。

「大丈夫なの？」

「大丈夫というか、あの……やっぱりいきなりじゃ迷惑でしょうし」

語尾がしぼみ、視線が下へ落ちた。何を言っているのだろうと自分でも思う。これじゃ、支離滅裂だ。

ふ、と息を吐く音が正面から聞こえた。

「平野さんは本当に責任感が強いのね」

園長の柔らかな声音に、引っ張られるようにして顔を上げる。園長は、目尻に皺を寄せて微笑んでいた。

「あなたのそういうところが、この園を任せるのにふさわしいと思ったの」

手にしていたカレンダーを机に伏せて置く。私はうなずくこともできなかった。責任感、という言葉が頭の中で反響する。

「でもね、そんなこと気にしなくていいのよ。あなたはお子さんのことを第一に考えてあげて」

園のことを考えてくれてありがとうね、と続けられて、私は咄嗟にうつむいた。顔が歪みそうになるのを、奥歯を嚙みしめて堪える。

園長が、励ましてくれていることはわかっていた。私を案じ、応援し、許してくれているのだと。けれど、なぜだろう。その温かな言葉と表情すべてで、追い詰められているような気がする。

これは、責任感なんかじゃない。園のことを気にしているわけじゃない。だけど、そんなことは言えるはずがなかった。

——だって、母親であれば、何よりも第一に子どものことを考えてあげたいはずなんだから。

何と言って園長室を後にしたのかは覚えていない。気づけば教室のドアに手をかけていて、引き戸を開いた途端に子どもたちが振り向いた。

「あ、いくえせんせい！」

「どこにいってたのー？」

「せんせーいまね、おやつたべてたんだよ」

一斉に話しかけられ、その勢いに眩暈がする。

この子たちは、私が担任でなくなったとしても、何も問題はないだろう。しばらくは寂しがるかもしれないが、すぐに新しい担任に慣れて私を忘れるはずだ。今まで担任し、年度末まで面倒を見てきた子たちだって、そうだったのだから。

いくら担任の間は、いくえせんせい、いくえせんせいと慕ってきても、日常で会うことがなくなれば、子どもたちは本当に驚くほど簡単に忘れる。四歳児クラス、五歳児クラス、と年齢が上がるにしたがって少しずつ覚えている時間も長くなるけれど、それでも卒園後も遊びに来てくれるような子は稀《まれ》だ。

それでいいのだと思っていた。私たちは、親ではない。まずは健康に、安全に。そしてできるだけ小学校生活に無理なく溶け込んでいけるように最低限の習慣や知識や力を身につけさせていく。それが仕事だし、ある意味でどんな担任にもついていけるような子にするのが目標でもあった。

――だけど。

『大切な子どもとして預かって、育ててきた。郁絵がいたから、璃空は今まで健やかに育った。だけど、いつかは本当の親に返す存在だった』

哲平の声が脳裏に蘇る。

「せんせい、どうしたのー?」

「どこかいたいの?」

耳の近くで聞こえた声に、自分がしゃがみ込んでいたことに気づかされる。ううん、大丈夫。そう答えなければと思うのに、声を出すことができない。

## 二〇一七年一月十一日

朝は六時半に起きて、哲平と私と璃空の三人で朝ごはんを食べる。七時半、会社へ行く哲平を見送り、教育テレビを見せながら朝食の片付けと洗濯と掃除を済ませて図書館へ出かける。靴を脱いで上がる児童書コーナーへ入り浸り、璃空に請われるままに次々に絵本を読み聞かせ、買い物をしながら家に帰る。お昼を食べたら眠れなくても布団の中で一時間横になり、起きたらリビングのテーブルでお稽古タイム。はさみを使った工作をします。お絵描きをしてみましょう。今日は粘土遊びをします。毎日一つ、何かお題を設定して一緒に取り組み、完成した作品は壁やリビングボードの上に飾る。十八時からは夕食を食べ、お風呂には十九時前に帰ってくる哲平が入れる。二十時からは寝室に三人並んで絵本を読んだり歌を歌ったりして過ごし、二十一時前には電気を消して寝かしつける。

私が退職し、璃空も保育園を退園してから少しずつ確立してきた過ごし方を、璃空は「おうちがほいくえんになったみたい」と言って笑う。実際に私を「せんせい」と呼び間違えることもあり、哲平が「璃空もお母さん先生をひとりじめできて嬉しいよな」と言うと、「うん」と照れくさそうにうなずく。

今日、璃空は六時前に目を覚ました。私を乗り越えて一番先にリビングへ向かう。哲平が、

「璃空、もう起きたのか」と目をこすりながら上体を起こすのと、璃空の「しろ！」という叫び声が聞こえてくるのが同時だった。

「ねえ、おとうさんおかあさん、しろだよ！」

璃空は寝室まで駆け戻ってきて声を弾ませると、私たちの反応を待たずに踵を返す。

残された私たちは顔を見合わせた。

「しろって何だ」

「もしかして……雪のこと？」

私が口にした途端、哲平は「それだ」と手を打つ。二の腕をさすりながら顔をしかめた。

「道理で寒いわけだ」

リビングへ行くと璃空は窓にへばりついていた。そのまま、ぴくりとも動かない。

そっと真横に回り込んで横顔を覗き込むと、本当に文字通り目を輝かせていた。真っ黒いつぶらな瞳に真っ白な世界が映し出されている。

「結構積もったんだな、雪」

哲平の言葉に、璃空が弾かれたように振り向いた。大きく開いていた目をさらに見開き、再び窓に向き直る。

「ゆき」

「どうした、去年も降っただろ？」

哲平が苦笑しながら言い、窓を開けた。びょお、と冷たい風がリビングに吹き込んでくる。

私は思わずぶるりと全身を震わせた。

「ねえ、おかあさん。ゆきだるまつくれる？」

璃空が窓に額を押しつけたまま聞いてくる。

「んー、小さいのなら作れるかな。でも、まずはごはん食べちゃってからね」

私がそう答えると、不満そうに口を尖らせた。

「ごはん、さっきたべたよ」

「さっき？」

「うん、ごはんと、おみそしると、おにくと、とうもろこし」

璃空の答えに、哲平は小さく噴き出した。

「それ、昨日の夜ごはんのことだろ」

「え？」

「昨日、お風呂入ったり寝たりする前の話だろ？」

哲平がそう言い換えても、ピンときていないように眉根を寄せている。

「でも、さっきおかあさんが、ゆきがふったらゆきだるまつくろうねっていってたよ」

「え？」

今度は、私が声を跳ね上げるところだった。たしかに、そんなことを言った覚えはあるが、それは昨日の夜どころか一週間以上前の話だ。

私は璃空の前に膝をつき、あのね、と言おうと口を開いた。そんなに前のことは、さっきとは言わないんだよ。そう説明しようと声を出しかけ、ふいに思い留まる。

この子にとっては、昨日の夜も一週間前も、さっきなのだ。そう思った途端、訂正してしまうのがもったいないような気がした。

一度しっかりと教え込んでしまえば、今の璃空の感性から出てくる言葉を聞かせてもらえることはなくなってしまうだろう。今の璃空の、今の感性。それを忘れたくない、と強く思う。

視界の端に、璃空のフォトアルバムの背表紙が見えた。

三歳の璃空、二歳の璃空、一歳の璃空、〇歳の璃空。璃空と出会ってからの四年間のことを全部思い出したくて、何度も見返したフォトアルバム。

そう言えば、水族館にも行った。海にも行った。ディズニーランドでは璃空は「ほんもののミッキーがいたね！」と目を輝かせていた。おっぱいが好きな子で、外にいても私の服をまくり上げて飲もうとしていた。歩き出すのが早かった。椅子の背もたれに油性マジックでいたずら描きをしたことがあった——延々と、思い出せる限りの記憶を思い出し、けれどそれは四年間の思い出にしてはあまりに足りなかった。違う、もっといろんなことがあったはずだ。たくさんの時間を共有してきたはずだ。寝かしつけのときに交わした会話で思わず笑ってしまったこともあったはずだし、璃空が絵本を開きながら「むかしむかしあるところに」と始めるオリジナルのお話には何度も感心させられてきたはずだ。

なのに、いざ思い出そうとすると、どこから何を思い出せばいいのかわからない。写真や動画、母子手帳の記録から辿れないところにある無数の記憶に上手く手が届かない。

皮肉なのは、取り違えが判明してからの記憶の方がどれも鮮明に思い出せるということだった。璃空がどんな顔で何を言ったのか。私はそのとき何を思ったのか。心を揺さぶられた瞬間や言葉やそのときに感じた音や匂いまでもが鮮明で、むせ返るような記憶の濃さに飲み込まれそうになる。

「じゃあ、作っちゃおうか」

私は下腹部に力を込め、両目を細めて璃空に微笑みかけた。璃空の顔が、花開くように輝く。

「うん！」

「そしたら、トイレ行って朝ごはん食べたらお外行こう？」

「うん！」

璃空が大きくうなずいてトイレへと走っていく。哲平が、再び小さく噴き出した。

「あいつ、結局順番が変わってないことに気づいてないな」

私は、し、と小声で言って璃空の背中を追う。「おかあさーん」という声がトイレから飛んできた。

## 一月十四日

航太ノート、と題した大学ノートは、既に五ページほど埋まっている。

これまでに受けた予防接種やかかった病気、アレルギーの有無やお気に入りのおもちゃ、好きなキャラクターや食べ物——保育園で最初に子どもを預かるときにまず作成する児童票を応用したもので、一ページ目には初めの顔合わせでもらった航太の写真が貼ってある。

〈好きな食べ物　からあげ、フライドポテト、カニカマ、いなり寿司、カレーライス、おでん、かぼちゃのそぼろ煮、いちご〉

私は繭子からの返信を書き写した文字を指先でなぞりながら、キッチンとコンロに並んだ皿と鍋を見比べた。いなり寿司もカレーも作った。おでんもかぼちゃのそぼろ煮もある。カニカマもいちごも買ってきたし、ごはんは十一時二十分に炊き上がるようにセットした。からあげとフライドポテトは帰ってきてから揚げるとして、あとは何か必要なものはないだろうか。

私はまぶたを閉ざし、シミュレーションを始める。十一時に待ち合わせ、十一時半に航太を連れて帰宅、哲平に手洗いうがいをさせてもらっている間にからあげとフライドポテトを揚げ始め、三人で昼食を食べる。お昼寝はしないらしいから、そのまま航太が好きだというプラレールで遊び、飽きてきた頃に買っておいた電車のおもちゃをプレゼントする。昼食で食べきれなかった分を夕食で食べ、お風呂に入れて着替えさせるのが十九時過ぎ。またしばらくおもちゃで遊ばせた後、歯磨きをして寝室へ連れて行き、哲平と私の間に挟んで寝かしつける——着替えや歯ブラシ、ぐずったときに見せるといいというアニメのＤＶＤは繭子が持たせてくれることになっているし、最悪何か足りなくなったとしても、四歳の男の子に必要なものはひと通り揃っている。

私は短く息を吐いて目を開けた。皿の一つ一つにラップをかけて冷蔵庫に移していく。

今月に入ってから、航太もあまり人見知りしなくなってきた。話しかければ答えるし、時には笑顔も見せてくれる。既にお互いの家に遊びに行き合っていて、そのときに預けにきた両親が数時間席を外したりしても大丈夫なまでになった。とはいえ、親と一緒に家まで来るのと待ち合わせ場所で別れるのとでは違うだろう。さらに夜にもなれば、家や今の両親が恋しくなってくるはずだ。

私は胃が重くなるのを感じ、意識的に唇を引き締める。

それに、あの子は人に預けられた経験がほとんどない。〇歳の頃から最近まで保育園に通っていた璃空よりもずっと、ぐずることになるだろう。

正直、まだお泊まりは早いと私も思う。けれど、年度の切り替えに間に合わせるためには遅くとも二月末までには交換に踏み切るべきであり、それまでにあとひと月しかない以上、何とかして段階を進めていくしかないのだと繭子の夫に言われると、反論はできなかった。

寝室から璃空と哲平の声がし始めたのは、私がすべての皿を冷蔵庫に入れ終わった頃だ。

「あれ、なんかいいにおいがするー」

まだ少し寝ぼけているのか、普段よりも舌っ足らずな口調で言って鼻をひくつかせる璃空に、私は慌てて鍋を持ち上げてみせた。

「カレーライス、食べる人ー」

「はい！」

璃空が腕を真っ直ぐに挙げて返事をする。私はうなずいて冷蔵庫に向き直り、大量の料理の皿を見られないように気をつけながら福神漬けの小皿を取り出した。

「じゃあ、璃空。また明日ね」

璃空の前にしゃがみ込んでシャツの襟を直しながら言うと、璃空は顔を微かに強張らせたまま、うん、とうなずいた。小さい歩幅で繭子たちの方へ三歩進み、そこで足を止めて振り返る。

その心細そうな姿に、駆け寄ってしまいたくなった。今すぐ抱きしめて、やっぱりおうちに帰ろうと言ってしまいたくなる。

口を開けば何か余計なことを言ってしまいそうで、唇を閉ざしたまま「ん？」と発声して小首を傾げてみせた。璃空は「ううん」と首を振る。璃空が前に向き直って繭子たちのところにまで辿り着くと、繭子は璃空と航太の間に膝をつき、促すように航太の背中を押した。

だが、航太はその場を動こうとしない。

「いかない」

航太は、自らのつま先をにらみつけたまま言った。

「ぼく、バーベキューする」

「航太」

繭子が慌てた声を出して航太の両肩をつかむ。

「お話ししたでしょう？　今日はバーベキューをしに来たんじゃないの。璃空くんの家にお泊まりするんだって」

「やだ」

航太は繭子にしがみついた。繭子が困惑したように顔を上げ、一瞬、目が合う。その何かを訴えかけるような目線に、微かに苛立ちが込み上げた。ちゃんと話しておいてよ、と思ってしまう。

璃空には、お泊まり保育だと説明していた。ほら、保育園ではさくら組さんになるとお泊まり保育をしていたでしょう？　璃空は保育園を辞めちゃったけど、来年にはさくら組さんの歳になるからね。一足先に予行練習。私の説明に璃空がすぐに納得してくれたのは、おそらく既にお泊まりというもののイメージがあったからだ。一つ歳上のクラスの子どもたちはみんなやっていることで、だから怖いことではないのだとわかっていたのだろう。

そう考えると、きっとお泊まりについてのイメージがないのだろう航太がぐずるのは致し方ないことなのだという気もする。けれどそれでも、繭子に対して心がささくれ立つのは止められなかった。

私の隣から、哲平が進み出る。

「ほら、航太くん、おいで」

航太に両腕を伸ばし、柔らかい声で語りかけた。

「航太くんの好きなごちそう、たくさん用意してあるよ」

思わず舌打ちが出そうになる。咄嗟に璃空を見ると、案の定、璃空は父親をじっと見ていた。そこにはわかりやすい感情は浮かんでいなかったけれど、だからこそ私は胸に強く押されたような圧迫感を覚える。璃空は、今の話をどう思ったのだろう。そして来月、私たちが璃空の代わりに航太を育てることになるのだと知ったとき、今の話をどう思うのだろう。

今、璃空の目には自分ではない子どもへ腕を伸ばして語りかける父親の姿が、どんなふうに見えているのか。

結局、航太は繭子の夫に半ば無理やり抱き上げられる形で私たちの車に乗せられた。

「のらないってば！」

乗ってからも両手足をばたつかせて降りようとする航太を、繭子の夫がチャイルドシートのベルトで押さえつける。

「危ないからちゃんと座ってなさい」

繭子の夫は低く言い、私たちに向き直った。

「すみません、航太は慣れない車だと酔うことがあるから嫌がるんです」

どう考えてもそれだけが原因のはずもなかったが、私はうなずくしかない。

「ねえ、航太くん。もし気持ち悪くなったら途中でお休みすることもできるから言ってね」

できるだけ柔らかい口調で声をかけると、航太は暴れるのをやめた。けれどそれは納得したというより、ただ萎縮しただけのようだった。

やっぱり、まだ早すぎたんじゃないか、という思いが浮かぶ。こんな状態でお泊まりをしたところで、嫌な記憶にしかならないかもしれない。もう少し段階を踏んで——たとえば今日はお泊まりではなく昼間だけだという話にして、少しでも安心した気持ちで来てもらった方がいいんじゃないか。

私は口を開きながら哲平を振り返る。だが、目が合った途端、哲平は短く顎を引いて航太の前に進み出た。

「大丈夫、ここからうちまで五分くらいだから。歌でも歌っていればすぐ着くよ」

航太は、ぷい、と顔を背けるようにして反対側の窓を向く。

そのまま、航太が静かになった隙をつくようにして解散した。車が走り出すや否や、私は乗り物系の童謡を次々に歌ってみせる。哲平も信号で止まりながら「コンビニ駅ー、コンビニ駅に停車しまーす」とアナウンスの真似をした。一緒に歌おう、と誘っても、航太は唇を閉ざしたまま歌おうとしない。気持ち悪い？　と聞くと、パッと見では揺れたようにしか見えないほど微かに首を振る。あんまりしつこく訊くとかえって意識してしまってよくないだろうからと、それ以上は訊かずに歌っていたが、もし具合まで悪くなってしまったらと気が気でなくて、たった五分の時間がひどく長く感じられた。

何とか無事に家に着き、航太を車から降ろしたときにはホッとした。

「すごいね、頑張ったね」と声をかけると、航太も「うん」とうなずく。

きょろきょろと落ち着かなそうに周りを見回している航太の手を引き、マンションのエントランスへ入った。もし誰か顔見知りに会ったら、ひとまず親戚の子だと説明しようと考えながら、どうか誰にも会いませんように、と祈る。エレベーターが到着し、ドアが開いた。中に人が乗っていなかったことに安堵して乗り込み、忙しなく閉ボタンを押す。ゆっくりと閉まるドアを焦れったくにらみつけた。

三階に着き、誰ともすれ違わないままに家の玄関に入ったときには息が漏れた。

ただいまー、と意識的に明るいトーンの声を出して言いながら家に上がる。航太は、どうぞと促しても自分で靴を脱ごうとしなかった。私と夫が先に上がってしまうと、困惑した視線を向けてくる。

「どうしたの？　お靴脱いで上がって？」

できるだけ注意するような口調にならないように気をつけて言ったつもりだったが、航太はびくりと肩を揺らした。慌てたように靴を脱ぎ捨て、框《かまち》に上がる。

　そのまま廊下を進み始めた航太を見て、一瞬、声が出そうになった。家に上がるときには挨拶をすること、脱いだ靴は揃えること。これまで璃空や受け持ちの園児たちにしてきた注意が喉の奥までこみ上げる。

　だが、結局私はそのまま何も言わなかった。

「よし、じゃあ、まず手を洗おう」という哲平の声を背中で聞きながら足早にキッチンへ向かい、鍋に油を張ってコンロの火にかける。冷蔵庫から皿を取り出してダイニングテーブルに並べていき、ひとまずからあげを五つ揚げ終わったところで、哲平と航太がリビングに現れた。

「航太くん、お腹すいただろ」

　哲平が微笑みかけ、航太の手を引く。

「おばさんがな、航太くんが好きだっていうごちそう作ったんだよ」

　そう言いながらリビングへ入り、テーブルを示した。

　いなり寿司、カニカマ、カレーライス、おでん、かぼちゃのそぼろ煮、いちご――テーブルの上には、たった今ラップを外したばかりの統一感のない料理が所狭しと並べられている。

「わあ」

　航太が小さく歓声を漏らした。その声と表情だけで、今朝三時前から準備してきたことが報われた気持ちになる。

「どれが食べたい？」

私は火を止めてキッチンを出ると、航太の前に膝をついた。テーブルを見て背伸びをする航太をさっと抱き上げる。

「どれでも航太くんが好きなやつを食べていいんだよ」

「えーとねー」

航太は目を輝かせながらテーブルを眺め渡した。えーとね、えーとね、と三回繰り返してから、「いちご！」と声を弾ませる。

「え？　いちご？」

私は思わず航太を見て訊き返した。哲平が「いちごかあ」と苦笑する。

「まずはおばさんが作ったやつ食べてやってよ」

「いいのいいの、いちごね？」

私は慌てて哲平の言葉を遮り、いちごを一つ航太用の皿に取った。

「他には？　どれがいい？」

「んーと、んーと、あ、カニカマ！」

航太はまたしても市販の食べ物を指さす。私は「オッケー」と答えて航太を椅子の上に下ろし、カニカマを二つ手に取った。真ん中で少し曲げ、皿の上に笑った目の形になるように置く。いちごを鼻の位置に並べ直し、口の位置にいなり寿司を載せた。「あ！」と航太が声を上げる。

「おかお！」

「そう。このお顔、どんな顔してる？」

「わらってる！」

「せいかーい！」

私は言いながらプラスチック製のコップにりんごジュースを注いだ。航太は満更でもなさそうにはにかんでいる。保育士をしていてよかった、と思った。そうだ、構えることはないのだ。今まで何十回も何百回も、いろいろな子どもに対してやってきたことをやればいい。

「よし、じゃあ食べちゃおうか」

航太の隣に座り、「ごはんだ、ごはんだ、嬉しいなー」と節をつけて歌ってみせる。航太は物珍しそうに目をしばたたかせていたものの、「お手てを合わせましょ、はい、ぱちん」と言って両手を音を立てて合わせてみせると、私にならって顔の前で小さな手を合わせた。

「みなさんで、ご一緒に。いただきます」

「いただきます」

「どうぞ、めしあがれー」

腕をぐるぐる回してパッと広げると、航太も真似をして腕をぐるぐると回す。

「わあ、上手！」

機嫌を取るためではなく、本心から声が出ていた。いくら四歳児とはいえ、初めてにしては真似るのが早い。航太は、へへ、と笑い、いちごを頬張った。

「おいしい」

こちらが尋ねるより前にそうつぶやき、「ねえ、おばさん。はんぺんたべたい」とおでんの皿を指さす。ママのと味が違うと言われるのではないかと心配したが、航太はもぐもぐと頬張り、また「おいしい」と言った。

その瞬間、胸がつかえて涙が溢れそうになる。

ついさっき、車に乗せる前に早すぎたと感じたことが嘘のようだった。完全に親子になるには、時間がかかるだろう。けれど、時間をかけていけば何とかなるかもしれない。そんな期待が胸の内に広がる。

食後も、航太はぐずることはなかった。予定通りにプラレールで遊び、プレゼントした電車のおもちゃで遊ぶ。さらに絵描き歌を教え、哲平が肩車をして家中を回り、夕食を食べ終える頃には、航太は遊び疲れたのかうとうとし始めた。

ソファの背もたれに全身を埋め、宙へ虚ろな目を向ける航太に、「眠い？」と尋ねる。航太は「ねむくない」と言ったものの、すぐに船を漕ぎ始めた。

哲平と顔を見合わせ、「このまま寝かせてあげようか」「そうだな」と小声で言い合う。お風呂にはまだ入っていなかったが、このままぐずることなく眠ってくれるのならそれが一番だ。

やがて航太がソファの上で眠ってしまうのを待ってから、哲平がそっと航太を寝室へ運んだ。ベッドに置いてすぐに起きてしまわないよう、しばらく添い寝をしてからそっとそばを離れる。

哲平と二人で音を立てずに寝室を出て、航太が寝息を立てているのを確認しながらドアを閉めたときには、どちらからともなく息が漏れた。

「大成功」

哲平がにやりと唇の端を持ち上げ、私も「一時はどうなることかと思ったけどね」と肩をすくめる。

リビングに戻ってコーヒーを淹《い》れると、哲平と二人で向き合った構図が普段璃空を寝かしつけた後のものと変わらないことに気づいてたじろいだ。それなのに寝室で眠っているのが璃空ではなく航太だということがひどく不思議に思える。

「璃空、今頃どうしてるかな」

つい、唇から言葉がこぼれた。哲平は「うん」とだけうなずく。

家や両親を恋しがって泣いているだろうか。それとも、航太のように慣れない時間に疲れてもう眠ってしまっているだろうか。

別れたときの、璃空の強張った表情が思い出された。小さい歩幅で繭子たちの方へ三歩進み、そこで足を止めて振り返った姿。

涙がふいに溢れ出そうになり、私は慌てて天井を仰いだ。両手で口を覆い、震える息を細く吐き出す。

居ても立ってもいられない気持ちで、席を立った。

「私、航太くんの隣で寝てくる」

せめて何かせずにはいられなかった。それに、航太が目覚めかけたとき、隣に誰もいなければ不安になって完全に目を覚ましてしまうかもしれない。

そう考えた瞬間、寝室から爆発するような泣き声が上がった。

私たちは短く息を呑み、リビングを飛び出す。寝室へ駆け込み、薄闇の中で宙に腕を伸ばしている航太の横に身体を滑り込ませた。添い寝する形を取り、手を握る。

「ごめんね、起きちゃったんだね」

「ママ、ママ」

航太は泣きじゃくりを上げ、私の手を振り払った。

「かえりたいー」

悲鳴のような声で言われて、私も泣き出したくなる。

「そうだよね、おうちに帰りたいよね。でも、ごめんね。今日は帰れないの。明日になったら帰れるからね」

「いまー」

「うん、今がいいよね」

どうすればいいのかわからなかった。こんなに泣いているのだから、早く帰してあげたいとも思う。けれど、それでどうするのだろうという気もした。これからだって、きっと何度でも同じ場面があるはずだ。航太は前の母親を恋しがって帰りたいと泣くだろう。でももう来月になれば帰すわけにはいかなくなる。だとすれば、ここで泣いたから帰れたという経験をさせてはいけないのではないか。

だいじょうぶだよ、と航太の耳元に語りかける声が泣き声で掻き消され、自分でも本当に口にしたのかわからなくなる。

「ほらーそんなに泣くなってー」

哲平が航太の頭を撫でた途端、泣き声がさらに大きくなった。うあああああ。うあああああ。言葉を話すようになる前の赤ちゃんのような躊躇いのない泣き声が、鼓膜をびりびりと震わせる。

私は起き上がってベッドの上に座り、航太を抱き上げた。左腕で頭を、右腕で足を支えて横抱きにする。けれど横抱きにするには身体が大きすぎてすぐにずり落ちてしまう。脇の下に手を入れて縦に抱き直しながら、もう涙が溢れてくるのを止められなかった。失われた時間は、もう戻らない。この子はもう、こんなに大きくなってしまった――

違うんだよ、と言ってしまいたくなる。あなたのお母さんは、私なの。私がずっとお腹の中で育ててきて、血だって繋がっている。

寝室全体が揺さぶられているかのようだった。叩きつけるような声の洪水に全身が痺れ、冷たくなっていく。どうして、こんなことになったんだろう。どうして、私は何もできないんだろう。

ちゃんとした母親になりたかった。なれると思っていた。大きくなっていくお腹を撫でながら、ベビーグッズを買い揃えながら、陣痛の苦しさに耐えながら、ずっとこの子に会えるのを心待ちにしていた。なのになぜ――そう心で叫びながら、それでも私はわかってしまっている。この子にとって、母親は繭子でしかないのだ。繭子の代わりは、誰もいない。

航太が顔を真っ赤にして全身をのけぞらせた。その強い力に、体勢を保っていられなくなる。慌てて頭を抱えながら一緒にベッドに倒れ込むと、航太は私の腕からすり抜けて丸まった。うああああ。うああああ。何かを訴えかけるような強い声が、布団に押しつけられてくぐもる。

私は航太に再び手を伸ばしかけ、けれどもう抱き上げることはできなかった。

一月十五日

石田家と待ち合わせる予定は昨日と同じ十一時だったが、八時に朝食を終え、支度を済ませると、私たちは九時過ぎに家を出た。

目を覚ますなりまた大泣きし始めてしまった航太に、ごはんを食べたらママのところに行くから、と説明すると、ぴたりと泣きやんだからだ。

「それって、いつ？　いま？」

そう言って自分の鞄を抱きしめた航太を、これ以上引き止めておく気にはなれなかった。

水元公園の駐車場に着いたのは九時二十分。繭子たちの姿はまだなかった。約束の時間になっていないのだから当たり前のはずなのに、繭子たちは璃空に帰りたがられていないのかもしれないと思うと打ちのめされる。

「ママは？」

「もうすぐ来るからね。それまでおじさんとおばさんと遊んで待ってようね」

航太はうなずかず、昨日繭子たちの車が置かれていた場所をにらみつけた。

「ほら、ここ。ママも言ってたでしょう？　ここでまた明日ねって」

私がさらにそう言うと、ようやく小さくうなずいた。

繭子たちが来るまでの一時間半、航太は六回、「ママは？」と口にした。そのたびに私は腕時計を見せて説明し、それでも何度でも航太は同じ言葉を口にする。ねえ、あとなんぷん？　あとなんぷんでママくるの？

予定時間の十分前に車が現れると、航太は「きた！」と飛び上がって喜んだ。

「おばさんみて！　ほら、ママきたよ！」

「ちょっと待ってね。車が停まるまで危ないから」

そう答えるのが精一杯だった。私は、車が完全に停まるのを待ち、震える息を吐き出して航太の手を放す。航太はゴム鞠《まり》のように転がり出し、降りてきた繭子に抱きついた。

「ママ！」

航太、と両目を細めた繭子の後ろから、璃空の姿が見える。

璃空は、泣いていなかった。頰に泣いた跡もない。繭子の夫に支えられ、ステップワゴンの後部座席からぴょこんと跳ねて降りる。

ぐ、と腹の底に重いものを押しつけられたような気がした。

——この子は、私がいなくなっても大丈夫なのかもしれない。

足が地面に貼りつけられたように動かなくなる。

航太よりも新しい親や環境に馴染むのは早いかもしれないとは思っていた。けれどそれでも、少なくともそれはもっと先の話だと思っていたのに。

璃空が、スローモーションのようにゆっくりとした動きで顔を上げる。その二つの瞳が私の姿を見つけ、凪いでいた表情が、さらに固まる。

次の瞬間だった。

璃空の顔が、見えない力で握り潰されたようにくしゃりと歪む。わななく唇がへの字になり、顔が一気に真っ赤になった。

「おかあさん！」

全身に電流が走り抜けた。足の裏から頭の先まで、身体全部の血液が大きな一つの波になったかのように急速に動いて弾ける。

唐突に、絵本を読んでいるときの璃空のぽかんと開いた口が脳裏に浮かんだ。去年の運動会の三十メートル走で一位を取ったときの、喜びを隠すような照れくさそうな横顔。一歳になったばかりの頃、おにぎりが上手く食べられずに顔じゅうにご飯粒をつけて泣いていたこと。おっぱいに添えた両手と、安心しきったように閉じたまぶた。初めて一人で立ったとき、自分でも驚いたように私を見た璃空――

写真に切り取ったように一瞬一瞬の記憶が、襲いかかるように浮かんでは消えていく。

「璃空」

声がかすれてほとんど出なかった。

忘れたくない、と叫ぶように思う。大好きな璃空。誰よりも大切な璃空。私はこの璃空の泣き顔を、一生忘れたくない――

カシャ、という硬質な音に、我に返った。私は慌てて自分が手にしていた携帯を鞄に押し込み、璃空に駆け寄って抱きしめる。

「璃空」

「おかあさん」

璃空の湿った声が耳元で聞こえた。

「璃空、おかえり」

私と璃空の横に、哲平も膝をつく。

「璃空、お泊まりどうだった？」

「うん、ぼく、ちゃんとできたよ」

璃空は私から身体を離して涙を拭いながらそう言い、泣いてしまったことをごまかすように笑った。その言葉と表情に、息が詰まり、唇が震えそうになる。

この子に、ごまかすべきじゃないのかもしれない、という思いがふいに浮かんだ。この子は、きっと、私たちが思うよりもずっといろんなことをわかっている。小さな頭でたくさんのことを考えている。それなのに、私たちが勝手にすべてを決めてしまうのは、私たちのエゴなんじゃないか。璃空の人生なんだから、きちんと璃空にすべてを話した上で、璃空に選んでもらうべきなんじゃないか。

私は夜、璃空を寝かしつけた後に哲平にそう切り出した。哲平は力なく首を振る。

「璃空にはまだ無理だよ」

「でも」

「今選ばせたら、元になんて戻らないって言うに決まってるだろ。そしたら、本当に交換するのをやめるのか？」

哲平の詰問する口調に、私は思わず顔を伏せた。

「璃空がそう言うなら……」

「もうそれは終わった話だよな」

哲平が音を立ててため息をつく。そのまま頭皮を強く掻いて言った。

「散々悩んで迷って話し合って、やっと交換するっていう結論を出してここまで来たんじゃないか。今さらやめたいなんて、あっちの親だって納得するわけがないだろ」

納得なんて、と反発するように思いながら、それもそうだとも思う。哲平の言う通り、今の璃空に訊いたところで答えなんて決まりきっている。だとすれば、ここで璃空に選ばせるということは話を蒸し返すということでしかない。

「血の繋がりがどうとか、そういう話をしても璃空だって意味がわからなくて混乱するだけだよ」

哲平は首の後ろをこする。

「だったら、これからは航太くんのパパとママと暮らすことになるんだって、結論だけ話した方がいい」

「でも……璃空は、きっと『なんで』って言うよ」

「何でも、って言うしかないだろ」

哲平はつま先に向かって低く答えてから私を見た。

「俺はさ、何でもって言いきってあげるのが優しいときもあると思うんだよ。本当の親は航太くんのパパとママだからだって説明すれば、それにだって璃空はきっと『なんで』って訊いてくる。生まれたときに入れ替わってしまったからだって説明すれば、それにも『なんで』って言うだろう。原因はまだわからないんだって答えれば、やっぱり『なんで』って思うはずだ」

そこまで言って、顔を伏せる。

「いや、そもそも何で本当の親じゃなきゃいけないのかもわからないよな」

ひとりごちるような声音を聞きながら、私は焦点が合わない目を指先にできたささくれに向けた。何でだろう、と痺れた頭で思う。何で、本当の親じゃなきゃいけないんだろう。

哲平が「それなら」と続ける声が微かにくぐもって聞こえた。

「頭ごなしに『何でも』って言われた方がマシだろ。少なくとも、どうして自分はあのときあんな選択をしちゃったんだろうって後悔だけはせずに済むんだから」

一月二十四日

時計の短針が六をさし、璃空が「おとうさんは？」と言い出したところで携帯が鳴った。哲平からのいつもの退勤連絡だろうと思いながら、持っていた食器を流しに置いて電話に出る。

お疲れ様、と私が言うのと、哲平が『あのさ』と言うのが同時だった。

『花火、やらない？』

唐突に切り出されて、「え？」と訊き返す。

いきなり花火なんてどうしたの、という疑問が浮かんだけれど、訊きはしなかった。訊かなくてもわかる気がしたからだ。哲平も私も、最近こういうことが増えている。

璃空と初めて花火をしたのは、二年前の夏だった。

璃空はまだ二歳で——そしてこの日、初めて璃空は哲平のことを『おとうさん』と呼んだのだ。線香花火の束を袋から出していた哲平は弾かれたように顔を上げ、『え』と璃空を見た。

『璃空、今何て言った』

『ちょーだい』

けれど璃空は何を言われているのかわからないというように、哲平の手の中の花火に手を伸ばす。

『今お父さんって言っただろ。もう一回言ってよ』

『はなび、ちょーだい』

『そうじゃなくてさ、え、郁絵、言ったよな？』

哲平があまりに必死なのがおかしくて、私は笑いながら『うん、言ってた』と答える。

『だよな。なあ璃空、もう一回言ってくれよ』

『はなびー！』

璃空が焦れったそうに父親の腕をつかんだときだった。

『あ』

哲平と璃空の声が重なる。私も二人が覗き込んでいる哲平の手元に視線を向け、『あ』と声を漏らした。

線香花火の束は、握りしめられてちぎれてしまっていた。

璃空の顔がみるみる歪んでいく。溜めを作るように顔のパーツが中心に集まり、反動で弾けるように泣き声が上がった。

『はなびー！』

『ごめん、また買ってくるから。な？』

哲平が慌てた口調で璃空を抱き上げる。璃空は全身をよじって哲平の腕から脱出した。

『はなびー！』『だからごめんって』『はなびー！』『わかったよ。また今度やろう？』『はなびー！』

完全に弱りきった哲平の横顔が蘇る。

「今の時期って、どこで売ってるのかなあ」

私は、首を小さくひねりながらつぶやいた。コンビニ？　スーパー？　考えるそばから、こんな季節に置いてあるわけがないという答えが浮かぶ。

「通販とかなら買えるかな」

そうひとりごちると、哲平は私の言葉にかぶせるようにして、『もう買ってあるんだ』と言った。

『今日の昼休み、会社の近くのドンキで買った』

「あ、すごい」

『じゃあ、あと三十分で駅に着くから用意しといて』

哲平は口早に言って電話を切る。私は璃空を振り向いた。

「璃空、花火しに行こうか」

「はなび？」

璃空は素っ頓狂な声を上げる。

「いまから？」

当然のリアクションだ、と思うとおかしくなった。

璃空を着替えさせてから自分も着替え、玄関でマフラーと手袋を追加してから家を出る。寒い、と思った途端に、璃空が「さむいね」と言った。その息が白く口元に広がったのが面白かったのか、璃空はハッ、ハッ、と息を吐き出すのを繰り返す。

改札前で哲平と落ち合ってから、中川の土手へ向かった。駅前から離れるにしたがって周囲が夜の深さを増す。ぽつりぽつりと並んだ街灯が白くまぶしい。

坂道を上がると、視界が開けた瞬間に川の匂いを含んだ冷たい風が吹きつけてきた。反射的に顔の下半分をマフラーに埋める。

濃淡のある黒の中には、街灯や家の光が横に並んでいた。そのいくつかが水面に反射して滲んでいる。その滲んだ光は、元の光よりも長く太く伸びていた。

——もう、この景色を見ることもなくなるのだろう。

ふいに、そんな思いが浮かぶ。

最初に哲平の両親に挨拶するためにこの街を訪れたとき、私は哲平と手を繋ぎながらこの道を歩いた。緊張しすぎて饒舌になってしまったことが恥ずかしくて、火照《ほて》った頬に冷えた川風が心地よかったのを覚えている。

家を買う前にも、何度もこの道を歩いた。私は妊娠中で、隣で歩く哲平は子どもの頃のエピソードを話してくれた。父親と土手の溝でザリガニを釣っていたらハサミで指を切って大泣きしたこと。小学校のマラソン大会の前、足が遅かった自分のために父親が一緒に走って特訓してくれたこと。哲平が話すエピソードがどれも父親との思い出なのが微笑ましくて、所々が剥げた芝生の上で走り回る幼い哲平の姿が見えるような気がした。

入居した日には、スーパーで買ったトイレットペーパーを手にこの土手を歩いた。三十五年ローンか、と哲平がつぶやき、三十五年後って俺六十五歳じゃん、とため息をついた。私だって六十一歳だよ、と返しながら、そんな先まで一緒にいることが前提なのだと驚いたりもした。

そのときの衝撃までが蘇ってきて、足が止まる。

――なのに、私はそれを手放すのだ。

璃空と繋いだ手に力を感じた。ハッとしてぎゅっと握り返す。

「暗いの怖い?」と尋ねると、「さむいだけ」という声が返ってきた。思わず顔を見返すが、その表情は暗くてよく見えない。

「よし、じゃあ始めるか」

哲平の声が冷えた土手の空気の中で妙に晴れ晴れと反響した。私が持ってきたバケツの中に、水道水を入れてきたペットボトルの中身を注ぐ。

風向きを確認しながら璃空を立たせ、腕を伸ばさせて手持ち花火を持たせた。

「説明します」

私が宣言した途端、璃空の表情がきゅっと引き締まる。その真剣な表情を、私はじっと覗き込んだ。

「花火は、とっても危ないです。火をつけるとこの先から熱い火が出ます。それを触るとどうなると思う？」

「いたくなる」

「そう。じゃあ、火を人に向けていいですか？」

「ダメ」

璃空が答え、微かに緊張した面持ちで花火を見下ろす。私は「正解」と言って深くうなずいた。

「終わったらその辺にぽいってしないで、このバケツの中に入れること」

「はい！」

璃空が保育園の園児のように「いいお返事」をして、父親を見上げる。哲平が火をつけると、ほどなくして花火の先から黄緑色の火花が噴き出し始めた。璃空が「わあ」と歓声を上げげ、その鮮やかな光が璃空の弾んだ表情を薄闇の中に浮かび上がらせる。

私は、自分の花火にも火をつけながら、周囲に立ち込め始めた煙を胸一杯に吸い込んだ。

火薬の焦げるような懐かしい匂いが鼻の奥を刺激して、涙が込み上げてきそうになる。

「おかあさん、きえちゃった」

「そしたらバケツに入れて、次の花火を持っておいで」

哲平がすかさず新しい花火を璃空に渡し、璃空が私に花火を差し出す。私は璃空の腕を持ち、花火の先を私の花火の火花へ近づけた。数秒して、二つの火花が交叉する。

「ついた！」

私たちは、そのまま火を絶やさず、延々と新しい花火に火をつけ続けた。すすきの穂のように前へ垂れ下がるようにして火花を散らす花火、勢いよく真っ直ぐに噴き出していく火が次々に色を変えていく花火、雪の結晶のような形の火花が激しい音を立てながら飛び散っていく花火——みるみるうちに残りの本数が減っていき、やがて哲平が線香花火の袋を開ける。

「ほら、約束していた線香花火。遅くなっちゃってごめんな」

哲平は、静かな口調で言って璃空にその細く頼りない花火を手渡した。私も線香花火を受け取りながら、やっぱり、やっぱり、と思う。

やっぱり、覚えていたのだ。璃空と交わした小さな約束。交わしたことさえ忘れてしまっていた、二年も前の言葉。

けれどきっと、一つ一つ手繰り寄せるようにして思い出していたのだろう。この四年間、璃空と過ごしてきた時間を。その中に拾い忘れてしまっていたものがないかを。

だって、これから先はどんな小さな約束も願いも、叶えてやるわけにはいかなくなる。

璃空が、不思議そうに目をしばたたかせた。

「やくそくって？」

「ほら、前にお父さんが線香花火ダメにしちゃって、それで璃空が泣いただろ。また買ってくるからって約束して」

「ぼくが？」

璃空は初めて聞く話だというように眉を持ち上げている。ああ、そうか、と私は思った。あの頃、璃空はまだ二歳だった。そんなに幼い頃のことを覚えているはずがない。

璃空はきっと、今日のこともやがて忘れるのだろう。新しい記憶が油絵の具のように塗り重ねられていくうちに、いつか今までの記憶は見えなくなる。

それでいいのだ、と自分に言い聞かせる。私たちのことは早く忘れて、新しい本当の両親との生活に慣れた方がいい。そうすれば、璃空は普通の子として普通に生きていける。取り違えられたということなんて、璃空の人生には何の影響も及ぼさなくなる――

すべての花火を終える頃には、時間は二十時を過ぎていた。

この分だと、帰ってすぐに璃空のお風呂と歯磨きと寝かしつけをすることになる。私と璃空の夕飯は野菜ラーメンだったが、哲平は「何かすぐに食えるもん買っていってもいい？」と訊いてきた。

「俺、今日は茹でるだけとかもしたくない気分」

たしかにこれからだと寝かしつけのタイミングを考えれば、哲平が自ら夕飯の支度をやることになるだろう。私は「いいよ」と答え、三人でスーパーに寄った。

だが、入口の前で花火の入ったバケツを持っていたことを思い出し、足を止める。

「そしたら、私はここで待ってるから、てっちゃん、璃空と二人で買い物してきてよ」

「ぼく、おかいものできるよ！」

璃空は、まだ花火の興奮が冷めやらないのか、はしゃいだ声で言って手を高く挙げた。

「おとうさんもおかあさんとまってて！」

私と哲平は顔を見合わせる。当然、こんな時間にこんな場所で一人にするわけにはいかない。けれど、そう一蹴してしまうのも憚《はばか》られた。ここは何と答えるべきだろうと迷っているうちに、璃空が哲平のコートの裾を引く。

「ねえ、おとうさん。なにがいい？」

「え？　んー、そうだなあ、ハンバーグとかからあげとか」

「わかった！」

哲平が気圧されたように答えるなり、璃空は店内へ向かって駆け出した。え、と私たちは声を詰まらせる。璃空は構わず店内へと消えていき、一瞬後、私たちもバケツを入口の外に置いて後を追った。

店内には蛍の光が流れ始めていて、人の姿もあまりない。私たちはひとまず隠れて見守ることにした。

璃空がまず向かったのは、惣菜売り場だ。へえ、と哲平が小声を漏らす。

「やるじゃん、璃空」

だが、棚に並んだ惣菜を背伸びして見て回った璃空は、ひと通り見終えると、立ち止まって眉根を寄せた。おそらく目当てのものがなかったのだろう。

私は詰めていた息を吐いた。すごいね、と褒めてあげよう、と思う。お惣菜売り場なんて、覚えていたんだね。今日はたまたま売り切れちゃっていたけど、あったらちゃんとお買い物できたね、と。

動きを止めていた璃空が、パッと踵を返した。あ、と声を出す間もなく、入口の方へと向かう。璃空、という声が喉の奥まで出かかった瞬間だった。

璃空は、エスカレーター横に置かれているレシピの棚の前で足を止める。

私は大きく息を呑んだ。

『ねえ、おかあさん。あれなに？』

『あれはね、レシピって言ってお料理の材料と作り方が書いてある紙なの。ここに買い物にきた人が今日は何作ろうかなって悩んだときに見ると助かるでしょう？』

ふうん、と理解しているのかいないのかわからない声で相槌を打ち、レシピを一枚手に取った璃空。

『ハンバーグが食べたいの？』

『ううん。きょうのおひる、ハンバーグだったから』

──璃空は、あのときの会話を覚えていたのだ。

璃空が店員に声をかけ、レシピの紙を渡す。

「あの、これがほしいんですけど」

「あら、おつかい？」

店員はレシピを受け取りながら顔を上げ、周囲を見回した。私たちと目が合うと動きを止め、ふっと顔をほころばせる。

「えらいわねえ。こっちにあるよ」

店員に連れられて精肉売り場へと向かう璃空の後ろ姿に、鼻の奥にツンとした痛みを感じる。

——璃空は、いつの間にこんなに大きくなったのだろう。

細く長く息が漏れ、同時に身体が重くなる。ヘリウムガスが抜けるにしたがって高度を下げていく風船のように、背中が丸まり、やがて立っていられなくなった。

「すごいな」

哲平がつぶやく。

「あいつ、こんなことまでできるようになっていたんだな」

璃空は挽き肉や玉ねぎ、パン粉や卵をカゴに入れて店員と戻ってきた。私たちの姿を認め、「あ！」と声を上げる。

「おとうさん、おかあさん！　できたよ！」

頬を紅潮させて駆け寄ってきた璃空を、私はしゃがみ込んだまま抱きしめた。

「すごい、すごいねえ。璃空」

「おかあさん、くすぐったいって」

璃空が笑いながら言って身をよじる。

「ありがとうな、璃空。お父さん助かったよ」

哲平は璃空の頭を撫でて言い、レジへ向かった。その後ろ姿が遠ざかっていき、私と璃空の二人だけが残される。

――この子を連れて、どこかへ逃げてしまいたい。

ふいに、どうしても無視しきれない強さと速さで、衝動が込み上げた。

哲平とも親とも二度と会えなくなってもいい。友達にも連絡が取れなくなってもいい。すべてを捨てて、誰も私たちのことは知らない場所へ行ってしまえば、このまま二人で離れずにいられるんじゃないか。

「ねえ、璃空」

吐き出す声が震えた。

固まった首をぎこちなく回し、璃空を見る。

「お母さんと、どこかへ行っちゃおうか」

「どこかって?」

璃空が、きょとんとした顔で言って首を傾げた。

どこだろう、と私は痺れた頭で思う。どこへ行けば、璃空と居続けることができるんだろう。どこまで逃げれば、この子を失わずに済むんだろう。

璃空の小さな肩越しに、窓が見えた。ポスターやチラシが所狭しと貼られた隙間からは、さっきまでいた外が広がっているのが見えるはずなのに、この白いほどに明るい店内からは黒く塗り潰されているようにしか見えない。

「あ、おとうさん」

璃空が、私から身体を離して声を上げた。そのまま軽い足取りで父親のもとへと駆け寄っていく。

私は、しゃがみ込んだまま、その姿を追うことができない。

一月二十八日

「ねえ、おかあさん、カレンダーはがしていい？」

璃空にそう言われた瞬間、ぎくりと全身が強張った。

私が答えるよりも前に、璃空は子ども用の椅子の上で立ち上がって壁掛けカレンダーに手を伸ばす。一月のページをめくり上げると、ディズニーキャラクターが雪遊びをしているイラストが現れた。並んだ数字の一番下の列、小さな丸で囲まれた二十六という数字に視線が吸い寄せられる。

「これ、なに？」

璃空がすかさず、数字を指さした。私は向かいの席に座っている哲平を見る。哲平は私と視線を合わせないまま席を立ち、璃空の横に並んだ。

けれど、そのまま何も言わない。璃空は不思議そうに父親を見上げた。そのあどけない横顔に、胸が引き絞られるように強く痛む。

璃空と航太を交換する日は、二月二十六日の日曜日に決まった。その日に今住んでいる家を出て子どもたちを交換し、新居には航太を連れて入居する。

子どもたちに話すのは二月に入ってからにしようと、石田家とも決めていた。話してからの期間がひと月弱というのが長いのか短いのかはわからない。意味を理解して心の準備をするにはあまりにも短いのはわかっていたが、ではどのくらい前に話せば充分なのかと考えると、たとえどのくらい時間があったとしても気持ちの整理なんてつくはずがないこともわかっていた。

両親から離れなければならないのだと話されれば、璃空はひどく混乱するだろう。なんで？　と訊いてくるはずだ。そうしたら、私たちは「何でも」と答える。なんで。何でも。なんで。何でも。なんで。何でも。そんなやり取りを何度繰り返せば、璃空は尋ねるのをやめるのだろう。——そう、尋ねるのをやめるだけだ。納得したからでは決してない。

『俺はさ、何でもって言いきってあげるのが優しいときもあると思うんだよ』

哲平の言葉が脳裏で反響する。

『頭ごなしに「何でも」って言われた方がマシだろ。少なくとも、どうして自分はあのときあんな選択をしちゃったんだろうって後悔だけはせずに済むんだから』

「ねえ、おかあさん、これなに？」

璃空が、口を開かない父親に痺れを切らしたように私を振り向いた。私は咄嗟に顔を伏せてしまってから、これでは璃空だって余計に気になるはずだ、と後悔する。けれど、どうしても顔を上げることができなかった。どんな顔をして璃空と目を合わせればいいのかわからない。

そのまま視線を動かして哲平の足元を見た。やっぱり、と奥歯を噛みしめながら思う。やっぱり、こうなった以上は二月になるのを待たずに今話してしまった方がいいんじゃないか。

そもそも、二十六日に丸をつけておいたのは、璃空に話すきっかけを作るためだった。丸をつけておけば、璃空がカレンダーのページをめくったときに「これ、なに」と訊いてくれる。きっと、そのひと言がなければ、話し始めることなんかできない。

「ぼくね、これよめるよ」

璃空が、両親の微妙な空気を感じ取ったのか、トーンを上げて言った。「いーち、にー、さーん」と一つ一つの数字を指さして読み上げていく。

「にじゅうろく！」

最後は勢いをつけて言い、それに合わせて椅子からぴょんと飛び下りた。着地した途端、

「あ、ちがった」とつぶやいてその場で両手を挙げて跳び直す。

私は思わず哲平の顔を見た。

哲平が実家から持ってきた古い仮面ライダーの絵本を璃空に読み聞かせるようになったのは、ここ数週間のことだ。ページをめくる手をたびたび止めてマニアックな蘊蓄《うんちく》を披露する父親を、璃空が絵本よりもよほど面白そうに見ていた姿が蘇る。

哲平は呆然と目を見開いていた。その目が子ども部屋へ駆けていく璃空の背中を追い、ハッとしたように前に戻される。

「てっちゃん」

私は呼びかけただけだったが、意味は伝わっていたのか哲平は小さく首を振った。

「今日は無理だよ」

つぶやくような声で言い、掛け時計を見上げる。

「これから話したんじゃ、出かけられなくなる」

うん、と私もうなずいて哲平と同じ方を見た。七時五十五分。九時半には出発するとして、あと一時間半——出かける準備としてやるべきことを思い描こうとするのに、頭に靄がかかって上手く考えられない。

今日はこれから、それぞれの家の祖父母の顔合わせを兼ねて補償の説明を聞くことになっている。ただし、子どもたちは同席せず、産院のスタッフに別室で見ていてもらう形だ。

補償の話を両親込みで聞くことになったのは、繭子の義父が弁護士だからだった。何か気になることがあればその場で指摘してくれるということで同席してもらうことになり、それなら他の親も一緒に、という話になったのだ。

終わった後には私の両親と哲平の両親と私たちで璃空を囲んで食事会をし、私の両親はそのままうちに泊まっていく予定になっている。

長い一日になりそうだと思いながら息を吐き出すと、まだ何も始まっていないというのにしゃがみ込みたくなるような疲れを感じた。

車で連れて行かれたのは、上野にある多目的ホールの中の二十畳ほどの会議室だった。

ブルーグレイの絨毯の上に木目調の長机がロの字形に置かれていて、二面ある窓の片側には大きなホワイトボードが設置されている。等間隔に並べられた背の黒いビジネスチェアは座面が鮮やかな黄緑色で、真っ白な壁の室内がさらに明るく見えた。

入口近くの短い辺に産院の院長と弁護士が、その左右にそれぞれ私たち夫婦と繭子たち夫婦が座り、私の両親と哲平の両親、繭子の両親と繭子の夫の両親は部屋の奥にまとまる形になる。

　私の両親と哲平の両親は、どちらが私たちの隣に来るかで譲り合っていたが、結局私の母が「じゃあ」とやり取りを打ち切って私の横に座った。「郁絵」と低く名前を呼ばれ、背中に手を当てられる。

「大丈夫」

　訊かれたのか告げられたのかわからなかったが、私は無言でうなずいた。すると背中から温もりが離れ、温かさを感じていたのだと遅れて気づく。

　正面に顔を向けると、繭子たちの両親は既に席についていた。どちらが繭子の両親で、どちらが繭子の夫の両親なのだろう、と思った瞬間、どちらかの父親がすっと腰を上げる。会釈をしながら入口の方に向かいかけたところで弁護士の塚田さんが、「あ」と声を上げ、「どうもこのたびは」とかしこまった口調で頭を下げたことで、この人が弁護士をしているという繭子の義父なのだろうとわかった。

　繭子の義父が名刺を差し出し、塚田さんが少し慌てたように名刺を出し返す。塚田さんは「本日はよろしくお願いいたします」とお辞儀をしてから、繭子の両親や義母、私たちの両親のもとへも名刺を渡しにきた。

　塚田さんが席に戻ったところでスタッフらしい女性が現れて仕出し弁当とペットボトルの

お茶を配り始める。

「あら、お弁当」

と、母が困惑した声を出した。私も驚いて哲平を見る。十時半からなら昼食前には終わるだろうと思って、ランチの予約を入れてしまっている。哲平は蓋を開けてちらりと中を覗き、蓋を戻した。

「まあ、お店には悪いけど、あっちでは食後のデザートでも食べる感じにするか」

「あの、子どもたちは」

私がハッとして塚田さんを振り向くと、塚田さんは今のやり取りで状況を察したのか、

「お弁当をお出しする旨をお伝えしておらず申し訳ありません」と身を縮める。

「お子様の分のお弁当もご用意しておりますが、もしこの後会食のご予定がおありでしたらお残しいただいても……」

「あら、でもおいしそう」

気まずい空気を吹き飛ばすように明るい声を上げたのは、繭子の義母だった。蓋に貼られた紙を見て、「私、ここのお弁当好きなのよ」と目尻を下げる。仕出し弁当は明らかに高級料亭のものだったが、不思議とその口調には嫌味な色も下品な響きもなかった。

塚田さんが救われたように目の色を明るくし、繭子の義母に向かって小さく会釈する。繭

子の義母は何でもないことのように微笑みで応えた。その優しそうな姿に、私まで救われる思いになる。この人が璃空の祖母なのだと思うと、何だか少しホッとした。この人なら、きっと璃空のこともあまり構えすぎることなく迎えてくれるだろう。

塚田さんが身じろぎするように席に浅く座り直し、唇を舐めた。そのことで、和らいでいた空気が瞬時に張り詰める。塚田さんは小さく咳払いをし、院長と視線を合わせてから立ち上がった。

「本日は」と院長の方が微かにかすれた声で切り出す。

「お忙しいところ、ご足労いただきましてありがとうございます。そして改めまして、このたびはこのようなことになってしまい、本当に申し訳ありません」

二人が並んで深く腰を折る姿は、テレビで目にする謝罪会見かのように見えた。これまでにも何度かこうして頭を下げられているはずなのに、そんなふうに思うのは初めてで、どうしてだろうと不思議になる。院長の薄くなった頭頂部に目が吸い寄せられてしまい、直視することができずに私も会釈をした。何だか、意識がひどく散漫で現実感がない。

私が顔を上げてからさらに数秒して、院長と塚田さんが顔を上げた。そのまま塚田さんが話を引き継ぐ形で経緯の説明を始める。日付や出生体重などの数字が続くからか、既に聞いている話だからか、どうしても声が耳を滑った。

長机の木目を見つめているうちに、ふいに哲平の言葉が蘇る。

『俺さ、郁絵が妊娠したとき、感動したんだよ。俺と郁絵は何年いても血が繋がることはないし、そういう意味ではずっと他人なんだけど、赤ちゃんは俺とも郁絵とも血が繋がってるわけだろ。おじいちゃん、おばあちゃん……俺の両親とも郁絵の両親とも、たった一人だけ全員と血が繋がっているんだなって思ったら、それって……すごいことだよなって』

そうか、と思うと不思議な気がした。この、初めて会う人たちは、みんな璃空と血が繋がっているのだ。この人たちの内の誰か一人でもいなければ、璃空は生まれていなかったのだと思った途端、震えのような衝動が足元から這い上がってくる。

「今回は、本当にねえ」

繭子の義母が、首筋に手を当ててため息交じりにつぶやいた。

「でも、私としては孫が増えたような気もしているの」

そう穏やかに続けられて、胸が熱くなる。

手放さなければならない、ではなく、増えた――いつか私も、そんなふうに考えることができるようになるだろうか。

「ああ、そうですよね」

私の母も声を湿らせてうなずいた。

「そう考えたら、素敵なことなのかもしれない」

自分に言い聞かせるように続けて洟をすする。

すると次の瞬間、「たしかに」とそれまでひと言も声を発していなかった繭子の母親が相槌を打った。

「ある意味ついてますよね」

私は思わず目を剝いた。繭子も弾かれたように母親を向いたことで、驚いたのが私だけじゃないとわかる。一瞬にして沈黙が落ち、空気が変わったのを感じ取ったらしい繭子の母が「何よ」と不満そうに顔をしかめた。

「ただ話を合わせただけじゃないの」

たしかにそうなのだろうと思う。だが、「ついてる」という表現は、繭子の義母や私の母が選んだ言葉とはまったく違う種類のものに思えた。

「お母さん」

繭子が咎める声音を出した途端、繭子の母は唐突に席を立つ。ボタン周りに引きつれるような皺が寄ったジャケットの裾を強引に下げた。

「わかったわよ。どうせ私が悪いんでしょ」

拗《す》ねた口調で言い捨てながら部屋を出て行ってしまう。

え、という声が漏れた。哲平を向くと、哲平も目を丸くしている。繭子に目を向けたが、繭子も繭子の父親も後を追おうとはしていなかった。二人とも、無言でうつむいている。

「ごめんなさいね」と沈黙を断ち切るように言ったのは繭子の義母だった。

「私が余計なことを言っちゃって」

「あの、ちょっと様子を見てきます」

塚田さんが入口へ向かいかけたところで、繭子の父親が「大丈夫です」と遮る。

「すみません、でもすぐに戻ってくると思うので」

有無を言わせない口調で言って、ペットボトルのお茶をあおった。そのどこか頑《かたく》なにも見える表情には、驚いた様子はない。

――よくあることなんだろうか。

私は繭子へと視線を戻した。繭子は恥じ入るように身を縮めている。

結局、塚田さんは繭子の母親を追わず、けれど話を再開することもしなかった。気詰まりな空気を、今度は私の父が払うように「食べてましょうか」と切り出す。

まだ十一時を回ったばかりだったが、その言葉を合図にそれぞれが弁当の蓋を開け始めた。

私も食欲はまったく湧かないものの、ひとまず弁当にかけられたゴムを外す。

包装紙がこすれる音や割り箸を割る音が続いて、「あの」という意を決したような声が聞こえた。誰がどこから出した声なのかがわからず、周囲を見回す。何人かの視線の先を辿ると、義母が声を出したことに自ら戸惑うように視線を彷徨わせていた。

「あの……やっぱり、交換したらもう会えないんでしょうか」

絞り出すような口調からは、おそらくずっとその疑問を抱き続けていたのだろうことが伝わってくる。その悲愴な横顔を見ていられなくて、私は唇を嚙みしめてうつむいた。

考えてみれば、義母は本当に璃空をかわいがってくれていた。璃空が熱を出したという連絡が保育園からきたとき、どうしても仕事を抜けることができずに義母に電話をすると、義母はいつも咎めるような言葉は一切言わずに代わりにお迎えに行ってくれた。私はずっと、義母のおかげで働けるのだと感謝していたけれど、義母は私のためにそうしていたわけではない。義母はいつだって璃空のことを考えてくれていたのだ。

「しばらくは会わない方がいいでしょうね」

そう答えたのは繭子の義父だった。

「少なくとも新しい家族や環境に慣れるまでは」

「じゃあ、慣れればまた会えるんでしょうか？」

義母が言い募りながら身を乗り出す。繭子の義父は「まあ」とうなずいてから、苦いものを口にしたような表情になった。

この人は本当はもう璃空に会わせたくないのだろうとわかって、胸の奥がざわつくのを感じる。

——本心がそちらにあるんだとしたら、交換した後はもう会わせてもらえなくなるんじゃないか。

理由なんて、いくらでもつけることができる。それこそ、まだ新しい家族や環境に慣れていないのだと言い続ければいいだけだ。——いや、だけど航太にだって会いたいはずだ。そう考えた途端、まるで人質を取り合っているようだという思いが浮かんで、内臓が重くなる。

入口のドアが、静かに開いた。

ハッとして視線を向けると、繭子の母親が顔をうつむけたまま入ってくる。一瞬、空気が張り詰めたものの、彼女に話しかける人はいなかった。繭子の母親も無言で席に戻る。そのままテーブルの上を見回して何事もなかったかのように自分の弁当を開けた。静かな動作で割り箸を割り、美しい姿勢と箸の持ち方で食べ始める。

塚田さんは何かを言いたげに口を開きかけたが、結局何も言わないまま唇を閉ざした。そのまま、黙々と食べる時間が続く。時折、それぞれが隣の人と何か言葉を交わすことがあっただけで、全体として何かを話し合うような流れにはならなかった。

「それで、今後のお話なのですが」

そう塚田さんが切り出したのは、箸を置く人が増え始めてからだった。塚田さんは席を立ち、「お食事が途中の方もいらっしゃる中、申し訳ありません」と言いながらプリントを配る。

手渡されたA3サイズのプリントには、〈覚書〉という単語があった。乙、甲といった文字や署名をするためだろうスペースが目に飛び込んでくる。ずらりと左右にわたって並んだ箇条書きは一見すると何が書かれているのかわからず、私は思わず繭子の義父を見ていた。

繭子の義父は銀縁のメガネを少しずらして、書面の上を鋭い視線でなぞっている。

「あくまでも一案ですが、補償内容についてもひと通り盛り込ませていただきました」

塚田さんの芯のある声がした。私はプリントに目を戻す。

だが、やはりどこをどう読めばいいのか見当もつかなかった。きちんと理解しなければと思うのに、内容が頭に入ってこない。

しばらくして、「なるほど」と繭子の義父がつぶやいた。

「まあ、妥当でしょうね。私も示談がいいと思いますよ」

その言葉に、塚田さんがほんの少し身を乗り出す。

「はい。裁判となるとどうしても情報を制御しきれない部分が出てきますから、マスコミに報道される可能性が高くなってしまいますし、そうなると子どもたちのプライバシーの問題ので」

も心配になってきます。産院側としても一般的な水準以上の補償金を支払う意向がありますので」

心持ち早口になって言い、プリントを指さした。

「具体的には、こちらの第九条にありますように、」

「ちょっと！」

そのとき唐突に、怒鳴るような声が室内に響いた。

あまりに強い響きに、身がすくむ。一拍遅れて顔を上げると、繭子の母親が顔を真っ赤にして立ち上がっていた。

「まさかそれで終わりにするつもりじゃないでしょうね」

繭子の母親は、声よりもさらに身体を震わせている。塚田さんも慌てたように席を立った。

「もちろん、これで終わりにするつもりはございません。お二家族のフォローは今後もさせていただきますし、原因についても引き続き調査していきます」

「プライバシーなんておためごかし言って、本当は産院側の非が明るみに出ないようにするためじゃないの」

「いえ、そういうわけではなく」

「そんなこと、許すわけがないじゃない」

許す、という言葉に、違和感を覚える。一体、繭子の母親が何に怒っているのかわからなかった。その目は塚田さんの方を向いているのに焦点が上手く合っていない。

「繭子」

繭子の母親は、虚空をにらみつけるようにしたまま、繭子を呼んだ。繭子が傍から見てもわかるほど大きく肩を揺らす。

「こんなことで終わらそうったってそうはいかないんだから」

繭子の母親の唇がわななくように蠢いた。唾液が鳴るような粘ついた音がしたかと思うと、繭子の父親が彼女の腕をつかむ。

「やめないか、みっともない」

繭子の母親が腕を強く振り払った。

「みっともないって何よ、私はこんなことで終わらせるわけにはいかないから……」

「そうは言っても裁判をするわけにはいかないだろう」

繭子の父親が咎める口調で言い、もう一度腕を引く。

「いいから少し落ち着きなさい」

そうため息交じりに言った瞬間、

「裁判よ！」

藺子の母親が、口から白い唾を飛ばしながら叫んだ。自分が吐き出した言葉に駆り立てられるようにして、「そうよ、藺子、裁判にしなさい」と続ける。

「お母さん!」

藺子が悲鳴のような声を上げて母親にすがりついた。

「やめてよ、聞いてたでしょう? そんなことをしたって航太たちを追い詰めるだけで、」

「どうしてあんたたちばっかり許されるの。お金だけ払ってごまかして、誰にも責められずに済むなんて」

藺子の母親は血走った目を宙に向けている。

私は、二の腕がぞっと粟立つのを感じた。

――この人は、何を言っているんだろう。

何が起こっているのかわからなかった。目の前の人間が、何を見て、何を口にしているのかがまったく理解できない。

藺子の母親は、喉を引きつらせるようにして息を吸い込んだ。そして、吸いすぎた息を上手く吐き出せないというように、肩を持ち上げて胸を膨らませたまま声を絞り出す。

「そんなの、ずるいじゃない」

――ずるい?

私は眉根を寄せた。

言葉の意味が汲み取れない。そのくらい、その単語は、この場にまったくそぐわない響きを伴っていた。そして、それを口にしたのが大の大人だということ。

ずるい——何が？

「やめてよ、お母さん」

繭子が今にも泣き出しそうな顔で母親にしがみつく。繭子の母親は今度は腕を振り払わず、その体勢のまま院長と塚田さんの方を向いた。

「産院は責められるべきなのよ。マスコミにだって騒がれて潰れちゃえばいいじゃない」

「お母さん！」

繭子が悲痛な声で叫ぶ。

私は、何の言葉も挟めなかった。繭子の父親もその場で立ち尽くしたまま固まっている。

繭子の母親は、まばたきもせずに何かを見つめていた。

「悪いことをしたんだから罰を受けるべきなのよ」

ひとりごちる声音で言い、微かにしわがれた声で続ける。

「同じままでいられるなんて、ずるいじゃないの」

また、ずるい、という言葉が響いた。私は思わず周囲を見回す。けれど、繭子と彼女の父親以外で状況がわかっている人はいなそうだった。誰もが一様に、狐につままれたような顔をしている。

意味のわからない言葉を繰り返している女性が不気味だった。哲平へ顔を向けると、哲平も私を向く。どちらからも何も言えないまま、私たちは顔を見合わせていた。

「裁判にしなさい」

もう一度、繭子の母親が口にする。

「ね、そうするのが一番いいの」

「お母さん、そんなことをしても航太たちがつらい思いをするだけなんだよ」

語尾を震わせながら膝をついた繭子を、冷えた目で見下ろした。「ふうん、そう」と鼻を鳴らす。

「いいわよ、あんたが訴えないのなら私が訴えてやるんだから」

その言葉に、繭子が愕然と目を見開いた。

私も呼吸を止める。

――もし、この人が裁判を起こしたりしたら。

どくん、と心臓が跳ねた。

『裁判となるとどうしても情報を制御しきれない部分が出てきますから、マスコミに報道される可能性が高くなってしまいますし、そうなると子どもたちのプライバシーの問題も心配になってきます』

先ほど耳にしたばかりの言葉が蘇る。

マスコミに報道——璃空と航太のことが、ニュースになる。それが、何を意味するのか。たとえ実名は出されなかったとしても、病院名と日付が公表されれば、必ず突き止める人が出てくるだろう。もし、それがどこかから漏れてしまったりしたら。

そうなれば、もうどこに引っ越そうとも璃空と航太は取り違えられた子だという事実からは逃れられなくなる。——一生。

「お母さん！」

繭子が悲鳴のような声を出した。

私は、声の方へ、見開いたままの目を向ける。繭子が、部屋を出て行こうとする母親を全身で押し留めていた。

「ちょっと繭子、どいて——」

「お母さん！」

繭子が、母親の足元にほとんどうずくまるようにしてくずおれる。

「違うんだよ」

嗚咽を吐き出すように言い、そして、そのまま続けた。

「――わたしがやったの」

瞬間、部屋の中に沈黙が落ちた。

繭子の母親が無表情を繭子に向ける。

「なに？」

どこか拙《つたな》い、子どものような声だった。ぽかんと、開いたままのその口に向かって、繭子が言う。

「わたしが取り替えたの。だから責められるべきなのはわたしなんだよ」

繭子がそう言い直しても、私は意味をとらえられなかった。

――わたしが、取り替えた？

繭子の言葉が、そのまま頭の中で反響する。

一瞬にして、頭が真っ白になった。何を、何が、どういうこと？――まとまらない言葉だけが脳裏を乱反射する。

繭子は、背中を丸めて床に額をついた。

「ごめんなさい」

その声に、繭子の母親がびくっと身体を揺らす。

「……どういう、ことだ」

かすれた男の人の声が、どこかから聞こえた。

「取り替えたって……え？」

「ねえ、哲平、今のどういうこと？」

「俺だってわからないよ」

どれが誰のものだかもわからない声が、聞こえた後も消えずに残って耳の奥で混じり合う。

「ちょっと待って。ねえ、繭子ちゃん、何か理由があったんでしょう？」

女性の高い声がして、「どんな理由があったっていうんだよ」という吐き捨てるような声音が続いた。

それでも私は、動けない。

これは、何だろう。一体何が起こっているんだろう。

「すみません、まずは事実確認をさせてください。取り替えたっていうのは、具体的には何をしたんですか？」

「ネームタグを、外して……」

繭子の声だけが、浮かび上がって響いた。

「それはいつのことですか」

「……出産した日の夜です」

その瞬間、沸騰するような何かが全身を駆け巡っていくのを感じた。脳裏に、産院の薄クリーム色の天井が蘇る。

――私が、起き上がることすらできずにいた、あの夜。

「郁絵」

ふいに両肩に衝撃を感じて、抱きしめられたのだとわかるのと同時に顔の前に深緑色の布地が迫っていた。

「郁絵、郁絵」

極まった声で繰り返されて、お母さん、と痺れた頭で思う。

「……どうして」

男の人の声がして、呆然としたままの顔を向けると、口を開いていたのは繭子の義父だった。

「そんな、まさか……」

「嘘だろう？」

繭子の夫が繭子の腕をつかんで引っ張る。

「ちゃんとこっちを見て説明しろよ。そんなの本当のわけがないだろう？」

四年だぞ、と続けられた声が震えてぶれた。繭子の義母が、旭、と叫ぶように言いながら息子にしがみつく。

そのどこか芝居がかったような光景に、安いサスペンスドラマみたいだ、と頭のどこかで考えた。激昂した声を交わし合う人たちが、土下座のような姿勢で身体を震わせている繭子が、自分と関係がある現実の存在だとは思えない。

この人が、と自分に言い聞かせるように考えた。

全部、この人のせいだった。産院側のミスによる事故なんかじゃなくて、この人がわざとやったことだった。そのせいで、私たちはこんなにも苦しみ、璃空だって航太だって取り返しがつかない傷を心に負うことになった。

――この人さえ、いなければ。

「信じられない」

かすれた声が喉から漏れた。

「自分で取り替えたってことは、自分で自分の子を手放したってことでしょう？」

私はこの四カ月間、手放さなければならないとわかっていながらも、どうしてもそれを受け入れることができなかった。けれど繭子は、誰に強制されたわけでもないのに、自分から自分の子を手放したのだ。

わななく唇が開き、閉じる。何を言えばいいのかわからなかった。血が頭に一気に上っていくのを感じる。こめかみが軋み、視界が暗くなった。

一度白紙に、という声がくぐもって聞こえる。今後のことは、と誰かが言い、今後って、と誰かが嚙みつくように反応した。

「だって、この人がしたことは犯罪でしょう！」

糾弾する口調が耳元でして、私の母が言ったのだとわかる。塚田さんが繭子の義父をちらりと見てから、「おそらく、刑法二二四条の未成年者誘拐罪が成立すると思います」と答えた。

誘拐——その単語は、あまりに実感とは遠い。誘拐？　ともう一度反芻するように考えた。私が産んだ子をこの人が育て、この人が産んだ子を私が育てたということは、そんな言葉で表現されるようなことなんだろうか。

繭子の母親が両手で口元を覆ってよろめく。

「……逮捕、されるんですか」

塚田さんは「いえ」と言いながら口元に拳を当てた。

「今回のケースですと親告罪になるかと思いますので、告訴権者——平野様が告訴しなければそもそも刑事事件にならないのではないかと」

「訴えるに決まってるじゃない」

母の言葉に、繭子の義父が表情を強張らせる。

だが、繭子は床に向かって顔を伏せたまま、少しも動かなかった。表情を見ることはできず、聞いているのかいないのかさえもわからない。

聞いていないんじゃないか、という気がした。みんなが叫ぶように口にしている言葉は、どれも彼女の耳をすり抜けているんじゃないか。

だって、彼女はこの四年間——そして、取り違えが判明してからのこの四カ月間も、何も言わずにいたのだ。

本当のことを言う機会はいくらでもあったはずだ。出産後の四日間、私たちは何度も授乳室で顔を合わせた。一カ月健診でだって会った。子どもたちが生後半年になる頃にも会っている。さらにこの四カ月の間には、ほとんど毎週顔を合わせてきたのだ。

彼女は、璃空を自分の産んだ子どもだと信じて疑わずに育てていた私のことを目にしたはずだ。そして、私のことを本当の母親だと信じて疑っていない璃空の姿を。だけど、それでも彼女は隠し続けた。

そう思った瞬間、私は気づく。

——彼女は、ずっと本当のことを知ったまま、航太との時間を過ごしてきたのだ。

いつか終わりが来るかもしれない時間であることを知っていた。そのかけがえのなさを知りながら、ずっと航太のそばにいた――

私は、璃空と出会ってからの四年間のことを全部思い出したくて、何度もフォトアルバムを見返したことを思い出す。

三歳の璃空、二歳の璃空、一歳の璃空、〇歳の璃空――一つ一つの写真を必死に目で追いながら、思い出せる記憶のあまりの少なさに愕然としたこと。違う、もっといろんなことがあったはずだ。たくさんの時間を共有してきたはずだ。そう思いながら、どうしても手の届かない無数の記憶に恐怖さえ覚えたこと。

私は、丸まった繭子の背中に向けて、ゆっくりと口を開く。

「あなたなんて、母親じゃない」

その声は、自分のものではないように聞こえた。ガタガタと細かな震動を感じ、視線を向けたところで、それが自分の震えが椅子に伝わっているのだと理解する。

けれど、それでも繭子は動かなかった。

「郁絵」

母が、私の頭を抱えるようにして抱きしめてくる。顔面に濡れた感触を覚え、自分がいつの間にか泣いていたのだと気づいた。自覚した途端に、泣きじゃくりが止まらなくなる。

「おかしいと思ったんだよ」

哲平がひとりごちるように言う声が聞こえた。

「今時、取り違えなんて起こるはずがないのに、何でこんなことにって……」

哲平はそこで言葉を止め、食いしばった歯の間から嗚咽を漏らす。

「だけどまさか……母親が自分が産んだ子を捨てたなんて」

私はハッとして顔を上げた。哲平の苦しそうに歪んだ顔を見ながら、捨てた、という言葉を心の中で繰り返す。――ああ、そうか。ふいに、認識が胸に落ちた。

璃空は、この人に捨てられたのだ。

私は、母に握られた手に力を込めて握り返す。

「おかあさん」

震えた声は、自分の耳にも拙く響いた。母が私から身体を離し、見下ろしてくる。その、私によく似た小さな一重の目と視線が絡んだ途端、ふいごのようにまた涙と嗚咽が溢れ出した。

「訴えるなんて、できない」

私は吐き出すように言う。

「だって、そんなことをすれば、璃空は本当の母親に捨てられたんだって知ってしまうことになる。――璃空と航太くんを、犯罪者の子どもにしてしまう」

初めて、繭子の背中が小さく揺れたように見えた。けれど、その揺れが本当のものなのか、私の揺れる視界が見せたものなのかはわからない。

でも、と哲平が太腿の上で拳を握った。

「だからってこのままにするなんて……」

そこまで言いかけ、唐突に顔を上げて私を見る。その動きに驚いて私が目を見開くと、哲平は何かを考えるような間を置いてから塚田さんを振り向いた。

「もし、こちらが告訴をした場合、彼女は刑務所に入ることになりますか」

塚田さんがたじろぐように肩を引く。ちらりと繭子の義父に視線を向け、彼が答えないのを確認してから口を開いた。

「場合によっては執行猶予がつく可能性もありますが、法定刑としては三月以上七年以下の懲役刑になるかと」

「なるほど」

哲平が低く言ってうなずく。

私は、眉根を寄せた。一体何を確認しているのだろう。訴えることなんてできない、とたった今話したはずだ。私は哲平に呼びかけようと唇を開く。だが、声を出すよりも早く、哲平が続けた。

「もしそうなれば、たとえ交換しても璃空を見てくれる人はいないですよね」

繭子の夫が、弾かれたように哲平を見る。

「それは、私が……」

「たしかお仕事はパイロットなんですよね？　保育園の送り迎えも全部できるんですか？」

そこでようやく、私も哲平が言わんとしていることを理解した。繭子の夫が救いを求めるように母親を向く。彼女はほとんど反射のように口を開いた。

「それが難しければ、ひとまず私たちが……」

「璃空はずっと育てられてきた両親から引き離された上に、新しい両親にも見てもらえないわけですか？」

「それは……」

繭子の義母が言葉に詰まったのを見逃さず、哲平が「たとえこちらが訴えなくて刑務所に入るようなことにはならなかったとしても」と続ける。

「こんなことをしたような人に子どもを任せることはできないですよね」

――てっちゃんは、二人とも引き取ろうとしているんだ。

そう言葉にして考えた途端、心の中に立ち込めていた重く冷たい雲のようなものがふっと払われるのを感じた。

もし、璃空を手放さずに済みながら、航太のことも引き取れるのだとすれば。

ふいに、哲平の言葉が蘇った。

『璃空を選ぶっていうことは、もう一人の、本当の子どもを選ばないってことなんだよな。今、ここで俺たちが交換する方を選べば、璃空がつらい思いをすることになるけど、もし俺たちがこのまま交換しなければ、今度は航太くんが、いつか本当の親に引き取ってもらえなかったっていう事実に苦しむことになるかもしれない』

今の親元から離れなければならない航太は苦しむだろう。だが、それはもうどちらにしても避けられないことだ。そして、繭子が自ら璃空を手放したのなら、彼女に返さないことに罪悪感を覚える必要もなくなる。

繭子は顔を上げず、繭子の夫ももう何も言わない。繭子の義父は、私たちではなく息子の方に何か言いたそうな顔をしている。

哲平が、私の膝に手を置いた。私はその上に手のひらを乗せる。

『でも、私としては孫が増えたような気もしているの』

繭子の義母の声が、頭の中で静かに反響していた。

## 二月十一日

手を洗った途端、引きつれるような痛みを感じて顔をしかめた。

視線を落とすと、この三日間、ひたすら掃除と荷造りをしてきたためか、手の甲の肌が赤くひび割れている。新しいタオルで押さえるように水滴を拭き、ついでに鏡に飛んだ水滴も拭うと、ふいに鏡の中の自分と目が合った。

埃だらけの髪を頭の後ろにひっつめた姿は、けれど疲れきったようには見えない。本当にこの日が来たのだと思うと、信じられない気持ちになった。

「おかあさーん」

二階から璃空の声が聞こえて、「はーい」と声を張り上げながら身を翻す。手すりをつかんで階段を上っていくと、新しい生活に変わるのだという実感が湧いた。やっぱり一軒家にしてよかったと思う。前のマンションよりも一段明るい色のフローリングは、視界を柔らかく華やかにしてくれる。

「どうしたの、璃空」

おもちゃの収納棚の手前に段ボールが積み上がった子ども部屋へ入ると、璃空は段ボールの上のガムテープを半分剝がしていた。けれど途中でちぎれてしまったからか、剝がれたガムテープを小さく丸めて私を見上げてくる。

「ねえ、おかあさん、このはこあけていい？」

「開けていいって、璃空、もう勝手に開けようとしてるじゃない」

私は苦笑し、ばつが悪そうな顔をした璃空の前に膝をついた。

「もうすぐ航太くんが来るから、その後二人で開けようね」

「でも、えほん……」

言い返そうとした璃空の両手を包むようにしてつかむ。

「あのね、璃空。航太くんは今日からこのおうちの子になるの。だけど璃空の方がずっと前からお父さんお母さんと一緒で仲良しだから、きっと自分だけ仲間はずれみたいな気持ちになっちゃうと思うんだ。だからね、大丈夫だよ、一人じゃないんだよって言ってあげたいの。航太くんがこのおうちに来るのは初めてだけど、それは璃空も同じでしょう？」

「うん」

「お父さんとお母さんも、このおうちは初めて。みんな初めてで一緒なんだよってわかったら、少しは航太くんもホッとするんじゃないかな」

「なるほど」

璃空は、誰の口癖の真似なのか、神妙な口調で言ってうなずいた。私は口元がほころぶのを感じながら、璃空の額を撫でる。

「璃空も、いきなり航太くんが兄弟になって、お父さんとお母さんを取られたみたいな気持ちになっちゃうことがあるかもしれないけど、お父さんとお母さんは璃空のことが今までと一緒で大好きだからね」

「わかってるって」

璃空は私の手を払って顔を背けた。耳が赤くなったのをごまかすように子ども部屋を小走りに出て行く。私はその後ろ姿を目を細めて眺めてから、よっこいしょ、とつぶやいて立ち上がった。

ちょうど、そのとき玄関でチャイムが鳴る。

ハッとして腕時計を確認すると、約束の十四時を二分ほど過ぎたところだった。

「はーい！」

璃空が大声で言って玄関へ走っていく足音が聞こえる。一階へ下りて玄関へ向かうと、既に哲平は三和土《たたき》に下りていた。

哲平が、私に目配せをしてからドアを開ける。

ドアの隙間から最初に見えたのは、繭子の義父だった。それから、ドアが開ききると繭子の夫が現れる。航太は父親に抱かれていて、顔が見えなかった。

なくなる。

「すみません、少し遅くなってしまいまして」

藺子の義父はたった二分ではあったが身を縮めて頭を下げる。いえ、と答えた哲平が、航太の顔を覗き込んで息を詰めた。私も後ろに少し回り込むようにして航太の顔を覗き、動けなくなる。

航太は、虚ろな目をしていた。

まぶたが赤く腫れ上がり、ぐったりと焦点の合わない目を宙に向けている。

「やはり……恋しがってしまって」

藺子の夫は、あえて言葉を飲み込んで言ったようだったが、藺子のことを意味しているのは明らかだった。航太の頭を撫でる藺子の夫も、憔悴《しょうすい》しきって見える。

藺子とは離婚し、もう航太にも会わせないことにしたという話は、既に電話で聞いていた。こうなった以上、やはり航太のこともそちらで育てていただいた方がいいんでしょうね、と力なく言われて、返答に詰まったのは一週間ほど前のことだ。

それでもやはり、他ならぬ航太の父親からそう言われたことに安堵したのも事実だった。私たちが引き取りたいと主張しなくても、どちらにしても航太を引き取る流れになっていたのかもしれないと思えば、少しは罪悪感が薄らぐ。

だが、問題はそんなことではないのだと、航太を見て思い知った気がした。身体の芯が急速に冷たくなっていく。

「こうたくん、どうしたの？　ちょうし、わるいの？」

璃空もただならぬ様子を感じ取ったのか、不安そうな声を上げた。私は咄嗟に唇を開いたが、声が出てこない。

「あの、体調は……」

思わずといった口調で尋ねたのは哲平だった。繭子の夫は航太の額に手を当てながら「熱はありません」と答える。

「食欲はまったくないですが、洟水や咳もないです」

「……水分は」

「それは、一応」

私は、もう一度航太に視線を向けた。まずは病院に連れて行った方がいいだろうか。栄養が摂れていないのであれば、点滴をしてもらう必要があるかもしれない。

「ねえ、航太くん。お腹すかない？」

私は、航太の顔を見ながら尋ねた。航太は小さく首を振る。ひとまず反応があったことには安心したが、航太の目は虚ろなままだった。

「いつから食べていませんか？」

私は顔を上げて繭子の夫を見る。すると彼は気まずそうに顔を伏せてから、「昨日は」と答えた。

「昨日？　昨日は食べたんですか？」

「はい……繭子が来たので」

私は目を見開く。

――繭子にもう一度会ったのだ。

私が思ったのはそれだけだった。だが、繭子の夫は責められたように感じたのか、「すみません」と肩を縮める。それから、迷うように視線を泳がせ、意を決したように顔を上げた。

「それで、あの、繭子がこれを渡してしまったんです」

言いながら、航太の上にかけられていたブランケットをめくる。

そこにあったのは、大人の手のひらサイズのぬいぐるみだった。カバのような形で、身体は黒く、腹だけがまるで太い腹巻きをしているかのように白い。口先が長く尖っていて、両目は閉じた形に刺繍されている。

「……貘《ばく》のぬいぐるみだそうで」

繭子の夫は絞り出すような声で説明した。

繭子がしたことがわかって以来、どれだけ航太が泣いても繭子には会わせずにきたこと。

それでも昨日、これでもう最後なのだと思うと、どうしても繭子に会いたがる航太をなだめることができずに会わせてしまったこと。航太は初めはさらに大泣きしたものの、しばらくすると笑顔が戻って食事も摂ったこと。けれど夜になって繭子が帰ろうとするとまた泣き出して離れようとせず、途方に暮れていると、繭子がこのぬいぐるみを鞄から出したこと。

「この貘が悪い夢を食べてくれるから大丈夫だと説明して持たせたら、やっと泣き疲れて眠ったんです。今朝も、どうしても離そうとしなくて」

繭子の夫が言いにくそうに続けると、航太はぬいぐるみを抱きしめる腕に力を込める。その姿に、胸が詰まった。「いいんだよ」という言葉が私の口をついて出る。繭子に繋がるものだと聞いて心がざわつかないと言えば嘘になる。けれど、航太がそれで少しでも安心できるのならば、取り上げるようなことはしたくなかった。

繭子の夫が驚いたように目を瞠《みは》る。私は航太に視線を合わせて「大丈夫、抱っこしたままでいいよ」と声をかけた。

「ありがとうございます」

繭子の夫が、声を震わせて頭を下げる。そしてそのまま、私に向かって、航太を抱いた腕を伸ばした。私は咄嗟に腕を広げ、航太を受け止める。バランスを崩した航太が反射のように私の首に抱きついてから、弾かれたように父親を見上げた。

繭子の夫は歯を食いしばり、その間から嗚咽を漏らす。

「航太を、よろしくお願いします」

語尾は、ほとんど声になっていなかった。

「パパ」

航太が、初めて声を出す。

「パパ、パパ」

慌てたように身を乗り出し、よろめきそうになった私を哲平が支えた。二人で航太を抱く形になり、航太がますます抜け出そうともがく。

「パパ」

「航太」

繭子の夫の瞳が大きく揺れた。航太へと伸びかけた腕がハッとしたように引っ込められる。何かを言おうとするように開きかけた唇が閉じられた。

「このたびは、本当に申し訳ありませんでした」

繭子の夫の背中を押して頭を下げたのは、繭子の義父だった。

「また、補償については改めてご連絡させてください」

そう口早に言い残し、後ずさるようにして玄関から離れる。

「パパ！」

航太が悲鳴のような声を上げ、繭子の夫はその声に叩かれるように踵を返した。そのまま振り返ることなくほとんど走るような速度で歩き去っていく。

私たちは、航太の名前を呼び続けることしかできなかった。


家に入ってからも、航太はどこにそんな力が残っていたのかと驚くような大声で泣き続けた。

最初は「こうたくん、こうたくん」と話しかけていた璃空も、どうしたらいいのかわからないように自分の爪をいじっている。

だが、航太は一時間ほど泣き続けて眠ってしまうと、その後は起きてももう泣くこともなく黙り込んでいた。その姿に、繭子に対して満面の笑みを向けていた姿が重なる。

少しでも航太が考え込んでしまう時間を作りたくなくて、DVDを観せた。以前、繭子から航太が好きだと聞いていたアニメ映画の新作だ。航太は貘のぬいぐるみを胸に抱いたまま、ぼんやりと観ていた。璃空と並んだその小さな背中に、私と哲平は無言で顔を見合わせる。

DVDが終わるなり、璃空が航太を子ども部屋へ連れて行って二人で段ボールからおもちゃを出し始めるのを見ながら、璃空がいなければどうなっていたのだろうとも思った。本当にただ交換していたとしたら、そうなっていたはずだ。

璃空は、航太に気を遣っているのか、私たちに呼びかけることがほとんどなかった。航太も、璃空と遊んでいる間は少し気が紛れるのか、璃空がおもちゃで遊び出すと、璃空の前に立つ。無言でおもちゃをつかむ航太に、璃空は一瞬困ったような顔をしたものの、「いいよ」と言って手を離した。

航太が大きなストレスに耐えているのはもちろんのこと、璃空もたくさんの我慢をしているのだろうことが伝わってくる。これで本当によかったんだろうか、という思いが胸に込み上げた。繭子のもとに航太を返せば、航太は喜ぶだろう。また笑顔にもなるだろう。璃空だって、今までと同じように両親に甘えることができる。けれど、口に出すわけにはいかなかった。口に出したところで、変えられるわけではないのだ。

私たちはできるだけ何でもないことのように振る舞いながら、夕食には璃空も航太も好物のカレーライスを出した。食べてくれるだろうかと心配だったものの、航太も口をつけてくれてホッとする。

お風呂には哲平が二人を一緒に入れることになった。真新しい浴室の扉から漏れ聞こえてくる哲平のあやす声や璃空の歌う声を聞きながら、二階へ上がる。寝室に四人分の布団を敷いてから、今日の航太の寝かしつけはどうしよう、と手を止めた。

昼間に眠ってしまった以上、夜は泣き疲れて眠るとしてもかなり時間がかかるはずだ。同じ部屋で航太が泣き叫んでいれば、璃空も眠れないかもしれない。少なくとも二、三日は璃空と夫、航太と私に分かれた方がいいだろうか。だけど、それじゃ璃空だって不安になるはずだ。ただでさえ突然家が変わって兄弟ができて戸惑っているだろうに——答えが見つからないままに子ども部屋へ足を踏み入れる。床じゅうに散らばったおもちゃを収納棚にしまっていき、転がっていたガムテープのゴミをゴミ箱へ捨てようとした瞬間だった。

私は、ゴミ箱の中を見て、息を大きく呑む。

ゴミ箱には、貘のぬいぐるみが捨てられていた。

——振りきろうとしているんだろうか。

航太なりに、もう母親に会えないことはわかっていて、このぬいぐるみを持っている限りは忘れることができないと思ったんだろうか。

鼻の奥に鋭い痛みを感じて、慌てて唇を強く嚙む。それでも堪えきれずに、涙が頰へと伝った。

いつか、と私は祈るように思う。

いつか、この子はこの家に慣れてくれるだろうか。私たち家族を、本当の家族だと思ってくれる日が来るだろうか。

私は小さな木枠の中に押し込められた歪んだぬいぐるみを引っ張り出し、黒い鼻先についた埃を指で摘み取った。

階下から、浴室のドアが開く音が聞こえてきて、慌てて涙を拭う。洗面所へと駆け込んで鏡に向き合うと、目や鼻が見るからに赤くなっていた。顔を無造作に洗ってタオルで拭いたところで、璃空たちが上がってくる足音が近づいてくる。

「新しいお風呂、どうだった？」

ごまかすつもりで問いかけると、璃空が「おおきかった！」と声を弾ませた。その興奮した様子に少し救われる気持ちになる。

航太は、と視線を動かしたところで、航太が子ども部屋の中に顔を向けていることに気づいた。つられて中を覗き、床に転がっている貘のぬいぐるみに息を詰める。

――まずい。

私は部屋に飛び込もうとしてたたらを踏んだ。ここで慌ててぬいぐるみを隠せば、余計にぬいぐるみのことが目立ってしまう。まだ航太がぬいぐるみを見つけたとは限らないのだし――そう思った瞬間、航太が子ども部屋に入ってぬいぐるみを拾い上げる。

あ、という声がもう少しで出てしまうところだった。どうすればいいのかわからず、私は動くこともできない。

奥歯を噛みしめ、自分の愚かさを呪った。私は、一体何をやっているんだろう。航太がせっかく自分から一歩を踏み出そうとしているのに、それを私が邪魔してしまうなんて。

航太が、ぬいぐるみをじっと見つめる。航太は、どうするのだろう。また母親のことを思い出して泣いてしまうのか――

航太が、ゆっくりとその場にしゃがみ込む。そして、くしゃりと顔を握り潰されたかのように歪めると、勢いよくもう一度ぬいぐるみをゴミ箱に押し込んだ。

え、という璃空の声が背後で響く。

「こうたくん？」

私は飛びつくようにして航太を抱きしめた。航太は全身を小刻みに震わせ、「おばさん」と私の腕をつかむ。

「ねえ、ママに、つたえて」

航太はかすれた声で言った。

「ぼく、だいじょうぶじゃないよ」

それだけを口にすると、堪えていたものを爆発させるように吠えるような泣き声を上げる。

うわあああ。うわあああ。うわあああああ。身体中にある何かをすべて絞り出してしまおうとするかのような声に、私は航太を抱きしめる腕にさらに力を込めた。

『ぼく、だいじょうぶじゃないよ』

その言葉の意味をなぞるように考える。

『この貘が悪い夢を食べてくれるから大丈夫だと説明して持たせたら、やっと泣き疲れて眠ったんです』

繭子の夫の言葉が耳の奥で反響した瞬間、後頭部を強く殴られたような衝撃が走った。

この子は、今、母親に繋がる最後の——命綱のようなお守りを捨ててでも、母親に戻ってきてもらいたいのだ。

「航太くん」

私は航太の頭を引き寄せて、胸に強く掻き抱く。

大丈夫だよ、と言ってあげたかった。怖いことなんて何もないんだよ。たとえ悪い夢を見てしまったとしても、起きたらそばにいるよ、と。

けれどどの言葉を口にしても、今の航太には届かないこともわかってしまっている。

「おかあさん」

璃空が怯《おび》えたような声を出した。そのまま航太に負けないような泣き声を上げながら私にしがみついてくる。

私は二人を抱きしめ、薄闇をにらみつけて嗚咽を漏らしながら、繭ちゃん、と心の中で叫ぶように呼びかけた。

あなたは、この子たちのこの姿を見るべきだった。

あなたがしたことで、どれほど、この子たちが傷つくことになったのか。

あなたは、それを、知るべきだったのだ。

# エピローグ

『平野航太くん』という呼びかけがマイク越しに響いた瞬間、郁絵は思わず肩を揺らしていた。

慌てて左手を右手で押さえ込むようにして持つと、指が祈るような形に組み合わさる。

色画用紙で作られた動物のイラストと〈にゅうえんおめでとう〉と書かれた横断幕――その下に並べられた椅子の一つに座った航太は、まるで強く叱られたかのように身を縮めてうつむいた。姿が後ろの列の子どもに隠れてしまいそうになって郁絵が背筋を伸ばしかけるのと同時に、『平野璃空くん』という先生の声が続く。

「はい」

璃空は声を張り上げるでも震わせるでもなく、普段通りの声音で言って右手を挙げた。その隣で、航太がさらに背中を丸める。

返事ができなくても仕方ないとは思っていた。

こうした式典の場で萎縮してしまう子は少なくないし、そうでなくても集団生活を送るのが初めての航太は名前を呼ばれて返事をするという経験をあまりしていない。そして何より、航太は「平野航太」になってからまだ二カ月しか経っていないのだ。

これからは「いしだこうた」ではなく「ひらのこうた」と呼ばれるのだと説明はしてあるものの、咄嗟には自分のことを呼んでいるのだと理解できないかもしれないとも思っていた。それで当然なのだと——なのに、郁絵は微かに落胆したことで、自分が心のどこかで期待していたのだと気づいてしまう。

航太が「ひらのこうた」と呼ばれて返事をしてくれること、そしてそれが自分たちを受け入れてくれた証になるような気がしていたのだと。
ピ、という電子音が耳元で短く鳴った。哲平がビデオカメラを下ろすのが視界の端に映り、郁絵は航太と璃空が名前を呼ばれる数秒間の映像の中に、自分の心の動きまでもが記録されてしまったような気持ちになる。
『次に、つばめ組による「新入園児を迎えるうた」』

司会者の声を合図に、脇に控えていた年長児たちが壇上へ登り始めた。メロディラインを確かめるためのシンプルな前奏に、郁絵は息を詰める。

一般的に有名な童謡ではないが、入園式にはお馴染みの曲だ。郁絵が勤めていた保育園では在園児が全員で歌うことになっていたため、郁絵自身も何度も伴奏を弾き、子どもたちに指導してきた。音に合わせて指が太腿の上で動きそうになって、ハッと拳を握る。

「一年でこんなに成長するんだね」

湿った囁き声が、璃空や航太と同じ二年保育の新入園児の保護者の間から聞こえた。一年、と郁絵は心の中で唱える。一年後には、航太は繭子を忘れてくれているだろうか。——私を、母親だと思ってくれているだろうか。

航太を引き取ってから二カ月が経ち、航太は早くも「おとうさん」「おかあさん」と呼んでくれるようになっていた。ただし、それは両親だと認識したからというよりは、ただ璃空がそう呼んでいるから、そういう呼び名の人間だと考えたようでしかない。相変わらず「ママはどこ」と訊いてくるし、夜になれば繭子を恋しがって泣く。

アンパンマンがみたいと言うから観せても、「これじゃない」と泣き叫ばれる。もしかして特にお気に入りの放送回があるのかとあらすじを訊くものの、「ケーキちゃんがでるやつ」と繰り返されるだけでどれのことだかわからない。インターネットで過去数年間のタイトルを遡って調べて当てはまりそうな放送回のDVDを借りて一つ一つ確認しても、「ちがう」という答えしか返ってこない。

何度も、繭子に連絡をして尋ねようかと考えた。きっと、彼女なら知っている。訊けばすぐに答えをくれるだろう。

だが、だからこそ実際に連絡を取る気にはどうしてもなれなかった。

これから先も、いくらでも彼女に確かめたいことは出てくるはずだ。そのたびに彼女を頼っている限り、航太からも自分からも彼女の影が消える日は来ないように思えた。

入園式が終わって記念撮影のために壇上へ上がる間も、晴れがましさはほとんどなかった。誰かが自分たちを見て、何かがおかしいと言い出すんじゃないか。そうしたら四年前に起こったことも知られてしまうんじゃないか。そんなはずはないとわかっているのに、思考を止めることができない。

「璃空」と呼びかけ、航太くん、と続けかけて、「航太」で止めた。二人の子どものうち、一人は呼び捨てなのに一人はくんづけでは変に思われるかもしれない。そう思った途端、航太が少し驚いたように顔を上げた。視線が絡んだ瞬間、パッと顔を背けられる。

その耳が微かに赤らんでいるのが見えて、郁絵は目を見開いた。あ、と声が漏れそうになる。

──どうして、もっと早く呼び捨てにしてあげなかったんだろう。

呼び方に差があれば、航太が寂しく感じるだろうことくらい、少し考えればわかったはずなのに。

「あれ、年子ですか？」

ふいに、背後から声をかけられた。

郁絵が弾かれたように振り返ると、同じクラスの子の母親らしき女性は璃空と航太に目を向けている。心臓が、どくんと跳ねた。いえ、と答える声がかすれる。

「二卵性の双子なんです」

哲平と散々話し合って、誕生日がまったく同じである以上はそう答えるのが一番自然だろうと決めていたはずだった。なのに、相手の顔を見られなくて「へえ」という少し驚いたような声に耳が熱くなる。何か言わなければ、と思った。双子の割には似てないと思われたのかもしれない。いや、きっと思われたはずだ。だって璃空と航太は顔立ちがまったく違う。

だが、何も言えずにいるうちに、彼女は自分の子どもに向き直ってしまった。

三列目の端のお母様ちょっと内側に寄っていただいてー、とカメラマンらしき男性が身ぶり手ぶりをしながら軽快な声で言う。二の腕に隣の人がぶつかってきてよろめくと、振り向いた航太と目が合った。哲平がすかさず「カメラの方を向いてろよ」と肩をつかむ。航太はパッと前に向き直った。

「はい、オッケーです。じゃあちょっと光りますよー」

構える間もなく目が白い光をとらえ、緑色の残像がちらつく。「はい、撮りまーす」という声がして意識的に口角を持ち上げながら子どもたちを確認すると、璃空はカメラを向いて

いるものの航太はうつむいていた。カメラを見させなければと唇を開いた途端に、

「あれ、これなーんだ！」

カメラマンが唐突に声を張り上げる。レンズのすぐ上で蛙のおもちゃがピロピロピロ、というけたたましい音を立て、航太が顔を上げたところで、乾いたシャッター音が二回連続して響いた。よかった、ちゃんとカメラを見られたはずだ――郁絵は思いかけて、璃空が横を向いていることに気づいた。

「どうしたの、璃空。ちゃんとカメラを見て」

「ねえ、おかあさん。さっきの――」

「はい、じゃあもう一回撮りまーす！」

カメラマンの声に郁絵は反射的に笑顔を作りながら「ほら、お話は後」とカメラを指さす。ピロピロピロ、とまたおもちゃが鳴ったものの璃空はさらに上体をねじって後ろを向き、郁絵が慌てて「璃空」と屈みかけた瞬間にシャッターが切られた。

ああ、また、と思った途端、デジタルカメラの画面を覗き込んだカメラマンが「オッケー」とつぶやく。

「ありがとうございました！　それでは次、うぐいす組の方お願いします！」

え、と声を上げそうになって、郁絵はそんな自分に自分で驚いた。

集合写真で子どもが前を向かないなんてよくあることだ。

保育士時代、自分が撮る側だったときにも全員が揃って前を向いている写真を撮れることの方が稀だった。

それなのに胸の内のしこりが消えなくて、どうすればいいのかわからなくなる。

郁絵は、上手く力が入らない手で携帯を取り出し、璃空と航太にレンズを向けた。

カシャ、という乾いた音が手の中で響く。その音で航太が顔を上げた。その瞬間を逃さず、もう一度シャッターを連続で押す。

今度こそいい写真が撮れた、と思った。カメラ目線の航太と、その後ろで父親に向かって何かを話しかけている璃空。

四角い小さな枠に切り取られた一瞬の画像だけを見れば、まるでずっと前から家族だったかのように思えた。二卵性の双子だという言葉が本当で、どこにでもいる幸せな家族のように。

ああ、だから、と郁絵は遅れて理解する。

――だから私は、きちんと記念になるような写真が欲しかったのだ。

今は写真の中だけでしか家族に見えなかったとしても、いつかはそこに追いつけるのだと信じたかった。やがて航太や璃空が大きくなって幼い頃のことを思い出そうとしたとき、自然とこの四人家族での姿を思い描いてくれるようになってほしかった。

だって、と郁絵は唇を嚙みしめる。だって私は、自分の幼い頃の記憶は、ほとんど写真に残っているものしか上手く思い出せない。——これまでの、璃空の記憶も。

「ねえ、おかあさん」

ふいに、袖が引かれた。郁絵は強張った首をぎこちなく動かして、引かれた先を見下ろす。

ん、と促す声が微かに上ずった。けれど璃空は気づかなかったようで、嬉しそうに目を細める。

「さっきのうた、まえにおかあさんがうたってたやつだね」

それだけ言うと、満足したように前に向き直った。その後ろ姿に、郁絵は込み上げそうになる嗚咽を飲み込む。

『ねえ、おかあさん。さっきの——』

集合写真の撮影中、璃空が言いかけたのは、このことだったのだろう。

璃空は、覚えてくれていた。そして、それを私に伝えようとしてくれていた。

それなのに、私は写真のことしか考えられず、聞こうともしなかった。無理やり前を向かせようとするのではなくて、ほんの少し耳を傾けるだけでよかったのに——

家に帰るまでの間も、夕食の準備をしている間も、気を抜けば泣き出してしまいそうだった。こんなところで泣いたりしちゃいけない。せめて子どもたちの前ではいつも笑っていなきゃいけない。唱えるように考えながら、一人になったら思う存分泣こうと心に決める。

何とか子どもたちの寝かしつけまでを済ませ、それでも郁絵はしばらく動けずにいた。気配が離れれば、航太が起き出してしまうかもしれない。やっと少しずつ泣かずに眠りについてくれるようになってきた航太も、夜中に目を覚ますと泣いてしまう。

せめてあと五分、郁絵は自分に言い聞かせ、けれどすぐに耐えられなくなる。何もしないでオレンジ色の灯りだけがついた天井を見上げていると、今考えても仕方ないことを考えてしまいそうだった。

自分たちはこれからどうなるのか。璃空や航太には、いつか本当のことを話すべきなのか。そのとき二人は、どんな反応をするのか――

どんどんと心が波打っていくのを感じて、郁絵は慌てて布団を頭からかぶり、そっと携帯の電源ボタンを押す。画像フォルダを開き、今日の入園式で撮った写真を確認し始めた。

そうだ、たしかいい写真が撮れたはずだ。そう思うとほんの少し気分が明るくなる。

だが、実際に見てみると、撮った瞬間に思ったよりもいい写真は撮れていなかった。航太が明るい表情で写っているものはピントがぶれてしまっており、鮮明に写っているものは航太が目をつぶってしまっている。これしか撮れなかったのだろうか、もっといい写真は撮れていないかと遡っていくうちに、今朝撮った幼稚園の立て看板の写真が現れ、制服姿で家の前に立つ璃空と航太の写真が現れた。

照れくさそうな璃空、困ったような航太、取り澄ました璃空、はにかんだ航太——あ、と声を漏らしそうになる。

——航太が、笑っている。

胸がいっぱいになって、すべての写真を確認しようとさらにスクロールさせた瞬間だった。間違えた、と咄嗟に思った。これは今日の写真じゃないとまず気づき、一瞬後、その写真に写ったものに目を奪われる。

そこには、顔をくしゃくしゃにして泣きながら、こちらに向かって両手を伸ばしている璃空が写っていた。

心臓がどくんと跳ね、息が止まりそうになる。

初めてのお泊まりの日、帰ってきた璃空を撮った写真だった。

私はどうしてこんな写真を、と考えて、忘れたくないと思ったことが胸に蘇る。

——私を見つけ、それまで静かだった表情を一変させて泣き始めた璃空。

その姿を残しておきたかった。大好きな璃空。誰よりも大切な璃空。もうこれから見られなくなってしまう姿を写真に撮ることで何とか留めたかった。

けれど、と郁絵は口を覆う。

――このレンズの先にいた璃空の目には、カメラを構えた母親はどんなふうに見えたのか。

おかあさん、おかあさん。全身で泣き、すがるように伸ばした両腕の先で、自分ではなく携帯の画面を見つめ、シャッターを押す母親の姿は。

全身が冷たくなった。

どうして私は、あのときレンズではなくこの目で、璃空を見つめなかったのだろう。

どうして、すぐこの手で抱きしめてあげなかったのだろう。

私があのときすべきことは、自分の心の整理のために写真を撮ることなんかではなかったはずだ。

細かく震える手の中で、携帯の画面が暗転する。

あのとき私は、何よりも真っ先に璃空の気持ちを考えてあげるべきだった。母親なんだから――そう思った瞬間、繭子に投げつけた自分の声が蘇った。

『あなたなんて、母親じゃない』

喉の奥が、強く内側から締めつけられておかしな音を立てる。

ミミズの乗った大きな落ち葉の端をつまんだ繭子の手が脳裏に浮かんだ。航太からダンゴムシを受け取った手のひら。そして――泣きながら母親の足元にうずくまった繭子の丸まった背中。

本当のことを言えばすべてを失うことになるのは、繭子にもわかっていたはずだ。

彼女さえ言わなければ、きっと永遠に本当のことなど明るみに出なかっただろうことも。

それでも、繭子は本当のことを言う道を選んだ。

『お母さん、そんなことをしても航太たちがつらい思いをするだけなんだよ』

――ただ、子どもたちのために。

唇がわななき、もう堪えきれなかった。

嗚咽が漏れて洟をすすってしまい、慌てて布団から這い出る。こんなところで泣いていたら、子どもたちに聞かれてしまうかもしれない。音を立てないように寝室のドアを細く開け、身体を横にしてすり抜けた。ドアを閉める前にそっと動きがないか確認すると、射し込んだ廊下の光がちょうど航太の顔を照らしていることに気づく。

咄嗟にドアを閉めるのと、航太のぐずる声が上がるのが同時だった。

息を呑んで寝室に戻り、すばやく航太と璃空の間に身体を滑り込ませる。

「だいじょうぶ、お母さんいるよ」

囁く声音で言って、布団から転がり出てしまっていた貘のぬいぐるみを航太の腕の中に戻した。けれど航太は癇癪《かんしゃく》を起こしたような泣き声を上げてぬいぐるみを払い、腕をばたつかせる。郁絵は航太のお腹を柔らかく叩きながら、繭子が呼びかけていた声音を頭に思い描いた。

「だいじょうぶ、だいじょうぶだよ、こうちゃん」

彼女の呼び方を真似して繰り返すのに、やはり航太は少しも声を緩めずに泣き続ける。

それは、航太を引き取って以来、もう何度も見てきたはずの姿だった。

けれど郁絵は、全身が冷えるような恐怖を覚える。

――やっぱり、今さらこの子の母親になるなんて、無理だったんじゃないか。

そう吐き出すように思ったとき、ふいに、あの人は、という言葉が浮かんだ。


あの人は、どうして子どものネームタグを外したりしたのだろう。


これまで、一度も考えようとすらしなかったことだった。

自分から子どもを手放すなんて信じられない。あり得ない。許せない。そんなことをするなんて母親じゃないと、そう思ってきた。

――けれど。

寝ぼけた航太が、目をつむったまま服をまくり上げてくる。胸元まで手が伸びてきて、おっぱいを探しているのだとわかった。

ごめんね、もう出ないの、と語りかける声が、嗚咽に飲み込まれる。

この子を今、安心させてあげたかった。この子にも、おっぱいをあげたかった。子どもが増えたなんて、二卵性の双子だなんて、全部嘘だ。

時間はもう、戻らない。

私には、あの人の代わりなんてできない。

そう思った瞬間だった。

ふいに耳たぶに熱さを感じ、ハッと航太を見下ろす。航太は泣きながら両目を閉じていて、その右手が郁絵の左耳へと伸びていた。

触るというには強すぎる力で、航太の指が耳たぶをつまんでいる。そのこねるような動きに痛みを感じて身じろぎをしかけたところで、航太の泣き声が弱まっていることに気づいた。全身で感情を爆発させるような泣き声から、微かにかすれた、甘えるような泣き声に変わっている。

郁絵は頰の熱さを感じながら、天井を仰いだ。

『耳たぶの感触はおっぱいの先の硬さと同じなんだって』

低く、閉じられた薄暗い空間の中で、昔どこかで聞いた言葉が反響する。

航太の泣き声がさらに小さくなり、やがて穏やかな寝息へと変わった。耳たぶをつまんだ指からも力が抜け、肩の上に落ちていく。

その小さな指先が宙に描く弧を、郁絵はまばたきもせずに見つめ続けた。

謝辞

執筆にあたって、弁護士のK先生にご助言いただきました。
この場を借りてお礼申し上げます。

# 解　説

新井見枝香

幼稚園で配られるお弁当の中に、スティック状のセロリが一本入っていた。その頃の私は、セロリが大嫌いだった。今日は一刻も早く帰りたい。フォークで弄《いじ》くりまわしていると、弾みで弁当箱から飛び出て、テーブルの上に転がった。誰も見ていない。これは偶然の事故だ。きれいに平らげた子の弁当箱と〝取り替え〟こそしなかったが、私はセロリをサッと床に落とし「ごちそうさまでした」と手を挙げた。先生のチェックを受けた園児から、迎えに来た親の元に駆けて行く。いつも仕事で忙しい父が、その日は車で来ていた。どこかへ出掛ける予定だったのだろう。私を後部座席に乗せ、助手席に座った母も、いつも以上にしっかりとお化粧をしていた。栄養士と調理師の免許を持つ母は、結婚するまで美容師として働いていたが、当時は専業主婦である。栄養バランスの取れた食事を作る、知識と技術と時間があった。おまけに、毎朝凝った編み込みをしてやることもできるのだから、完璧な母親だ。しかし私はひどい偏食で、野菜と魚のほとんどが食べられなかった。母はともかく、父は遅くにできた娘を溺愛していたため、好きなものしか食べない私を、一切叱らなかったのだ。幼稚園のお迎えどころか、会社から戻るのはいつも深夜で、せっかく会えるわずかな時間に、私の機嫌を損ねたくはなかったのだろう。

高速道路に乗ってしばらくすると、母親からセロリを食べたことを褒められた。サラダに薄切り1枚でも入っていようものなら、臭いと言って大騒ぎするのだから、スティック1本など、完食できるわけがない。私は直感で、彼女は知っている、と分かった。見ていないように見えたが、先生は私の嘘に気付いていて、父親に抱き上げられている間にでも、母に耳打ちしたのだろう。大人を欺《あざむ》き、平然と父に甘える私の態度に、母は我慢ができなくなったのかもしれない。今ここで私が臍を曲げれば、これからの時間が台無しになる。父が私でなく、母を責めることは分かりきっている。そうなれば母は、どうして私ばっかり、と喚《わめ》いて、父はそれに苛立つ。今日のところは嘘を見逃すのが、最も平和な選択だろう。父に嫌われたくない母は、きっとそうするはずだ、という計算があった。しかしその時の彼女は、じりじりと私を追い詰め、最終的には、泣きながら叱責した。

私も泣いたはずだ。幼い頃の記憶をほとんど失っているが、これだけ鮮明に覚えているのだから、感情が大きく動いたことは間違いない。だが、どこを探しても、そこにあって当然のはずの感情が見当たらないのだ。何も知らないでいる両親に対して感じる、うしろめたさが。嘘を吐いているのに優しくされて、心が苦しい。いっそ早くバレて、叱ってほしい。ごめんなさいと謝って、許されてホッとしたい。人間は、そう思うようにできているはずだ。神様的なものがいつも自分を見ていて、悪いことをすればバチが当たる、嘘を吐いてはいけない、と教え込まれている。平気で相手を欺《だま》し続けることができる人間には、あって当然の良心が足りないのだ。

『貘の耳たぶ』の主人公・繭子は、自分が産んだ子どもを、ほとんど同時に生まれた郁絵の子どもとすり替えた。その動機や精神状態を全く無視すれば、自分が産んだ子どもを捨てて、他人の子どもを奪った、と言い換えることができる。看護師が来る前に戻せば。本当の母親がおっぱいをあげに来る前に戻せば。子どもはまだ、目も見えていない。自分が黙ってさえいれば、取り替えられた事実を永久に知ることはない。だが、後戻りするチャンスを、繭子は全て見送ってしまった。看護師が来て、郁絵が来て、おまけに郁絵の夫まで来て、お父さんにそっくりだなどと言い合っている。

へえ！　と、私はそこで少し笑った。自分が産んだ子どもがすぐそこにいるのに、名札が違うだけで、親は気付きもしない。郭公《かっこう》に卵を押し付けられて、自分の子どもだと思い込んで育てる百舌《もず》みたいな間抜けさだ。しかし繭子は、そんな風に思う心根の曲がった人間ではない。自分の弱さと愚かさが招いた罪に押し潰されそうになり、自分から言い出す勇気もなく、どうか気付いてほしい、自分を罰してほしいと願うだけだった。ところが、非情にも彼女の嘘は発覚しない。そしてついに、退院する時が来た。他所《よそ》の子と分かっていて家へ連れ帰ったら、もう気の迷いでは済まされない。取り替え事件が報道されれば、彼女の行為は世間から激しく糾弾されるだろう。

だが、きっかけは事故だったのだ。そこに繭子の動機が引き寄せられる。自分のような駄目な母親より、保育士の郁絵が育てたほうが、この子は幸せになるのではないか、という思い。その郁絵の子と、自分の子のネームタグが、繭子の目の前で偶然にも入れ替わった。繭子は、自分の子どもをきちんと育てられる自信がなかった。だが、どうしても幸せになってほしかった。自分が幸せではなかったから。きちんと育てられないのに、子どもを持つ親がいる。どうして産もうなどと考えるのか。私のような人間があなたの母になっても良いかと、お腹の中に確認できないのだから、こんな怖ろしいことはない。生真面目な繭子がどこまで考えて子どもを産む決意をしたかはわからないが、普通分娩できず、帝王切開になって「残念だったね」と声を掛けられただけで、ここまで揺らぐのだ。出産直後の繭子には、明らかに精神的なサポートが足りていなかった。私が想像するよりずっと、母親というものは、特別なものじゃないのかもしれない。

私は出産を経験したことがないし、自分の考えで、子どもを作らないことは固く決めている。だから繭子とは、全く違うタイプの女性だ。家庭環境も違う。先述したように、父親からは溺愛され、母親はそれこそ郁絵のような、誰から見ても完璧な母親だった。それに対し、繭子の母親は心に大きな問題を抱え、まともに子どもを育てられる状態ではなかった。そして、それ以上に決定的な違いは、私より彼女のほうが、正直で、善人で、普通で、真面目で、愛情深く、正しいのである。私を同じ状況に立たせても、繭子のように、生きた心地もしないほど追い詰められることはないだろう。罪悪感や後悔は内側から生まれるもので、最初からない人間に植え付けることはできない。かろうじてあるのは、私という人間が罪悪感を抱いていないことに感じる、うっすらとしたうしろめたさだけである。私はそれを「良心」だとは思わない。

一般的な解説ではなくなってしまった。一書店員という立場で、新井賞という独自の文学賞を設立し、半年に一度、芥川賞・直木賞と同日に発表を続けて約5年になる。きっかけは、直木賞候補のまま終わってしまった作品を救いたい一心で、販促のために考えた方法だった。しかし回を重ねるうちに、別の意味も持ち始める。半年の間に読んだ本のなかで、いちばんを選ぶことは、自分を知るきっかけにもなった。なぜその時、私はその本をいちばんだと思ったのかには必ず理由があり、それは全て個人的なことだった。文学的価値とか、何回泣けるとか、そんなことは全くどうでもよい。それでも、多くの人が面白かったと言ってくれるから、その本には何かがあるのだろう。

冒頭のシーンで、繭子が偶然の事故に飲み込まれた瞬間、この物語に重く暗い未来が待っていることは分かっていた。だが、彼女とともに歩きたい、と思ったのだ。郁絵の子どものネームタグが外れなければ、動転して戻し間違えなければ、取り替えるなんて夢にも思わなかった。動機があるだけで誰もが罪を犯していたら、この世は罪人ばかりになってしまう。郁絵が繭子に「残念だったね」と言わなければ、夫が仕事を休んで繭子の側にいれば、踏みとどまれたのではないか。だって彼女は、ずっと後悔していた。

子を持つ親や、欲しくても持てない人にとっては、彼女の心の裡《うち》を知ったところで、許されざる行為なのかもしれない。だが、私は絶対にそんなことはしないと、己を信じきって彼女を糾弾できる人間を、彼女以上に好きになれる気がしない。私は繭子が好きなのだった。

最後に、この作品を第6回新井賞に選んだ理由を述べておく。

こういう読み方をするだろう。ラストはこんな気持ちになるだろう。そうやって読者の思考を想像しコントロールすることは、特にミステリ作家には必要だが、彼女の小説にはそれができているときとできていないときがある。そして私は、後者の作品がとりわけ好きである。物語に食らいつきすぎていて、全く余裕がない。だから読者の感情は、読者自身の心のありかたに大きく左右されてしまう。そこがいい。どこまで意図しているのか分からないが、こういうしんどい書き方をする作家は、信じられる。私は絶対にそんなことはしないと、己を信じきって相手を糾弾できるような人間に、こんな面白い小説は書けないからだ。

――書店員

この作品は二〇一七年四月小社より刊行されたものに加筆修正したものです。

## 幻冬舎文庫

●最新刊
### 阿佐ヶ谷姉妹の　のほほんふたり暮らし
阿佐ヶ谷姉妹

40代の女芸人ふたり暮らしは、ちょっとした小競合いと人情味溢れるご近所づきあいが満載。このままの日々が続くかと思いきや――。地味な暮らしぶりと不思議な家族愛漂う往復エッセイ。

●最新刊
### 離婚しそうな私が結婚を続けている29の理由
アルテイシア

やっと結婚できたと思いきや、母の変死、父の自殺、弟の失踪、借金騒動、子宮摘出と波乱だらけ。でもオタク格闘家夫との毎日で「生きててよかった」の境地に。大爆笑の人生賛歌エッセイ。

●最新刊
### ぷかぷか天国
小川　糸

満月の夜だけ開店するレストランでお月見をしたり、三崎港へのひとり遠足を計画したり。ベルリンでは語学学校に通い、休みにクリスマスマーケットを梯子。自由に生きる日々を綴ったエッセイ。

●最新刊
### この街でわたしたちは
加藤千恵

王子、表参道、三ノ輪、品川、荻窪、新宿、浅草――。東京を舞台に4組のカップルがテーブル越しに繰り広げる出会いと別れ、その先を描いた珠玉の恋愛短編集。読み切り官能短編も収録。

●最新刊
### スーパーマーケットでは人生を考えさせられる
銀色夏生

スーパーマーケットで毎日買い物していると、深い思いにとらわれる。客のひとこと。連れられている赤ん坊の表情。入り口で待つ犬。レジ係の人の対応……。スーパーマーケットでの観察記。

# 幻冬舎文庫

●最新刊
## ディア・ペイシェント
絆のカルテ
南　杏子

病院を「サービス業」と捉える佐々井記念病院で内科医を務める千晶は、日々、押し寄せる患者の診察に追われていた。そんな千晶の前に、執拗に嫌がらせを繰り返す患者・座間が現れ……。

●最新刊
## ついに、来た？
群ようこ

働いたり、結婚したり、出産したり、離婚したりしているうちに、気づいたら、あの問題がやって来た？　待ったナシの、親たちの「老い」が!?　シリアスなテーマを、明るく綴る連作小説。

●最新刊
## 鳥居の向こうは、知らない世界でした。4
～花ざかりの王宮の妃たち～
友麻　碧

異界「千国」に迷い込んで二年。千歳は薬師・零の弟子となり、初恋の透李王子との結婚を控えていた。ある日、国王から、謀反の罪で幽閉中の前王妃の最後の願いを叶えるよう命ぜられて……。

●最新刊
## 日本人はもうセックスしなくなるのかもしれない
湯山玲子　二村ヒトシ

セックスは、もはや子どもを作る以外に必要ないのか？　セックスは普通の人間には縁のない、贅沢品になったのかもしれない。それでも気持ちのいい人生を諦めない方法を語り尽くす。

●最新刊
## もっと、やめてみた。
「こうあるべき」に囚われなくなる暮らし方・考え方
わたなべぽん

「ボディーソープをやめたら石けん作りが趣味に」「無理に友達を作るのをやめたら、むしろ交友範囲が広がった」など、やめてみたら新しい自分に出会えた実体験エッセイ漫画第二弾。

# 貘《ばく》の耳《みみ》たぶ

## 芦沢央《あしざわよう》

令和2年2月10日　初版発行

発行人――石原正康
編集人――高部真人
発行所――株式会社幻冬舎
〒151-0051東京都渋谷区千駄ヶ谷4-9-7
電話　03(5411)6222(営業)
03(5411)6211(編集)
振替00120-8-767643
印刷・製本―中央精版印刷株式会社
装丁者――高橋雅之



幻冬舎文庫

ISBN978-4-344-42939-0　C0193　あ-75-1

幻冬舎ホームページアドレス　https://www.gentosha.co.jp/
この本に関するご意見・ご感想をメールでお寄せいただく場合は、
comment@gentosha.co.jpまで。